Cara Feuersänger

Gleichung mit zwei Unbekannten

SAGA Egmont

Originalausgabe

im Vertrieb bei Steinbach sprechende bücher

Dieses Buch wurde vermittelt von: Literarische Agentur Kossack

Covergestaltung: Magda Wurst
Coverabbildungen: Shutterstock
Satz aus der Minion Pro: Karol Kinal
Druck und Bindung Mazowieckie Centrum Poligrafii, Marki

ISBN 978-3-86974-949-5

SAGA Egmont www.saga-books.com

Dieser Titel erscheint auch als E-Book und Hörbuch.

Gleichung mit zwei Unbekannten

Für Maike
Die Elbe grüßt die Isar

Prolog

Dumpfe Schreie hallten durch das Flugzeug und wurden immer wieder von seltsamen Geräuschen überdeckt. Sie machten ihr Angst, denn sie waren unerträglich laut und fremd. Sie wollte schreien, doch kein einziger Ton verließ ihren Mund. Da war ein Loch im Rumpf, ein scharfer Luftzug traf ihr Gesicht, und dann raste ein Feuerball auf sie zu. Direkt vor ihren Augen teilte sich das rot glühende Monster in zwei Hälften, die links und rechts an ihr vorbeirauschten. Dorthin, wo ihre Eltern saßen. Sie wollte es verhindern, doch sie war völlig hilflos. Plötzlich war alles ganz still, nur sie allein fand irgendwann ihre Stimme wieder.

„Mamaaaaa! Papaaaaa!", schrie sie aus voller Kehle.

Doch neben ihr war niemand! Alles war schwarz. Und sie war plötzlich nicht mehr in diesem Flugzeug, sondern schwebte schwerelos durch die Nacht. Und dann entdeckte sie es, ganz weit entfernt unter ihr. Einen Moment lang flog es noch, doch dann durchzogen rote Feuerblitze den gesamten Himmel, und sie schwebte weit weg von diesem blauen Planeten, mutterseelenallein. Die lähmende Angst schnürte ihr die Luft ab und ließ sie vollkommen erstarren, bis ihr Körper sie zwang, wie wild um sich zu treten …

Kapitel 1

Immer hektischer versuchte ich, Luft in meine Lungen zu pumpen, während ich meinen Rücken an das Kopfteil des Bettes presste.

„Ich hasse diesen Traum", entfuhr es mir, obwohl das außer meiner Plüschmöwe, die versteckt hinten im Regal saß, niemand hören konnte. Und die hatte auch schon bessere Tage gesehen.

Ich ließ mich zurück auf meine Matratze fallen und rollte mich so fest in meine Decke ein, wie es nur möglich war. Nach diesem Traum fühlte ich mich immer einsam und allein und wusste, dass mir ein harter Tag bevorstand. Das Grauen dieser Nacht würde mich verfolgen. Meine Hände zitterten, als ich das gerahmte Foto vom Nachttisch hob und meine Finger über die Gesichter meiner Eltern gleiten ließ.

„Ich vermisse euch so sehr …", flüsterte ich, und meine Stimme fühlte sich ganz schwach dabei an.

Trotzdem wollte ich tapfer sein, so wie ich es Tag für Tag war. Ich hatte es schon so oft geschafft und würde auch heute wieder souverän meinem Job nachgehen und mich von allem Schmerz ablenken. Deshalb stellte ich das Bild zurück, legte die warme Bettdecke weg und schlurfte ins Badezimmer. Zuerst fiel der Frottee-Schlafanzug, danach folgte eine kalte Dusche, und anschließend schminkte ich mich penibel. Schließlich war ich eine ambitionierte und erfolgreiche Geschäftsfrau, und genau das sollte jeder sehen können. Alles andere war meine Privatangelegenheit, und die ging ja wirklich niemanden etwas an.

*

Das grelle Licht im verspiegelten Aufzug eignete sich perfekt für einen letzten Check. Auf dem kurzen aber verregneten Fußweg zur Bank war nichts von meiner Mascara verwischt, und mein blonder Zopf saß ordentlich und straff. Das war gut.

„So, nun tief durchatmen, und dann reiß dich zusammen, Cate“, befahl ich meinem Spiegelbild.

Ich war sehr früh dran heute Morgen und würde eine Weile ganz in Ruhe arbeiten können.

Die frühen und späten Stunden mochte ich am liebsten, denn diese Zeit nutzte ich gern, um mir einen gründlichen Überblick über unsere aktuellen Projekte zu verschaffen.

Als Bereichsleiterin war ich für das komplette Finanz- und Rechnungswesen unserer Bank verantwortlich. Ich liebte es, komplexe Zusammenhänge in Zahlen auszudrücken und diese in jeder erdenklichen Art und Weise zu analysieren. Trotz meiner Führungsaufgaben genoss ich es, wenn ich die Chance bekam, einige Analysen selbst durchzuführen, statt andere damit zu beauftragen. Das wäre auch für diese frühen Morgenstunden mein Plan gewesen.

Doch als ich das Vorzimmer meines Büros betrat, brannte dort schon Licht. Wieso saß meine Assistentin bereits an ihrem Schreibtisch, obwohl sie sonst erst gegen neun Uhr ihren Dienst begann und nicht schon um halb sieben? Das entsprach nicht dem gewohnten Ablauf, weshalb ich stockte und Julia irritiert beobachtete. Total abwesend starrte die wiederum ihren Kaffeebecher an und begann dann, ruppig auf der Tastatur zu tippen. Merkwürdig!

„Guten Morgen, Julia … Ist alles in Ordnung?", hörte ich mich sagen.

Wieso fragte ich meine Assistentin eigentlich plötzlich nach persönlichen Dingen wie ihrem Gemütszustand? Das fiel schließlich nicht in meinen Zuständigkeitsbereich. Doch ich hatte es ausgesprochen, und ehe ich schnell in mein Büro huschen konnte, hörte ich schon eine Antwort:

„Hallo, Frau O'Reilly. Alles bestens …"

„Das ist gut."

Dann war ja alles prima. Erleichtert darüber, dass alles in bester Ordnung war, ging ich zwei Schritte weiter. Doch gleich darauf blieb ich wieder stehen. Nein, irgendetwas stimmte hier nicht. Es war einfach nicht normal, dass Julia so früh bei der Arbeit war. Dann fiel mir plötzlich eine mögliche Erklärung ein: Bestimmt hatte sie auch schlecht geträumt heute Nacht. Ich überlegte, wie hoch die Wahrscheinlichkeit dafür war, dass der Vollmond Albträume begünstigte.

„Die Wahrscheinlichkeit, dass der Vollmond zu Albträumen beiträgt, liegt bei siebenundfünfzig Prozent und ist signifikant. Das habe ich neulich in einem Artikel gelesen", sagte ich, da ich seltsamerweise den Impuls verspürte, Julia aufmuntern zu wollen.

Die schaute mich an, als hätte ich gerade eine falsche Prozentzahl genannt. Ich grübelte. Sollte ich mich etwa geirrt haben?

„Interessant ... Aber was wollen Sie mir damit genau sagen, Frau O'Reilly?"

Na, das war doch völlig klar! Die logische Schlussfolgerung war, dass es morgen wieder besser sein würde. Ich seufzte auf, denn so viel Sachverstand, um das zu verstehen, hätte Julia doch eigentlich haben sollen! Wobei ... wieso mischte ich mich überhaupt ein? Üblicherweise legte ich sehr viel Wert darauf, dass Beruf und Privatleben strikt getrennt wurden. Andererseits war diese junge Kollegin sehr fähig. Sie machte einen tollen Job, studierte parallel dazu und beteiligte sich nicht an dem Klatsch und Tratsch der anderen Mitarbeiter. Deshalb sollte es ihr gut gehen. Außerdem hatte ich nun schon begonnen, mit ihr diese Unterhaltung zu führen.

„Frau O'Reilly?", riss Julia mich aus meinen Überlegungen. „Ich weiß ehrlich gesagt gar nicht, ob letzte Nacht Vollmond war, und Albträume habe ich auch nicht. Ich bin nur etwas gestresst, das ist alles. Wieso fragen Sie überhaupt?"

Hoppla! Ich hatte die Situation falsch eingeschätzt, und zu allem Überfluss machte sich ein schlechtes Gewissen in mir breit. Der Jahresabschluss lag hinter uns und damit die stressigste Zeit im Jahr. Was mich anspornte, war für andere Menschen wohl manchmal zu viel auf einmal. Das jedenfalls hatte ich den Wortfetzen entnommen, die ich beim Gang über den Flur manchmal mitbekam. Julia hatte ich eine ganze Menge abverlangen müssen in den letzten Wochen.

„Ist es, ähm ... wegen der Arbeit? Der Jahresabschluss und die Projekte, das war doch nicht zu viel, oder?", versuchte ich einen weiteren Vorstoß, in der Hoffnung, diese unangenehme Situation schnell zu beenden.

Obwohl … Ich biss mir auf die Lippe. Vielleicht hatte Julia einfach nur Streit mit ihrem Freund? Leise äußerte ich diese Vermutung. Prompt sah ich einige Tränen in Julias Augen glitzern. Lag ich also richtig?

„Nein, es gibt keinen Stress mit meinem Freund! Ich bin nur so früh hier, weil … – oh Mann, wenn ich das ausspreche, werden Sie mich für eine Versagerin halten."

Doch ehe mir etwas einfiel, das ich erwidern konnte, sprach Julia nervös weiter: „Ich muss nachher noch megaviel lernen für eine Prüfung. Ich bin noch nie durchgeflogen vorher, und jetzt ist es passiert, wegen zwei lächerlicher Punkte, obwohl ich dachte, ich kann das alles. Aber die Aufgaben hatten es echt in sich, und jetzt bin ich nervös. Mir bedeutet dieses Studium so viel, und man hat nur drei Versuche. Mir wird ganz schlecht, wenn ich daran denke, dass ich den zweiten auch noch vergeigen könnte und dann im dritten Versuch lande und dann …"

Die Uni war es also! Schwierig, sich das vorzustellen, denn ich hatte keine Ahnung, wie es sich anfühlte, durch eine Prüfung zu fallen. Das war mir nie passiert. Etwas Angst vor diesem hypothetischen Szenario hatte ich während meines Studiums trotzdem gehabt, doch Fleiß und Disziplin waren ein hilfreiches Mittel dagegen gewesen.

„Ähm. Dann solltest du ganz ruhig bleiben, glaube ich. Soweit ich weiß, sind deine Leistungen bislang passabel. Wo lag denn das Problem im Erstversuch?"

Tränen trocknen und Trost spenden war kein Terrain, das ich nach dieser Unterhaltung auch noch betreten wollte, doch vielleicht konnte ich ganz pragmatisch helfen. So hörte ich ganz genau hin, als Julia beschämt „Monte-Carlo-Simulation" nuschelte.

„Dein Erstversuch ist an der Monte-Carlo-Simulation gescheitert?" Ich spürte, wie mein Herzschlag sich beschleunigte. Risiko-Modelle waren nun mal eine große Leidenschaft von mir. Meiner Meinung nach sollten sie viel häufiger zum Einsatz kommen – und das nicht nur bei beruflichen Entscheidungen. Zu genau diesem Thema hatte ich kürzlich einen sorgfältig ausgearbeiteten Fachbeitrag veröffentlicht. Der Artikel war allerdings nicht bei allen Lesern gut angekommen. Ich hatte eine Reihe von kritischen Rückmeldungen erhalten, wobei einige davon schlichtweg unlogisch gewesen waren. Sie bestritten nämlich, dass Risikomanagement auch im Privatleben oberste Priorität haben sollte. Dabei gab es kaum etwas Wichtigeres, als Risiken korrekt zu kalkulieren – oder etwa nicht? Glücklicherweise war bei Julia nicht mit ähnlich laienhaften Reaktionen zu rechnen, auch wenn sie derzeit Probleme mit einer so essenziellen Grundlage wie der Monte-Carlo-Simulation hatte.

„Es ist nicht akzeptabel, dass meine Assistentin Lücken bei der Interpretation dieser Modelle hat", erklärte ich entschieden und nahm Julia mit in mein Büro.

Dort startete ich meinen Laptop und öffnete ein Portfoliomodell, das ich gerade programmierte. Der Quellcode war spannend, doch ich wollte vorn anfangen.

„Die Monte-Carlo-Simulation", sprudelte ich hervor, „ist tatsächlich nach Monte Carlo benannt, der Casinohochburg. Während dort gezockt wird und die Gewinne beispielsweise im Roulette komplett zufällig sind, so handelt es sich in unserer Simulation um scheinbar zufällige Zahlen, man könnte auch Pseudozufallszahlen sagen. Wir sind Profis und nutzen die Stochastik. Der große Vorteil liegt bei dieser Methode darin, dass wir Probleme lösen können, die analytisch nicht oder nur mit riesigem Aufwand lösbar wären. In unseren Beispielen trifft Ersteres zu. Wir simulieren unter Einsatz diverser Parameter also eine Vielzahl an Zahlen. Hunderttausend Simulationen sind eine gängige Größe, ich bevorzuge eine Million."

Ein Lächeln huschte mir übers Gesicht, weil ich an die Zeit dachte, in der ich diese Grundlagen gelernt hatte, die mich von Anfang an gefesselt hatten.

„Diese simulierten Werte nutzen wir zur Erstellung einer Verteilung, und die bildet schließlich Grundlage für die Ermittlung unseres Portfoliorisikos – ganz vereinfacht ausgedrückt. Jetzt schauen wir uns das mal im Detail an."

In Erinnerung an meine Anfänge nahm ich nun Stift und Papier zur Hand, notierte einige Formeln und Zusammenhänge, stellte Gleichungen um und erklärte Julia somit sehr anschaulich den Einstieg in das spannende Thema.

„... das Tollste daran ist, dass wir es nicht nur zur Quantifizierung unserer Portfoliorisiken in der Bank einsetzen können, sondern dass eine solche Simulation in diversen Fachdisziplinen hilfreiche Ergebnisse liefert. Von Fertigungsprozessen über Wetterdaten hin bis zur Nuklearmedizin", endete ich meinen Vortrag schließlich leicht atemlos.

Gespannt blickte ich Julia an und wartete auf ihre Erwiderung.

„Klingt echt ... cool ... ähm, danke", sagte sie nach einem kurzen Schweigen. „Das ist wirklich äußerst ... interessant."

Ich meinte sogar, ein zaghaftes Lächeln auf ihrem Gesicht zu entdecken.

Na also, dachte ich befriedigt. Endlich mal jemand, der meine Begeisterung teilte.

*

Die spontane Nachhilfestunde hatte mich überraschenderweise von meinen furchtbaren Träumen abgelenkt und sogar ein wenig Spaß gemacht. Doch in den folgenden Stunden holte der alltägliche Wahnsinn mich wieder ein. Die langjährigen Mitarbeiter meiner Abteilung waren weitaus selbstsicherer als Julia, aber leider sehr viel weniger lernwillig und nicht immer besonders talentiert. Es strengte an, mit Menschen zu arbeiten, deren riesiges Ego ihr Know-how um Längen übertraf. Vor allem, weil ich als Abteilungsleiterin verantwortlich für alle Ergebnisse war. Zügig verschaffte ich mir einen Überblick über die wichtigsten Deadlines und beschloss ein Meeting für ein Projekt anzusetzen, damit man mir längst überfällige Zwischenergebnisse präsentierte und ich in einigen Fragestellungen rechtzeitig intervenieren konnte. Doch bevor ich die Einladung dafür versendet hatte, informierte mein E-Mail-Programm mich über eine Nachricht, die mich neugierig machte. Sie kam unerwartet und lenkte mich völlig ab. Um sie ganz zu lesen, musste ich mich zuerst bei der Berufsplattform LinkedIn anmelden. Ständig bekam ich dort Jobangebote, die ich regelmäßig ignorierte, aber das, was ich jetzt las, war privat! Meine Augen flogen immer wieder über die Zeilen der Nachricht. Ich versuchte, das Zittern in meinen Beinen zu unterbinden, und starrte so lange auf den Bildschirm, bis dieser schwarz wurde. Der Traum in dieser Nacht. Ich hatte ihn nicht grundlos ausgerechnet jetzt, nach so langer Zeit, wieder geträumt.

„Bitte nicht …“, flehte ich in den Raum hinein, kniff meine Augen zu und versuchte, meine viel zu hastige Atmung zu beruhigen. Es kostete viel Kraft, diese aufkommende Panikattacke so weit in den Griff zu bekommen, dass ich mir zutraute, dieses Bankgebäude zu verlassen. Das war erforderlich, denn es fühlte sich an, als würde ich die Fassung verlieren, und das wäre dann wirklich der Höhepunkt dieses grauenvollen Tages.

Der Versuch, meine Handtasche zu verschließen, scheiterte jedoch, und so verteilte sich die Hälfte deren Inhalts auf dem Fußboden. Erst nach mehreren Anläufen hatte ich alles wieder eingepackt und riss ungeduldig meinen Mantel von der Garderobe. Ich wollte endlich hier raus, denn was zu viel war, war zu viel. Doch als ich auf den Flur trat, kam ausgerechnet Sophia Baumann in Richtung meines Büros. Mist! Was wollte die jetzt von mir? *Modellierung … Formel … Fehler …* – ich hatte den Anfang verpasst und konnte mich kaum konzentrieren, wurde immer nervöser. Offensichtlich wurden mir irgendwelche Ausreden vorgetragen, warum in der letzten Modellierung lauter Fehler steckten.

„Sie sollten Ihre Berechnungen am besten sofort in der Elbe versenken. Wenn sogar meine Assistentin innerhalb kurzer Zeit mehr von Zinsänderungsrisiken versteht als Sie, besteht Rede- und Handlungsbedarf!“

Ich war lauter geworden als beabsichtigt. Bestimmt hatte man mich quer über den Gang meiner Abteilung und bis in sämtliche Büros hinein hören können. Hinter den

Milchglastüren wurden garantiert Augen gerollt und Köpfe geschüttelt. Meine Mitarbeiter hatten nun wieder einen Anlass, um zu tuscheln oder zu lachen oder genervt zu stöhnen. Zu oft war ich Gesprächsthema Nummer eins. Das wusste ich, denn ich war weder blind noch taub. Natürlich nahm ich das Gerede über meine Person wahr. „Die Eisprinzessin dreht wieder zu Höchstform auf." Bildeten die Leute sich hier wirklich ein, dass ich nicht wusste, wie man mich nannte? Was ich darüber dachte, musste jetzt egal sein, nun galt es, meine Reputation als kompetente Vorgesetzte nicht auch noch zu gefährden. All meine restliche Energie nahm ich tapfer zusammen und investierte sie krampfhaft in den Willen, jetzt bloß nicht in Tränen auszubrechen. Ein Kontrollverlust im Büro war nicht akzeptabel, und dazu gehörte vor allem weinen. Deshalb weinte ich nicht. Fast nie. Ganz sicher war jedenfalls, dass ich es niemals in der Anwesenheit anderer Menschen tat – das, was zu Hause im Schlafzimmer passierte, war etwas ganz anderes. Hier im Büro musste ich mein Gesicht wahren.

„Worauf warten Sie denn noch, machen Sie sich wieder an die Arbeit", fuhr ich Sophia Baumann nun an, weil diese offensichtlich keinen Anlass zu irgendeiner Reaktion sah, nachdem sie mich zuvor noch zugetextet hatte.

Was war das nur für eine Arbeitsmoral? Davon auszugehen, dass die Arbeit korrekt durchgeführt wurde, war doch das Mindeste, dafür waren die Menschen schließlich hier. Sie waren da, um ihren Job zu machen und nicht, um Fehler zu produzieren. So einfach war das System doch. Gerade Sophia Baumann musste ich diesbezüglich ständig im Blick behalten. Deren Schreibtisch war voll mit Familienfotos. Was das für Probleme mit sich brachte, zeigte sich nun erneut, nämlich Ablenkung pur! Selbst ich musste mir eingestehen, dass mein Blick manchmal an diesen Bildern hängenblieb, sodass ich aus wichtigen fachlichen Überlegungen herausgerissen wurde. Erst vor wenigen Tagen hatte mich der Anblick des glücklichen Kinderlachens auf einem dieser Fotos völlig aus dem Konzept gebracht. Ein kurzer Blick auf das Bild hatte genügt, und schon war ich mit meinen Gedanken ganz weit fort gewesen – tief in der Vergangenheit. *Damals.* Als ich selbst noch ein Kind gewesen war.

Ich hatte mich selbst gesehen, wie ich glücklich den Strand entlangrannte. Mama hatte meine eine Hand gehalten, die andere Papa. Auf diese wunderschöne Erinnerung war jedoch sofort eine umso schrecklichere gefolgt: Wieder hatte ich mich selbst am Strand gesehen. Diesmal allerdings allein und völlig verzweifelt, nachdem ich gerade mit der Endlichkeit des Lebens konfrontiert worden war.

Beinahe wäre mir bei dieser Erinnerung ein Schluchzen entwichen. Zum Glück war es mir dann aber gelungen, den Moment der Schwäche zu überwinden, indem ich alles andere ausgeblendet und mich voll auf eine schwierige Kreditgeschäft-Analyse konzentriert hatte. Mir persönlich hatte es sehr geholfen, mich in die Details zu vertiefen. Trotzdem zeigte mir dieser Vorfall einmal mehr, wie wichtig eine konsequente Trennung von Arbeit und Privatleben war, und zwar für alle Beteiligten. Unzählige Studien gaben mir da recht.

„Frau O'Reilly, es tut mir leid! Natürlich hätte sich in diese Formel niemals ein Fehler einschleichen dürfen. Doch ich habe ihn direkt erkannt und …", versuchte die Teamleiterin die Situation zu retten, doch meine Geduld war nun wirklich an ihre Grenzen gekommen: „Ein Fehler schleicht sich nicht ein, sondern wird aktiv gemacht. Ich verbitte mir solche Ausreden! Sie werden jetzt umgehend an Ihren Schreibtisch zurückgehen und die gesamte Kalkulation prüfen. Morgen möchte ich eine fehlerfreie Version vorliegen haben. Sollten Sie sich überfordert fühlen, teilen Sie mir das besser rechtzeitig mit!“

Wut. Wut war besser als Tränen, denn es war besser, gehasst zu werden, als Mitleid zu bekommen. Und wie ich gerade sah, gab es doch immer irgendeinen Grund, wütend zu sein, wenn man gerade dringend seine Tränen zurückhalten musste. Doch heute ging mir alles so nah, dass es mir nur mit größter Mühe gelang, Sophia Baumann einfach stehen zu lassen und ohne glasige Augen aus dem edlen Bürogebäude zu rauschen. Nun kam mir besonders zugute, dass sich meine geräumige Eigentumswohnung ebenfalls in der HafenCity befand. Binnen Minuten war ich endlich in meinen eigenen vier Wänden, die ich gerade brauchte, um irgendwie abzuschalten. Denn ich hatte noch keine Idee, wie ich auf die Nachricht reagieren sollte, die ich über LinkedIn erhalten und die diesen Tag völlig durcheinandergebracht hatte.

Kapitel 2

Die hübsche Decke, in die ich mich auf dem Sofa eingewickelt hatte, spendete kaum Wärme. Überfordert starrte ich auf die Nachricht auf meinem Handy. Sie konfrontierte mich mit dem schwärzesten Tag meines Lebens, der mir alles genommen hatte. Soweit ich mich erinnern konnte, hatte ich damals nichts verstanden und zugleich gewusst, dass plötzlich nichts mehr so war wie bisher. Und dass es nie wieder gut werden würde. Damit hatte ich wohl recht gehabt, denn inzwischen waren fünfundzwanzig Jahre vergangen. Das war ein Vierteljahrhundert! Und es hatte nicht ausgereicht, um zumindest Narben aus meinen Wunden zu machen. Kopfschüttelnd legte ich mein Handy zur Seite. Ich konnte es nicht fassen. Meine Cousine Joanne, wegen der das Drama damals seinen Lauf genommen hatte, hatte es gewagt, Kontakt zu mir aufzunehmen! Dann spürte ich, dass meine Wangen nass waren. Dicke Tränen liefen über mein Gesicht. Zum Glück war ich in meiner Wohnung und somit vor fremden Blicken geschützt.

„Was soll ich denn jetzt nur tun?", fragte ich in die Stille.

Von meiner eigenen Frage war ich völlig überfordert. Nicht an das denken, was damals passiert war, war meine übliche Strategie. Normalerweise klappte das durch mein hohes Arbeitspensum ganz gut. Weil es angeblich nicht gesund war, sich zu viel Stress durch Arbeit zuzumuten, ernährte ich mich zum Ausgleich gesund und hatte mir ein umfassendes Sportprogramm zusammengestellt. Ich glaubte zwar daran, dass die Probanden, die ihren Job wirklich gern mochten, in den meisten Studien über die Effekte des Arbeitslebens nur unterproportional vertreten waren und ich mir mit meinem Arbeitspensum nicht schadete. Doch etwas zusätzliche Sicherheit für einen gesunden Lebensstil war gut! Mir persönlich half es außerdem, gar keine Zeit zu haben, um mich mit meinen Erinnerungen und Gedanken auseinanderzusetzen. So gesehen war es quasi ein Vorteil, dass es enorm viel Zeit kostete, meinen Mitarbeitern ständig auf die Finger schauen zu müssen, weil man ihnen eben nie so ganz vertrauen konnte. Selbst die Kontrolle über alles behalten, das war meine Devise! Und nach ihr richtete ich stets mein Handeln.

Nur nicht heute.

Ich war so irritiert von allem, dass selbst ich nicht mehr in der Lage war zu arbeiten. Beim Gedanken an eine Mahlzeit zog sich mein Magen zusammen, und meine Arme fühlten sich an wie Gummi. Liegestütze und Co waren gerade undenkbar. Das Nichtstun fühlte sich allerdings noch schlimmer an. Ob ich vielleicht putzen sollte? Dabei war alles frisch gereinigt. Ich schaute mich um. Selbst die Glasvitrine glänzte, und auch darin war kein Staubkorn zu finden. Sehr wohl aber an der Rotweinflasche mit dem edlen Etikett, die ich kurz vor Weihnachten von einem Geschäftspartner zugeschickt bekommen hatte. Unangetastet verweilte sie dort seit Wochen, was für eine Verschwendung! Eine Weinverkostung war wohl genau richtig für diesen anstrengenden Tag. Normalerweise mochte ich keinen Alkohol, aber heute war schließlich eh schon alles aus den Fugen geraten. Neugierig geworden probierte ich ein paar Schlucke und war überrascht. Lecker war der gute Tropfen, und mir wurde gleich etwas wärmer. Übermütig schaltete ich französische Musik ein und drehte die Lautstärke höher, passend zu diesem Flair. Moment, nein, laut der kleinen Flagge am Etikett kam der Wein aus Italien. Also spielte ich italienische Songs ab, das war auch gut so, denn die gefielen mir weitaus besser. Immer wieder nippte ich am Glas, schenkte nach, hörte Musik und umschlang die Sofalehne. Alles wurde so viel entspannter. Für einen Moment war ich versucht, das „Ti amo“ mitzusingen, dann fiel mir auf, dass das Lied ja eigentlich auf Deutsch war und so gar nicht in mein aktuelles Konzept passte. Was hatte Howard Carpendale denn in dieser Playlist, die bislang so stimmig gewesen war, zu suchen? Ich wollte schnell ein Lied weiterschalten, und dabei passierte das Malheur: Die Weinflasche fiel um, und der Rest des Flascheninhaltes fand seinen Weg auf mein cremefarbenes Kissen. Es waren nur noch ein paar Tropfen, und trotzdem schienen sie sich schon jetzt in den zarten Stoff zu fressen.

„Auch das noch!“

Warum hatte ich ausgerechnet dieses Kissen getroffen, statt die überschwappenden Weintropfen auf dem schwarzen Ledersofa zu vergießen? Obwohl ich spürte, wie ich Kopfschmerzen bekam und mir dezent schwindelig wurde, hätte ich die Flecken von dem Leder bestimmt entfernen können. Doch das Kissen war vermutlich für immer verdorben. Erneut traten mir Tränen in die Augen, dabei hing ich kein bisschen an diesem Teil und könnte es doch ganz einfach ersetzen. Geldsorgen hatte ich noch nie gehabt, und meine Eigentumswohnung in diesem HafenCity-Neubau war ausnahmslos mit Designermöbeln ausgestattet. Damit alles perfekt zueinanderpasste, hatte ich vor ihrem Einzug eigens einen Innenarchitekten engagiert. Alles war hochwertig und aufeinander abgestimmt, obwohl ich den Rat des Architekten missachtet und auf gewisse Farbelemente und diese so genannte persönliche Note verzichtet hatte. Klare Linien gefielen mir ebenso wie apokalyptische Bilder. Das hatte bislang niemanden gestört. Gut, ich bekam auch nie Besuch. Überhaupt ließ ich fremde Menschen ungern in mein Revier und kümmerte mich lieber selbst um den Haushalt, samt Fensterputz und Müllentsorgung. Nur wenn unausweichliche Techniker-Termine anstanden, musste ich fremde Menschen in meine Wohnung lassen. Würde denen auffallen, wie schlimm mein Kissen nun aussah? Ich drückte mein Gesicht mitten auf die Flecken, dann ließ ich das Kissen fallen und taumelte ins Schlafzimmer.

*

Als am nächsten Morgen immer lauter werdende dumpfe Geräusche zu hören waren, war ich zunächst irritiert. Es dauerte eine Weile, bis ich realisierte, dass etwas gegen meine Eingangstür knallte, immer und immer wieder. Erst stöhnte ich auf, dann blinzelte ich. Grelles Licht fiel in meine Augen. Den ersten Versuch, mich aufzusetzen, musste ich aufgeben, weil mir schwindelig wurde. Was hatte ich da gestern bloß getrieben? Ganz sicher war ich mir nicht mehr. Hatte ich wirklich eine komplette Flasche Rotwein auf leeren Magen ausgetrunken, obwohl ich ganz genau wusste, wie schlecht mir die Kombination aus zu vielen Histaminen und Alkohol bekam?

Das Schlafzimmer drehte sich für einen Moment, und in meinem Kopf krachte … – nein, das Krachen war real. Da war jemand an meiner Tür. Unangemeldet! Musste ich dem nachgehen? Lieber wäre ich liegen geblieben und hätte meine Augen so lange zugelassen, bis mein vierunddreißigjähriger Körper mir die Fehler des Vortages verziehen hätte. Weil die Geräusche jedoch nicht aufhörten und ich nun auch noch Rufe hörte, entschied ich mich anders. Zunächst streckte ich nur ein Bein aus dem Bett und stellte erst dabei fest, dass ich noch angezogen war. Ich verzichtete darauf, einen Blick auf die Uhr zu werfen. Mein ganzer Stolz galt gerade der Tatsache, dass ich mein Bett ohne weiteren Zwischenfall verlassen und es bis an die Wohnungstür geschafft hatte, ohne mich auf dem Weg dorthin übergeben zu müssen.

„Wozu gibt es Klingeln! Und warum … – oh, hoppla. Warum um alles in der Welt geben Sie Ihre Pakete nicht unten beim Concierge …“, versuchte ich zu meiner alten Stärke zurückzufinden. Allerdings klang ich dabei äußerst jämmerlich.

Damit dieses laute Klopfen ein Ende nahm und ich dem Paketboten endlich verdeutlichen konnte, wie unangemessen dieses Theater war, riss ich die Tür auf. Als ich nach Sekunden realisierte, dass ich ins Gesicht einer mir durchaus bekannten Person schaute, stolperte ich rückwärts zurück. Dank einer ungeschickten Bewegung bekam die Tür dabei den notwendigen Stoß, um ins Schloss zu fallen, bevor meine Mitarbeiterin möglicherweise noch einen Fuß dazwischenschieben konnte. So langsam dämmerte es mir. Es war unter der Woche und vermutlich längst Mittag, zumindest sah es draußen erstaunlich hell aus. Mein Handy würde ich nicht gehört haben, hätte jemand versucht, mich zu erreichen. Ich wusste nicht mal, ob sich dieses Teil überhaupt hier irgendwo in der Nähe befand. Warum aber ausgerechnet Sophia Baumann vor meiner Tür stand und wie die überhaupt bis hierher gefunden hatte, blieb für mich trotzdem ein Rätsel, das sich mit diesen Kopfschmerzen wohl kaum lösen ließ. Leider war mir bewusst, dass diese Person zumindest für einen kurzen Moment einen Blick auf mich hatte werfen können. Wie sah ich wohl aus? Zerzauste blonde Haare, verschmiertes Make-up, zerknitterte Klamotten … – ich durfte mich selbst später unter keinen Umständen in einem Spiegel betrachten. Denn so genau wollte ich gar nicht wissen, in welch elendigem Zustand sie mich überrascht hatte.

„Frau O'Reilly, bitte! Niemand kann sich daran erinnern, dass Sie jemals auch nur fünf Minuten zu spät gekommen sind. Geschweige denn daran, dass Sie Ihr Handy seit drei Stunden ignorieren und man Sie auf keinem Wege erreichen kann!"

In dem Tonfall klang Empörung mit, doch irgendwie war es auch, als hätte Sorge in diesen Worten mitgeschwungen. Oder täuschte ich mich? Inzwischen erinnerte ich mich wieder viel zu genau an den gestrigen Tag. Ich hatte der Mitarbeiterin, die vor meiner Tür stand, schließlich ordentlich meine Meinung mitgeteilt, die Bank dann verlassen und war heute gar nicht erst dort aufgetaucht. Vielleicht war Sophia

Baumann deshalb wirklich besorgt? Es könnte aber auch Schadenfreude sein. Ich verstand es nicht, wusste hingegen, dass es jetzt galt, wieder zur alten Fassung zurückzufinden. Dazu atmete ich einmal tief durch und räusperte mich.

„Wo ist Ihr Problem, Frau Baumann? Auch ich kann einmal krank sein und hab meine Ruhe verdient. Stattdessen terrorisieren Sie mich mit diesem Lärm. Wenn ich nicht erreichbar bin, geht der erste Weg noch immer zum Concierge dieses Hauses! Ich bin krank, ist das so weit klar?"

Klang ich wie eine Autoritätsperson? Wohl nicht so ganz. Dass der unerwünschte Besuch in meinem privaten Reich eine Grenzüberschreitung war, sollte trotzdem verständlich genug gewesen sein.

„Gestern verlassen Sie vollkommen aufgelöst die Bank – mit Verlaub, so haben wir Sie noch nie erlebt –, und dann verschwinden Sie spurlos. Ihre Assistentin dreht durch vor Sorge, weil sie dachte, es ist etwas Schlimmes passiert! Ich wollte vermeiden, dass sie die Polizei ruft, und nur deshalb bin ich hier."

Nun klang Sophia Baumanns Stimme trotzig. Meine Mitarbeiterin war besorgt hergekommen, trotz des gestrigen Vorfalls und obwohl wir in den letzten Wochen des Öfteren Meinungsverschiedenheiten diskutiert hatten, und nun gab ich ihr auch noch einen Anlass, sich berechtigterweise zu ärgern. Wieso musste alles so kompliziert sein? Ich wollte doch einfach einen guten Job machen und nicht immer wieder in Situationen geraten, in denen mir diese Leute ein Rätsel nach dem anderen stellten. Es überforderte mich, und in diesem Moment konnte ich nicht länger an meiner Strategie der Wut festhalten, um Tränen zu verhindern. Glücklicherweise war die Tür zugefallen, sodass Sophia Baumann dies nicht sehen konnte.

„Ich habe sie selten. Also die Migräne. Aber wenn sie kommt, dann bin ich nicht einmal in der Lage zu telefonieren. Das ist aber kein Grund, gleich durchzudrehen oder an die Polizei zu denken“, erklärte ich. Dann atmete ich tief durch. „Okay, ich bin sonst nie zu spät und melde mich in den seltenen Krankheitsfällen immer ab. Sie konnten es nicht wissen, keiner konnte das. Aber jetzt sind Sie ja davon in Kenntnis gesetzt, dass ich nur einen Migräneanfall habe und heute nicht zur Arbeit kommen werde. Habe ich mich klar genug ausgedrückt?“

„Vollkommen klar. Dann ruhen Sie sich gut aus – vielleicht wäre ein gemütlicher Pyjama dafür besser geeignet als ein Hosenanzug.“

Verflixt. Der kurze Moment hatte zu viel verraten. Warum um alles in der Welt hatte ich die Tür auch einfach geöffnet? Warum hatte mir überhaupt jemand ein Flasche Rotwein geschenkt? Dieses Zeug war schließlich schuld an diesem Kater und all seinen Folgen. Ohne diesen Absturz hätte ich mich heute Morgen einfach krankgemeldet und in Ruhe ausgeweint. Nun galt es, Schadensbegrenzung zu betreiben.

„Nachdem wir das hier geklärt haben, lassen Sie uns zu den wichtigen Dingen zurückkehren. Denken Sie an die Korrektur bei dem Zinsänderungsrisiko. Sobald ich zurück bin, nehme ich mir Ihr Modell vor, und ich erwarte eine gründliche und fehlerfreie Arbeit. Und ich verbitte mir in Zukunft Besuche aus der Bank hier in meiner Privatsphäre.“

Erschöpft ließ ich mich an der Wand entlang auf den Boden rutschen. Schwindel und Übelkeit waren mir vor lauter

Aufregung vergangen, stattdessen drohte mein Kopf zu zerplatzen, und trotzdem regte sich etwas wie Mitleid für diese nervige perfekte Familienmutter in mir. Ich hatte offensichtlich selbst die Macht über meine Gedanken verloren.

„Tut mir leid für den harschen Ton. Bringen Sie die Formel bitte einfach in Ordnung. Ich validiere sie, sobald ich zurück bin. Aber ich brauche jetzt Ruhe."

„Nachdem wir uns wirklich Sorgen gemacht haben, ist es wohl beruhigend zu hören, dass Sie Ihre Top-Form fast wieder erreicht haben!"

Hatten meine Mitarbeiter sich also wirklich um mich gesorgt? Davon war jetzt allerdings schon nichts mehr zu spüren, denn aus Sophia Baumanns Stimme war nur noch Wut herauszuhören:

„Und was diese Formel angeht: Das Modell ist längst überarbeitet! Und *Sie* könnten ruhig mal an Ihrem Tonfall arbeiten, so vergraulen Sie nur Ihre Mitarbeiter. – Erholen Sie sich gut von Ihrer *Migräne*!"

Ein Schluchzer erklang, und dann entfernten sich Schritte. Das hatte ich mal wieder ganz wunderbar hinbekommen. Enttäuscht blieb ich auf dem Marmorboden sitzen, als hätte mich jemand mit Panzertape fixiert – zu erschöpft, um noch irgendetwas Sinnvolles zu tun und die Situation zu retten. Ich grübelte und versuchte zu verstehen, was falsch gelaufen war, denn der Schluchzer, den ich von Sophia Baumann gehört hatte, ging mir nicht aus dem Kopf. Diese Frau hatte sich offensichtlich nie geschworen, dass Tränen nicht zu ihrem Leben gehörten. Warum auch, sie war schließlich die perfekte Mutter oder so was. Schon wieder kam dieses dumpfe Gefühl in mir hoch. Ich kannte die Frau jenseits der

Arbeit gar nicht, und trotzdem beneidete ich sie, obwohl ich das nicht wollte. Außerdem tat mir dieser ganze Vorfall leid. Hatte ich diese Mitarbeiterin ungerecht behandelt und einen zugegebenermaßen kleinen Berechnungsfehler durch meine Worte zu hart bestraft? Vielleicht war es nur ein Tippfehler gewesen. Natürlich konnten solche kleinen Fehler große Auswirkungen haben. Doch Sophia Baumann war ansonsten eigentlich verlässlich, sodass sie den Fehler eventuell noch entdeckt und verbessert hätte.

„Warum vermassel ich so was bloß immer?"

Es lief alles aus dem Ruder, so wie mein ganzes Leben aus dem Ruder gelaufen war, seit diesem schrecklichen Tag, auch wenn ich wirklich gut darin war, trotzdem eine kompetente Führungskraft zu sein. Warum fühlte ich mich nicht so stark, wie ich gern wäre? Was war, wenn meine Mitarbeiter mich jetzt nicht mehr ernst nahmen, weil heute meine schwache Seite zum Vorschein gekommen war? Ausgerechnet jetzt, wo ich mich mit viel Energie im Berufsleben etabliert hatte und diese Karriere für mich der wichtigste Faktor meines Lebens war, drohte dieses Kartenhaus einzustürzen. Auf allen vieren krabbelte ich ein Stück und hangelte mich dann an der Wand entlang bis ins Wohnzimmer, wo ich mein Handy wiederfand. Diese Nachricht … – nein! Ich konnte nicht einmal den Gedanken daran ertragen, die Nachricht, die mir den Boden erneut unter den Füßen weggezogen hatte, noch einmal zu lesen. Stattdessen ruhte ich mich einen Moment auf dem Sofa aus und holte anschließend eine Flasche Wasser, um diese in kürzester Zeit komplett zu leeren. Das tat gut. Mein Kopf schmerzte zwar immer noch, und flau war mir auch im Magen, doch immerhin drehte sich nicht mehr die ganze

Wohnung um mich, und ich begann, wieder klare Gedanken zu fassen. Gestern hatte ich völlig unkoordiniert gehandelt, nun überlegte ich mit Bedacht, ob ich dem Impuls, von all dem angerichteten Chaos Abstand zu gewinnen, tatsächlich nachgeben wollte oder einfach mal gar nichts tat.

Kapitel 3

Nachdem ich einige Stunden auf dem Sofa gesessen und Löcher in meine Wände gestarrt hatte, hielt ich es nicht länger zu Hause aus. Meine Kopfschmerzen waren verblasst, und körperlich fühlte ich mich wieder halbwegs fit. Doch nach dem peinlichen Desaster am Vormittag konnte ich mich heute nicht in der Bank blicken lassen und mich dort mit meiner Arbeit ablenken. Auch wenn an einem Freitagabend wahrscheinlich wenig Betrieb dort sein durfte, weil die Leute lieber feiern gingen oder bei ihren Familien saßen. Nein, es kam nicht infrage, noch eine weitere Peinlichkeit zu riskieren. Abgesehen davon ließ mich die Nachricht meiner Cousine nicht los, und mir dämmerte so langsam, dass ich dieser Kontaktaufnahme nicht dauerhaft aus dem Weg gehen konnte. Oder konnte ich sie einfach ignorieren? Zögernd stand ich auf, um einen warmen Mantel anzuziehen, und obwohl es meiner Frisur nicht sonderlich guttat, setzte ich eine dunkle Mütze auf. Meine Augen versteckte ich unter einer überdimensionierten Sonnenbrille. Nur für den Fall, dass sich trotz der Kälte und der abendlichen Dunkelheit noch jemand meiner Kollegen in der HafenCity herumtrieb und mich erkannte. Dunkelheit. Sonnenbrille. Seufzend legte ich Letztere zurück auf die Kommode, denn eine Witzfigur wollte ich draußen auch nicht darstellen. Außerdem war es legitim, nach einer *Migräne* einen Spaziergang zu machen, und frische Luft brauchte ich tatsächlich.

Dass meine Überlegungen überflüssig gewesen waren, wurde mir bewusst, als ich unten angekommen war. Ungefähr niemand spazierte im Winter in der dunklen HafenCity herum, noch dazu wenn es leicht regnete. Die Abwesenheit von Menschen und Lebendigkeit, die viele an diesem jungen Stadtteil kritisierten, gefiel mir. Wobei dieses Klischee leider auch nicht mehr so aktuell war wie noch vor einiger Zeit. Es wurde belebter hier, doch an einem Abend wie diesem hatte ich zumindest hier draußen an der frischen Luft meine Ruhe, die ich gerade so dringend brauchte. Deshalb ging ich zügig an der stylischen Cocktailbar vorbei, die heute der einzige besuchte Ort zu sein schien, und nutzte lieber den nahezu menschenleeren Weg entlang des Hafenbeckens bis hin zur Elbphilharmonie, die stolz Richtung Freiheit ragte. Kurz war ich versucht, dort hoch auf die Plaza zu fahren und den Rundumblick über den Hafen zu genießen, doch dann sah ich die hysterisch lachenden Frauen, die ganz offensichtlich einen Junggesellinnenabschied feierten und die gleiche Idee hatten. Feierte man so was heutzutage nicht mehr auf Sankt Pauli?

„Drei Schnäpse für vier Eurohohoho“, quietschte eine der Ladys, die mit ihrem glitzernden Bauchladen auf mich zugekommen war.

„Danke, nein!“

„Spielverderberin!“

Kopfschüttelnd nahm ich Reißaus in Richtung Speicherstadt. Hier hatte ich wieder meine Ruhe, und es gefiel mir jedes Mal aufs Neue, zwischen den altehrwürdigen Gebäuden entlangzuspazieren. Glücklicherweise hatte ich vorhin flaches Schuhwerk gewählt, denn das konnte man auf dem Kopfsteinpflaster bestens gebrauchen. Aus einem geöffneten Fenster eines Cafés roch es nach Kaffee und Tee. Ein Stück weiter beobachtete ich zwei Männer, die Teppiche in einen der Speicher trugen. Immer wenn ich hier war, fiel es mir leicht, in eine andere Welt abzutauchen. Kein Wunder, schließlich lag viel Geschichte zwischen diesen Bauwerken und Fleeten. Auch heute war ich fasziniert von diesen Gebäuden, doch die Ablenkung hielt nicht ewig. Nach und nach wirbelten mir die Worte meiner Cousine wieder durch den Kopf. Mit dem Rücken stellte ich mich an eine Wand und zog das Handy aus meiner Manteltasche. Anders als gestern war ich gewappnet, als ich LinkedIn aufrief. Ich wusste nun, was mich dort erwartete, und trotzdem erstarrte ich, als ich das Profilbild von Joanne erblickte, und das hatte nichts mit der Tatsache zu tun, dass eine Ratte auf ihrer Schulter saß, auch wenn ich solche Tierchen nicht sonderlich zu schätzen wusste. Der Mensch, der schuld am Tod meiner Eltern war, hatte ein Gesicht bekommen und war damit in mein Leben getreten.

„Ja, Regen, ich will auch, dass sie verschwindet!“, flüsterte ich, als sich die Regentropfen auf dem Display sammelten und Joannes Gesicht somit immer unkenntlicher wurde. Obwohl mir das gerade ganz gut gefiel, wischte ich mit meinem Ärmel über das Display, um durch ihr Profil zu scrollen.

Möglicherweise war die Nachricht, die mich gestern so sehr aus der Bahn geworfen hatte, nur eine spontane Entscheidung gewesen, bedingt durch eine durchzechte Partynacht. Das Profilbild unterstützte diese Theorie. Die Tatsache, dass Joanne die Plattform LinkedIn in dieser Aufmachung überhaupt nutzte, sprach hingegen für eine extra vorgenommene Registrierung. Tatsächlich waren keine Details zum Lebenslauf ausgefüllt, und es gab nur zwei Kontakte. Also hatte Joanne mich ganz bewusst gesucht – oder es handelte sich um ein Fake-Profil, und die Nachricht war überhaupt nicht echt. Verflixt, nein, dazu passten die Details zu gut. Die konnte niemand kennen, der mich einfach nur mal ärgern wollte, weil niemand aus meinem Umfeld mein Privatleben und meine Geschichte kannte. Die Nachricht, die ich nun wieder aufrief, musste wirklich von meiner Cousine stammen:

Hey Cousinchen,

du wunderst dich bestimmt, dass ich dir schreibe. Ich bin bei der Suche nach meiner Mutter auf dich gestoßen. Man hat mir immer gesagt, sie sei tot, aber jetzt habe ich herausgefunden, dass das nicht stimmt. Lange Geschichte. Von dir habe ich auch erst vor Kurzem erfahren. Wir sollten uns kennenlernen. Und du könntest mir bei der Suche nach Mum helfen.
Lass mal von dir hören,

XOXO Joanne.
Und: Es tut mir leid, das mit deinen Eltern … auch wenn der Flugzeugabsturz zum Glück schon lange her ist …

„Zum Glück?!", stieß ich aus. Diese beiden Worte, die schlimmer schmerzten als ein Schlag in die Magengegend, hatte ich gestern überhaupt gar nicht wahrgenommen. Was fiel dieser Frau bloß ein? Ganz bestimmt war es keine Option, etwas derart Pietätloses zu ignorieren. Am liebsten würde ich ihr persönlich die Meinung sagen, doch ich hatte ihre Nummer nicht und war nicht gewillt, diese herauszufinden. Denn ich wollte mit dieser Frau anschließend nie wieder etwas zu tun haben. Also hastete ich um das Gebäude herum, suchte einen verlassenen Hauseingang, um vor dem stärker werdenden Regen geschützt zu sein, und fing an zu tippen:

Hallo Joanne,

du hast recht, es wundert mich sehr, dass du dich bei mir gemeldet hast. Dass du die Dreistigkeit besitzt, mir nach allem, was war, einfach so zu schreiben.
Es tut dir also leid, dass meine Eltern deinetwegen umgekommen sind? Und zum Glück ist es schon so lange her?!
Durch diesen Unfall wurde ich mit neun Jahren zum Waisenkind.
Und keiner aus eurer Familie - dein Vater zum Beispiel, mein Onkel - hat sich um mich geschert. Ihr, wegen denen all das überhaupt passiert ist!
Ich wurde von Pflegefamilie zu Pflegefamilie gereicht; war nur eine Nummer für irgendwelche Behörden.
Sei mal lieber froh, dass du weit weg in Irland sitzt, auf einer Insel, und ich Flugzeuge logischerweise hasse und mich nicht in den nächstbesten Flieger setze, um dir mal ganz in Ruhe zu erklären, was mir so alles leidtut!

Weiß der Himmel, warum dir niemand erzählt hat, dass deine Mum einfach nur abgehauen ist. Selbst wenn ich es wollte, könnte ich nicht helfen, weil ich selbst keine Ahnung habe ...

„Verdammt!"

Ich biss auf meine zitternden Lippen und zuckte zusammen. Für einen Moment hatte ich geglaubt, den Sende-Button geklickt zu haben, doch das war ein Irrtum gewesen. Hastig löschte ich Zeile für Zeile. Was war da bloß in mich gefahren? Joannes Worten zufolge hatte sie erst kürzlich erfahren, dass ich existierte und was es mit dem Tod meiner Eltern auf sich hatte. Natürlich war die Sache mit der Schuldfrage auch etwas komplexer, als ich es fast dargestellt hätte. Rein logisch betrachtet zumindest. Ausnahmsweise war Logik in diesem Fall jedoch das Letzte, das mir half. Denn sie änderte nichts daran, dass ich es nicht ertragen konnte, irgendwelchen Kontakt zu Joanne zu pflegen. Deshalb musste ich dieses Kapitel beenden, bevor meine Cousine auf die Idee kam, mich noch mal zu kontaktieren. Trotz all des Schmerzes wollte ich zumindest versuchen, ihr diese Vorwürfe zu ersparen und wenn ich das nur aufgrund meines Verstandes tat.

Liebe Joanne,

bei der Suche nach deiner Mutter kann ich dir nicht helfen.
Ich hatte keinen Kontakt zu deinem Vater, und sonst habe ich niemanden mehr aus der Familie.
Bitte schreib mir nicht mehr.

Die Vergangenheit ist nicht „lange her", sondern real, und sie tut noch immer weh.

Alles Gute
Cate

Ich überflog die Zeilen noch mal, ehe ich die Nachricht abschickte. Gut fühlte sich das nicht gerade an. Doch immerhin hatte ich das Kapitel Joanne ganz souverän gemeistert.

Kapitel 4

Sonnenstrahlen kitzelten meine Nase, durch das gekippte Fenster kam etwas Wind ins Schlafzimmer, und aus der Ferne drangen ganz gedämpft die Hafengeräusche zu mir. Ich blinzelte langsam, drehte mich noch mal um und schreckte hoch, als ich auf den Wecker sah. Halb neun, ich hatte verschlafen! Sekundenbruchteile genügten, um aus dem Bett zu springen. Dann stockte ich plötzlich. Der Wecker war nicht grundlos stumm geblieben. Heute war Sonntag, auch wenn es mir wie eine Ewigkeit vorkam, seitdem ich zuletzt gearbeitet hatte. Dabei war ich nur einen einzigen Tag ausgefallen. Doch ganz offensichtlich bekam mir diese ganze Grübelei rund um meine Cousine und deren Nachricht nicht. Deshalb war auch ganz egal, welcher Wochentag heute war. Ich schlurfte in mein Arbeitszimmer, wo ich den Laptop aufklappte, sämtliche Messenger und E-Mail-Programme bewusst ausgeschaltet ließ, und versuchte, mich auf ein paar Formeln zu konzentrieren.

„Das kann ja wohl nicht angehen", grummelte ich vor mich hin, nachdem ich zum wiederholten Male falsche Zahlen verknüpft hatte.

Ausgerechnet ich war so abgelenkt von „familiären" Dingen, dass mir gleich mehrere Fehler unterliefen. Super, Cate, damit war der Tiefpunkt der Karriere wohl erreicht! Energisch klappte ich den Laptop zu, gab der Tür meines Arbeitszimmers einen zu starken Stoß und beendete den ungeplanten Arbeitstag, noch ehe er richtig begonnen hatte. Somit stand fest, dass ich mich nur durch Sport ablenken konnte, und ich schlüpfte stattdessen in meine Joggingsachen. Mit zügigem Tempo preschte ich wenig später durch die HafenCity. Das Joggingtempo war hoch, mein Kopf knallrot, trotzdem oder gerade deshalb fühlten sich diese Kilometer erleichternd an. Gut zu wissen, dass ich zumindest noch auf mein Sportprogramm zählen konnte, wenn selbst meine heile Zahlenwelt nicht genug Ablenkung bot. Von Ersterem bekam ich fast zu viel. Ein Basketball landete direkt vor meinen Füßen, und nur knapp konnte ich einer Kollision ausweichen. Was für ein lebensferner Mensch hatte hier auch mitten in der HafenCity einen zwar gepflegten aber uneingezäunten Basketballplatz errichtet?

„Können wir den wiederhaben?", machte sich ein Junge bemerkbar.

Ups, mein Fuß hatte den Ball gestoppt.

„Klar, hier. Hauptsache, ihr lauft dem Ball nicht auf die Straße hinterher oder so", erwiderte ich schnell.

„Oh Mann, ey. Wir sind doch keine Kindergartenkinder mehr!"

„Gut … echt gut … ihr habt schließlich keine Ahnung, was euch so passieren kann, weil Erwachsene ihren Job nicht beherrschen. Das wollt ihr auch gar nicht so genau wissen, auch wenn ihr das solltet …"

„Sie sind echt komisch! Ciao!“

Schon war der kleine Kerl mit dem Ball zurück auf dem ungünstig konstruierten Platz, und ich stand hier noch herum und dachte über seine Worte nach. Welch eine Zeitverschwendung! Zumal ich nach diesem Lauf Appetit bekam und sowieso fast an meiner Wohnung war. Also lief ich den letzten halben Kilometer weiter und stoppte erst, als ich zu Hause auf den Aufzug wartete. Während sich meine Atmung auf dem Weg nach oben normalisierte, beschloss ich, gleich ein Omelett mit den Resten des Kühlschrankinhalts zuzubereiten. Doch bevor ich an der Wohnungstür ankam, sprang ein aufgedrehtes Fellbündel gegen meine Beine. Die rötlich gestromten Haare standen wild in alle möglichen Himmelsrichtungen ab. Das hier war das Gegenteil einer gepflegten Hauskatze. Als ich mich nach dem Tier bückte, wurde dies mit einem wilden Fauchen quittiert. Ich konnte gar nicht so schnell gucken, wie diese Katze mir einige Kratzer auf die Hand verpasste. Aus einem mir nicht ganz nachvollziehbaren Grund musste ich trotzdem schmunzeln.

„Whiskey, du solltest dich benehmen!“, machte sich eine Stimme bemerkbar.

Zuerst war mir der irische Akzent aufgefallen, dann hob ich meinen Blick langsam an. Ich sah ausgetretene Sneaker, eine dicke Strumpfhose, gefolgt von einem lilafarbenen Cordrock. Der schwarze Hoodie passte nicht zu dem Style, und die vielen Armbänder ließen die zierlichen Handgelenke völlig überladen wirken.

„Cate? Bist du das?“

Ich wollte nicht zu ihr aufsehen, auch wenn das kindisch war. Kurz neigte sich mein Kopf stattdessen wieder nach unten, wo eine riesige Sporttasche stand, in der sich vermutlich ähnlich scheußliche Klamotten für einige Wochen befanden.

„Okay, wenn du mich nicht ansehen willst …“

Schon setzte sich die junge Frau unbekümmert auf den Boden, sodass ich gezwungen wurde, in ihr Gesicht zu gucken. Auch wenn ihr Kleidungsstil gewöhnungsbedürftig war und an einen dickköpfigen Teenie erinnerte, strahlte sie Offenheit aus. Sie gehörte wahrscheinlich zu den Menschen, die jeder sofort sympathisch fand. Ihr Gesicht war wunderschön, ihre knallrot gefärbten Haare hoben sich von ihrer blassen Haut ab, und die Augen waren genauso grün wie meine – bloß, dass ihre neugierig funkelten. Joanne. Meine Cousine war einfach hergekommen. Dass ich zurückgetaumelt war, bemerkte ich erst, als die Wand meinen Rücken berührte.

„Bitte sag mir, dass du nicht auch noch diese Ratte mitgebracht hast“, war meine erste Aussage.

Joanne lachte auf. „Die gehört einer Freundin aus Spanien, die ich in Vietnam kennengelernt habe, aber keine Angst, sie ist woanders untergebracht. Ich dachte mir, du kannst besser mit Katzen.“

„Ist es schon so weit, dass man mich als Crazy Cat Lady sieht?“

„Oh, Dear. Ich bin mir noch nicht ganz sicher, ob du gut mit Katzen kannst, deshalb ist Whiskey nur ein unfreiwilliges Mitbringsel. Er saß ganz allein unten, als ich in dieses Haus gehen wollte, um dich zu suchen. Oder soll ich lieber sagen in diesen Turm? Klotz? However, Whiskey wollte mit.“

Ich beobachtete, wie sich das wilde Tier in eine Schmusekatze verwandelte, während es sich auf Joannes Schoß legte. Sowohl Katze als auch Cousine waren beide sonderbare Individuen, die auf ihre ganz eigene Art und Weise etwas Liebenswertes ausstrahlten. Ich wunderte mich über meine Gedanken. Denn eigentlich hatte ich Joanne mit meiner Nachricht doch abwimmeln wollen. Eine Fünfundzwanzigjährige müsste durchaus in der Lage sein, einen solchen Sachverhalt zu verstehen und meinen Wunsch zu respektieren.

„Du solltest dieses Monster nehmen und gehen oder ich muss dir deutlicher als in meiner Nachricht erklären, warum ich keinerlei Kontakt mit dir und deiner Familie möchte", versuchte ich mich zu sammeln.

Doch ganz tief in mir drinnen wusste ich, dass es nicht fair war, die Kleine für mein gescheitertes Leben verantwortlich zu machen.

Obwohl ich Joanne noch nie zuvor gesehen hatte, verkörperte sie seit ihrer Geburt mein ganzes Schicksal, und jetzt saß ich hier auf dem Boden, unfähig, etwas Vernünftiges zu sagen, und wusste nicht, warum es mir nicht gelang, wütender zu sein.

„Deine Nachricht habe ich schon verstanden. Aber so einfach gebe ich nicht auf, denn ich glaube, du kannst mich ganz gut gebrauchen. Außerdem bin ich jetzt hier – also komm her!"

Vorsichtig stand Joanne auf, setzte das Fellbündel auf ihre Tasche und kam auf mich zu. Ich war zu perplex, um Widerstand zu leisten, als ich fest in den Arm genommen wurde. Bloß hatte mein Körper etwas gegen dieses Kennenlernen, denn meine Augen wollten nur noch Sternchen sehen.

„Ich glaube, mir wird schwindelig."

„Oh Mann, meinst du nicht, das ist etwas zu viel Drama, Cate? Na komm, wo ist dein Schlüssel? Oder was auch immer für ein Teil erforderlich ist, um in deine Wohnung zu kommen?"

Stumm deutete ich auf die kleine Tasche an meinem Oberarm, die Transponder und Handy beherbergte. Dann ließ ich Joanne die Tür öffnen und mich von ihr in meine Wohnung und zum Sofa führen. Für ein paar Sekunden verschwand Joanne, dann kam sie mit ihren Sachen und einer herumspringenden Katze zurück. Mein Kreislauf erholte sich schnell. Nur mit dem Denkvermögen wollte es nicht so recht klappen, denn das alles hier überforderte mich maßgeblich.

„Geht's wieder? Dann können wir ja reden, nach deinem supernetten Empfang. Wobei ich erst mal einen Kaffee gebrauchen könnte, denn der Flug ging echt früh …"

„Mir ist gerade ganz egal, was du willst. – Und was dieses Ungeheuer will. – Verdammt noch mal, geh sofort runter von meinem Hocker mit deinen scharfen Krallen!"

Wen sollte ich zuerst bändigen? Meine Cousine oder dieses Tier? Da der Kater mit seinen ungepflegten Krallen viel Schadenspotenzial hatte, wollte ich mit ihm beginnen. Der Versuch, ihn einzufangen, war zum Scheitern verurteilt. Er sprang abwechselnd zwischen meiner Couch und dem Hocker hin und her, ab und zu machte er auch mit dem Fernseher Bekanntschaft. Nach einer Weile hatte er davon genug und trottete ganz zahm auf die frech grinsende Joanne zu, um sich vor deren Füße zu setzen. Es war ja wohl die Höhe, dass ein Vierbeiner mir hier auf der Nase herumtanzte!

„So ein ungezogenes Tier, wir werden gleich den Tierschutz anrufen, damit sie dich abholen!"

„Nicht nötig, ihr werdet euch aneinander gewöhnen."

„Vielleicht vermisst ihn jemand. Wobei ich mir nicht vorstellen kann, dass jemand dieses Ungeheuer vermisst."

Ich seufzte. Jetzt tat mir der Kater auch noch leid. Ich wusste schließlich zu gut, wie sich Einsamkeit anfühlte.

„Pass auf. Ich werde jetzt duschen gehen. Mach dir deinen blöden Kaffee, versorg dieses Tier, was auch immer. Und dann besprechen wir euren Abschied aus meiner Wohnung", bestimmte ich.

Joanne hatte schließlich auch ungefragt eine Schale aus meinem Küchenschrank geholt, in die sie Wasser für Whiskey gefüllt hatte. Außerdem brauchte ich dringend ein paar Minuten für mich allein und wenn es nur im Bad war, wo ich mich um aus den verschwitzten Sportsachen kämpfte und mich unter einer eiskalten Dusche an den Gedanken gewöhnen wollte, dass meine Cousine aufgetaucht war. Obwohl ich keine Ahnung hatte, was nun zu tun war, wurde ich ungeduldig, denn jemand anderen in der eigenen Wohnung zu wissen war ein komisches Gefühl. Auf das volle Programm verzichtete ich deshalb und beschränkte mich auf das Föhnen, ließ die Haare anschließend in einen strengen Zopf wandern und nutzte ausgewählte Kosmetikartikel. Glücklicherweise war in der Wohnung alles friedlich geblieben. Whiskey schlich um die riesige Sporttasche herum, es duftete nach Kaffee, am Herd brutzelte etwas in der Pfanne – es war Omelett.

„Wie trinkst du deinen Kaffee, Cate?"

„Schwarz und stark."

„Wo ist dein Whiskey?"

„Der versteckt sich gerade hinter deiner Tasche."

„Ich meinte das Zeug zum Trinken. Ich denke, wir sollten ganz klischeehaft mit Irish Coffee anstoßen", sagte sie und grinste breit.

„Es ist unfassbar, wie dreist du bist", brummte ich, ohne zu erwähnen, dass ich sowieso gar keinen Whiskey besaß.

Dass Joanne von meiner Aussage völlig unbeeindruckt blieb und in aller Seelenruhe Kaffee und das Omelett zubereitete, machte mich innerlich rasend. Als alles auf dem Tisch stand, verhinderte sie, dass ich mich hinsetzte, und nahm mich vorsichtig in den Arm.

„Ich kann schon verstehen, dass mein Auftauchen hier ein ganz schöner Überfall ist. Aber entspann dich mal. Ich bin in friedlicher Absicht gekommen. Auch wenn meine Nachricht wohl etwas unsensibel war. Aber meine Güte, ich habe dich online gefunden, und dann bin ich später betrunken aus dem Pub in meine WG gegangen und dachte, es könnte eine schlaue Idee sein, mich bei dir zu melden und mal zu hören, ob du mir helfen willst und so."

„Dafür, dass du betrunken auf einer Sprache geschrieben hast, die nicht deine Muttersprache ist, war dein Text ziemlich verständlich", lenkte ich ab, weil ich ganz kurz davor war, Joanne all das an den Kopf zu werfen, was ich ihr zunächst als Nachricht hatte antworten wollen.

„Deutsch ist fast meine Muttersprache, ich bin damit groß geworden. Dad hat mich auf eine deutsche Schule geschickt damals. Betrunken schreiben geht auch, es kostet nur mehr Konzentration. Ist ja auch egal jetzt."

„Hmm …"

„Cate, lass uns in Ruhe frühstücken. Ich bin halb verhungert, du hast Sport getrieben. Wir essen etwas, und dann haben wir alle Zeit der Welt, um uns zu unterhalten."

Abgesehen davon, dass Joanne sich nicht nur in Windeseile hier zurechtgefunden hatte, bestimmte sie nun also auch über den zeitlichen Ablauf, was ich mir widerwillig gefallen ließ. Während ich ergeben mein Frühstück aß und gelegentlich an dem heißen Kaffee nippte, passierte auf der anderen Seite des Tisches viel mehr. Joannes Getränk war bereits geleert, das Omelett fast verputzt, und nebenbei bespaßte sie die in der Küche erschienene Katze, schrieb ein paar Nachrichten über ihr Handy, nahm eine Sprachnachricht auf und blätterte durch die Zeitungen, die noch ungelesen am Tisch lagen.

Joanne war wie ein Wirbelwind. Ähnlich wild wie der Sturm, der in mir tobte. All die Jahre war ich allein gewesen und hatte meine Familie ganz furchtbar vermisst. Nun war ein anderer Teil der Familie da. Doch ich konnte mich nicht auf Joanne einlassen, es ging schlichtweg nicht. Ohne sie wäre mein Leben grundlegend anders verlaufen.

„Es reicht, ich kann das nicht!", stieß ich aus.

Um sie zu schützen. Weil ich ganz genau wusste, dass ich nicht so mit Joanne reden konnte, wie sie es wohl verdient hatte. Deshalb war es eine kluge Entscheidung von mir, gar kein Gespräch zu führen und lieber die Wohnung so schnell es ging zu verlassen.

Kapitel 5

Das Ambiente in dieser Cocktailbar gefiel mir äußerst gut. Die lange s-förmig geschwungene Theke war in schickem Anthrazit gehalten, die Barhocker waren edel und bequem. Eine Vielzahl hochwertiger Spirituosen gab dieser Location einen stimmungsvollen Look, und durch die bodentiefen Glasfenster konnte man aufs Hafenbecken blicken. Ein schöner Ort und so nah dran an meinem Zuhause. Warum war ich bislang immer nur an dieser Bar vorbeigegangen, anstatt sie mal zu testen? Nur an der Lichtstimmung könnte man hier noch arbeiten, es war so unnatürlich hell …

„Ich hätte gern einen, ähm … Gin Tonic. Ohne Gin, bitte", gab ich meine Bestellung auf, als die Kellnerin auf der Bildfläche erschien.

„Klar, gerne. Dieser Gin Tonic ohne Gin ist ein echter Geheimtipp unserer Bar. Da gibt die Barkeeperin immer alles. Darf denn genügend Tonic mit ins Glas oder soll es nur ein Eiswürfel sein?"

Ich musterte die junge Kellnerin, mein Blick blieb auf der Zigarettenschachtel in ihrer Hand hängen, ehe ich sie wieder anschaute. Irgendetwas stimmte hier nicht.

„Sie wollen mich wohl veralbern?"

„Na, wer hat denn angefangen und kommt sonntagvormittags bei uns rein, obwohl wir geschlossen haben, und bestellt einen Gin Tonic ohne Gin?“

Hinter dem Tresen war die Barkeeperin aufgetaucht, und die beiden prusteten gleichzeitig los, was ich ihnen in dem Moment nicht übel nehmen konnte.

„Oh, ähm, ja. Stimmt. Das ist, ähm …“, stammelte ich peinlich berührt.

„War wohl ein bisschen spät gestern Abend, was? Aber wenn du so dringend einen Konterdrink brauchst, dann macht Stina dir bestimmt was. Wir sind hier sowieso noch eine Weile mit Aufräumen beschäftigt.“

Ich nickte langsam, ohne meinen Blick vom Tresen zu heben, um bloß keine der beiden anschauen zu müssen. Geschweige denn, dass ich zugeben würde, dass mein Fauxpas nicht auf einer durchzechten Nacht beruhte, sondern einfach nur auf der Tatsache, dass ich zum einen total neben mir stand und zum anderen absolut unroutiniert war, was Besuche in Cocktailbars anbelangte. Hinter dem Tresen wurde kräftig geschüttelt, dann stellte die Barkeeperin ein schickes Glas mit einem riesigen Eiswürfel vor mich.

„Dein Gin Tonic, ohne Gin und ohne Tonic“, sagte sie lachend und fügte ein „keine Sorge“ hinterher, ehe sie den Inhalt des Cocktailshakers in das Glas füllte und mit einer Grapefruitscheibe garnierte. „Wenn du alle Zutaten errätst, dann bekommst du ihn aufs Haus. Du hast ja eh nicht hingeschaut, als ich ihn zubereitet habe.“

Das alles hier war so absurd, dass ich in das Lachen mit einstimmen musste, ehe ich einen kräftigen Schluck nahm und kurz hustete.

„Wow, das ist stark. Uhh. Aber gut. Es schmeckt gut. Genau genug beschrieben?"

Ich nahm noch einen Schluck, weil mich der Ehrgeiz gepackt hatte. Grapefruit war darin und definitiv Whiskey. Ausgerechnet Whiskey. So wurde ich wieder ins Hier und Jetzt befördert. Es war immer noch dieser verrückte Tag, meine Cousine war immer noch hier in Hamburg, und ich saß an einem Sonntag um elf Uhr in einer eigentlich geschlossenen Cocktailbar, und als ob ich mich nicht bereits genug blamiert hatte, sah ich nun, wie Joanne draußen umherlief und auf diese Bar zukam, weil sie mich offensichtlich gerade entdeckt hatte.

„Lass dir ruhig Zeit mit dem Probieren …"

„Besser nicht! Was bekommst du?", wurde ich hektisch.

Unter gar keinen Umständen durfte ich zulassen, dass Joanne hier reinkam und – zu spät! Die Tür wurde aufgerissen, und schon stand sie mit all ihrer Präsenz mitten im Raum, wo sie ihre überdimensionierte Sporttasche laut auf den Fußboden fallen ließ.

„Wow, cool. Ich hatte gar keine Ahnung, dass ihr in Deutschland um diese Uhrzeit schon anfangt mit Cocktails, echt cool. Du hättest mich gern mitnehmen können, ich mag so was auch!"

„Gut, einen Whiskey to go für die junge Dame, und ich nehme das hier lieber mit und zahle direkt."

„Kommt gar nicht infrage, ich setz mich einfach dazu."

„Keine Widerrede, Joanne!"

Hektisch wühlte ich in meinen Jackentaschen, bloß um festzustellen, dass ich abgesehen von meinem Transponder für die Wohnung überhaupt nichts bei mir trug. Kein Portmonee, kein Handy, keine Smartwatch. Es gab tausend Möglichkeiten, seine Rechnungen zu zahlen, und keine davon konnte ich umsetzen. Auch das noch! Mein Stolz verbot mir, Joanne um Geld zu bitten und wenn es nur eine Leihgabe für fünf Minuten wäre. Also blieb nur dieser Deal, den die Barkeeperin eben wohl mehr als Scherz vorgeschlagen hatte.

„Whiskey, Grapefruitsaft", begann ich meine Aufzählung, auch wenn es mir unangenehm war, einen Drink aufs Haus zu bekommen. Dass ich im Spiegel, der hinter den Spirituosen hing, einen Blick auf den Mixbereich erhaschen konnte und das Rätsel durch Schummeln löste, war mir zutiefst peinlich. Trotzdem murmelte ich „außerdem Zitrone, Ahornsirup und Eiweiß", nahm noch mal einen großen Schluck und sprang auf.

Sollte Joanne tun und lassen, was immer sie wollte, das ging mich schließlich alles gar nichts an. Deshalb wollte ich die Bar nun schnellstmöglich verlassen.

„Du hast die Aromatic Bitters vergessen – die habe ich schon weggeräumt, bevor du in den Spiegel geschaut hast", sagte Stina, lachte auf und kam mit zwei kleinen Pappbechern hinter mir her.

„Geht trotzdem aufs Haus, auch das hier. Wahrscheinlich könnt ihr das brauchen, was immer ihr zu klären habt."

„Danke … – ich komme noch mal wieder, um zu zahlen. Danke. Das ist echt nett. Alles. Und der Drink, den meine Cousine da gerade auf ex getrunken hat, sah sehr gut aus", versuchte ich die Ruhe zu bewahren und lächelte Stina zu. Dann eilte ich nach draußen, wo ich den Inhalt der beiden Pappbecher beschnupperte. Whiskey pur. Es wäre unhöflich, das nun in die Hecke zu schütten. Unnötig war es auch, denn

Joanne erschien neben mir und zog mir unsanft beide Becher aus der Hand. Einen trank sie einfach so aus, den anderen stellte sie auf den Boden.

„Was jetzt, Cate? Ist das alles, was du kannst? Weglaufen? Ernsthaft?"

„Du hast keine Ahnung …"

„Hatte! Ich hatte keine Ahnung! Und zwar fünfundzwanzig Jahre lang nicht, weil man mich mein komplettes Leben lang belogen hat, und dann finde ich plötzlich raus, was passiert ist und dass es dich gibt, und will Kontakt zu dir, und alles, was du hinkriegst, ist, mir zu schreiben, dass du nichts von mir hören willst, und jetzt, wo ich hier bin, haust du einfach ab und …"

„Und das ist mein gutes Recht!", schrie ich verletzt. „Weil du keine Ahnung hast, was ich dir eigentlich alles sagen wollte, und weil ich das nicht sagen sollte, aber weil ich das verdammt noch mal nicht aushalte. Warum auch immer dein Leben eine Lüge war, meins war völlig kaputt. Es *ist* völlig kaputt. Denn ohne dich würden meine Eltern noch leben. Du bist schuld, an allem – jetzt weißt du es!"

Scheiße.

Ich hatte es ausgesprochen, besser gesagt geschrien. Mehr als deutlich, mitten in ihr Gesicht. Das, was ich niemals hätte sagen dürfen, hatte ich ihr lautstark vorgeworfen, und nun stand ich da. Regungslos, unfähig, das wiedergutzumachen. Weil man so was nicht wiedergutmachen konnte. Deshalb konnte ich nur beobachten, wie Joanne den am Boden stehenden Pappbecher in einem hohen Bogen auf die Straße trat.

„Das ist doch völlig krank, Cate."

Ich wünschte, sie hätte mich genauso angeschrien wie ich sie. Doch dass Joanne zum Flüstern übergegangen war, machte es nur noch schlimmer.

„Okay. Ich dachte, vielleicht kannst du mir bei der Suche nach meiner Mutter helfen. In erster Linie aber habe ich mich gefreut, als ich rausgefunden habe, dass ich hier eine Cousine habe, und dachte, es ist schön, seine Familie kennenzulernen. Das war dann wohl der größte Irrtum überhaupt. Immerhin habe ich in dieser kurzen Zeit eins von dir gelernt …"

Den eiskalten Blick, den Joanne mir zuwarf, bevor sie ihre Tasche ruckartig über die Schulter streifte, hatte ich mehr als verdient.

„… nämlich, wie man sich wie ein Feigling verhält und einfach abhaut!"

Weg war sie. Ohne sich noch mal umzudrehen. Ich hatte sie nicht gewollt und nun trotzdem verloren. Meine Beine waren nicht in der Lage, zu einem Sprint anzusetzen, um sie einzuholen. Stattdessen ging ich nur ein paar Meter weiter, hob den blöden Pappbecher auf, quetschte ihn zusammen und warf ihn in den nächstbesten Mülleimer, der anschließend noch einen Tritt von mir abbekam.

„Und wo hat sie jetzt diesen blöden Kater gelassen …?"

*

Dass meine schlimmsten Befürchtungen sich nicht bestätigten, war nur ein schwacher Trost. Der Kater war noch in meiner Wohnung, hatte aber nichts kaputt gemacht, sondern schlummerte friedlich auf meinem Sofa. Weil ich verhindern wollte, dass auch dieser Frieden ein jähes Ende nahm, wenn ich dem Tier zu nahe kam rief ich zunächst beim Tierregister an. Eine Vermisstenmeldung lag für einen solchen Kater nicht vor. Das Tierheim hatte auch geschlossen. Da blieb nur die Polizei, die ich anrief, damit der Kater abgeholt werden konnte. Schließlich hatte ich keine Transportbox. Diese brachten die Polizisten glücklicherweise mit, und Whiskey zeigte keinen Widerstand, als man ihn dort reinsetzte. Kein Wunder, der war bestimmt auch froh, von mir wegzukommen. Oder schaute er etwa traurig? Irgendwie war er ja doch ganz niedlich.

„Danke, dass Sie sich gekümmert haben", verabschiedeten sich die beiden Polizisten nach ihrem kurzen Einsatz.

Ich nickte nur.

Keine Sekunde zu früh fiel die Tür ins Schloss. Tränen bahnten sich den Weg über meine Wangen. Nun war ich wieder allein, weil ich alles falsch gemacht hatte, was man falsch machen konnte an einem solchen Tag. Joanne hatte mich überrumpelt, doch wütend war ich ausnahmslos auf mich selbst. Ich hatte ihr ins Gesicht geschrien, dass sie schuld am Tod meiner Eltern war. Auch wenn sie entgegen meinem Willen hier aufgetaucht und mir das alles viel zu emotional war, wusste ich, dass ich damit eindeutig zu weit gegangen war. Bloß fiel mir keine Lösung für dieses Problem ein.

Kapitel 6

Der Wunsch nach Distanz ließ mich nicht mehr los. Am liebsten würde ich bis ans andere Ende der Welt reisen, um vor meiner traurigen Vergangenheit und allem, was heute so schiefgelaufen war, davonzulaufen, doch Flugzeuge waren tabu. Noch während ich über eine Alternative nachdachte, packte ich meinen Koffer. Eigentlich war das Grübeln an dieser Stelle vollkommen überflüssig, da nur ein Ziel in Betracht kam. Mein Element war schon immer das Wasser gewesen. Als Kind hatte ich meine Ferien oft auf Föhr verbracht, weil meine Eltern diese Insel besonders geliebt hatten. Föhr zu betreten war genau deshalb nicht möglich. Schon vor Jahren hatte ich stattdessen Sylt als meinen persönlichen Rückzugsort auserkoren. Das war eng genug mit meiner Kindheit verbunden, um mir ein sicheres Gefühl zu geben, und zugleich weit genug entfernt, um nicht erdrückt zu werden. Obwohl diese Insel von Touristen hochfrequentiert war, hatte ich eine adäquate Unterkunft schnell über eine App gebucht. Schließlich war im Februar noch keine Hochsaison. Außerdem spielte das Budget keine Rolle. Normalerweise schätzte ich die Ruhe einer Ferienwohnung, doch dieses Mal fiel meine Wahl auf ein Zimmer eines edlen Hotels, Meerblick über den Strand von Westerland hinweg inklusive. Zwar wurmte es mich, dass Joanne mit ihrem Vorwurf, ich könne besonders gut weglaufen, nun recht behalten sollte. Trotzdem hielt es mich nicht von diesem Plan ab, denn ich brauchte das Meer gerade ganz dringend, um mich zu sortieren.

Den metallic glänzenden Koffer hatte ich schnell und routiniert gepackt. Oft genug war ich auf Dienstreisen – allerdings immer nur innerhalb eines Radius, in dem man auch ohne das Betreten eines Flugzeuges in akzeptabler Zeit an seine Ziele kam – und konnte meine Sachen daher trotz meines aufgewühlten Zustands vollständig und schnell zusammensuchen. Lediglich ein paar persönliche Sachen erforderten ein gewisses Maß an Konzentration. Dinge wie flauschige Kuschelsocken, Sanfte-Brise-Kerzen und Hagebutte-Rosen-Tee waren schließlich auch wichtig, wenn man den Versuch starten wollte, etwas Abstand zu gewinnen und vielleicht sogar zu entspannen. Nun stand ich in der Tiefgarage, strich über das kühle Dach meines schicken Sportflitzers und zuckte zusammen, als der dazugehörige Schlüssel mit einem lauten Klirren auf den Boden fiel. Seufzend zog ich den soeben eingeladenen Koffer wieder aus dem Wagen, hob den Schlüssel auf und beschloss, mit dem Zug anzureisen. Wie hatte ich überhaupt auch nur in Erwägung ziehen können, in diesem Zustand Auto zu fahren? Auch wenn ich den Cocktail vorhin nur zur Hälfte ausgetrunken hatte, war sicherlich noch etwas Alkohol in meinem Blut, und es wäre verantwortungslos gewesen, mich hinters Steuer zu setzen. So blieb mir keine andere Wahl, als drei Stunden mit kreischenden Teenies, endlos plappernden Frührentnerinnen und orientierungslosen Touristen in dem beschränkten Platz eines Zugwaggons zu verbringen.

Gehörte es hier zum guten Ton, sich so anzustellen, als würde man zum ersten Mal in seinem Leben eine Bahnfahrt unternehmen? Kopfschüttelnd beobachtete ich, wie Uschi und Helga vor lauter Aufregung wegen ihrer Reise den halben Sekt aus ihren zusammengesteckten Plastikbechern auf dem Fußboden vergossen. Wenigstens hatte die Bahn die fünfzehnminütige Verspätung fast wieder aufgeholt, als sie den Hindenburgdamm hinter sich gelassen hatte und endlich in Westerland einfuhr. Auf diverse Begrüßungs- und Verabschiedungsszenen glücklicher Familien und Pärchen, an denen ich mich vorbeikämpfen musste, hätte ich allzu gern verzichtet. Nachdem ich endlich im Hotel einchecken konnte, trat ich von einem Zimmer direkt auf den Balkon und ließ meinen Blick über die Brandung der Nordsee schweifen. Die anstrengenden Mitreisenden gerieten fast in Vergessenheit, und zum ersten Mal an diesem Wochenende konnte ich wieder richtig Luft holen. Der kühle Wind, der mir um die Nase strich, war eine Befreiung. Ich konnte das Meer riechen und genoss das Schreien der Möwen. Am liebsten wäre ich sofort zu einem ausgiebigen Strandspaziergang aufgebrochen, um den Rest der Welt so gut es eben ging auf Stand-by zu schalten. Doch sosehr mein Kopf sich auf diese Erfrischung freute, so sehr hatte mein Magen gerade etwas dagegen, was er mit einem lauten Knurren verdeutlichte. Inzwischen dämmerte es schon, und da war es wohl nicht verwerflich, dass mein Körper nach all den Stunden eine Mahlzeit einforderte, entschied ich.

*

„Moin. Wenn Sie noch was zu essen haben wollen, haben Sie noch ungefähr dreißig Minuten Zeit. So lange halte ich unseren Koch noch bei Laune. Wintersaison, da klappen wir die Bürgersteige pünktlich zum Sandmann hoch", erklärte der Kellner gut gelaunt und hielt mir eine in Plastik eingeschweißte Menükarte hin.

Die war genormt in ganz Deutschland, denn es handelte sich um eine simple Restaurantkette. Das war normalerweise nicht mein bevorzugtes Niveau, doch ausnahmsweise hatte ich mich für diese praktische und schnelle Lösung entschieden. Die Tatsache, dass mir einfaches Essen bevorstand, wurde durch den Sitzplatz im zweiten Stock ausgeglichen, denn so hatte ich die Möglichkeit, das Meer zu sehen und zu hören.

„Pommes mit – nein, lieber nicht. Ich nehme einen Chef-Salat mit italienischem Dressing, eine Flasche Wasser und einen Kaffee, der so stark ist, dass ich trotz des Windes senkrecht stehe. Das ist alles."

„Da klingt aber jemand ziemlich k.o. Ich werde sehen, was unser Hobby-Barista für Sie zaubern kann. – Sie sind geschäftlich hier?"

Der Kellner klang immer noch fröhlich. Manche Menschen waren so. Die waren immer happy und strahlten, obwohl es gar keinen Grund dazu gab.

„Ich weiß, dass es zu Ihrem Job gehört, höflich mit den Gästen Konversation zu betreiben. Aber ich hätte gerade am liebsten einfach nur meine Ruhe, nichts für ungut."

Der junge Kellner ließ sich von meiner Ansage allerdings nicht die Laune verderben. „Alles klar, ich bin schon weg. Sie werden Ihre Bestellung gleich bekommen, einschließlich des schwärzesten und stärksten Kaffees auf Sylt."

Ich setzte an, um noch etwas zu erwidern, schüttelte doch nur den Kopf und starrte aus dem Fenster.

„Sie sind das erste Mal auf der Insel?"

Ich zuckte zusammen. Bislang hatte ich überhaupt nicht bemerkt, dass hier im zweiten Stock noch jemand saß, und nun hatte mich dieser Jemand trotz seiner ruhigen Stimme vollkommen erschreckt.

„Ich meine, das hier ist eine mittelprächtige Restaurantkette. Praktisch gelegen und unkompliziert. Aber wenn Sie einen wirklich guten Kaffee wollen, kann ich Ihnen was anderes empfehlen", sprach der andere Gast weiter.

Langsam drehte ich meinen Kopf, um ihn zu mustern. Er strahlte die Ruhe aus, die ich in seiner Stimme zu hören geglaubt hatte, sah aber nicht ruhig im Sinne von langweilig aus. Er war wohl eher mit dem Wort Lässigkeit zu beschreiben, wobei auch das nicht ganz passte. Seinen Worten zufolge war er jedenfalls häufiger auf Sylt. Da er nun zu dieser Jahreszeit allein hier in diesem durchschnittlichen Restaurant saß, musste er dienstlich hier sein. So schnell waren die Menschen einzuschätzen!

„Das ist nicht nötig, ich kenn mich hier sehr gut aus."

Demonstrativ durchwühlte ich meine kleine Handtasche, zog an den weißen Kabeln und löste mit einem genervten Seufzer den Knoten aus den Kopfhörern. Ich sollte mir ganz dringend diese kabellosen Exemplare zulegen, fiel mir wieder ein, während ich mir die Stöpsel in die Ohren steckte. Heavy Metal, volle Lautstärke. Das war gut, um sich vor solchem Angequatsche zu schützen. Warum gingen diese

Männer mir überhaupt derart auf die Nerven? Wir waren hier im Norden, fast am nördlichsten Punkt Deutschlands. Konnten sich die Menschen ausgerechnet hier nicht an die Gewohnheiten der Nordlichter halten und sich wortkarg benehmen, so wie man das normalerweise erwarten durfte? Bestimmt waren die beiden nicht von hier. Ganz genau, der Kellner war vermutlich zum Jobben auf die Insel gekommen und der andere Mann beruflich unterwegs. So weit hatte ich das bereits analysiert. Wobei der Typ dahinten mit seinem dunkelblonden Dreitagebart, den dazu passenden Haaren und seinem Hoodie rein optisch ins Bild eines Norddeutschen passte. Möglicherweise war er einfach nur nett. Doch wieso sollte jemand nett zu mir sein, nachdem ich zuvor schon klargemacht hatte, dass ich keine Lust auf Gesabbel hatte?

Glücklicherweise erzielten die Kopfhörer ihre Wirkung, denn ich wurde nicht noch mal von diesem jungen Kellner in ein Gespräch verwickelt, bloß weil der sich dadurch ein höheres Trinkgeld erhoffte. Der Salat war nicht ganz so schrecklich wie erwartet, doch der Kaffee war ein Albtraum. Ich hatte einen schwarzen und starken Kaffee haben wollen, keine bittere Brühe. Einen entsprechenden Kommentar konnte ich mir nicht verkneifen, als ich meine Sachen samt Kopfhörern eingepackt hatte und das Restaurant verließ, während der andere Gast noch zahlen musste. So vermied ich geschickt eine potenzielle weitere Konversation. Gewusst wie!

*

Rastlos lief ich wenig später am Strand entlang. Während meines Aufenthalts in dem Restaurant war es stockfinster und kalt geworden. In Anbetracht der Tatsache, dass Ende Februar trotz des anstehenden Biikebrennens nicht gerade Hochsaison an der Nordsee war, hatte ich den Strand fast für mich ganz allein. Ab und zu flackerten ein paar bunte Lichter auf, die sich als blinkende Hundehalsbänder herausstellten. Abgesehen von den einzelnen Hunden, die samt ihrer Herrchen in der Ferne auftauchten, war niemand mehr hier. Als das angenehme Rauschen des Meeres meinen Puls endlich auf ein normales Level herunterbrachte und sich meine Atmung normalisierte, blieb ich stehen und starrte auf das dunkle Wasser. Ich trotzte der Kälte, setzte mich in den nassen Sand, zerrte an den Schnürsenkeln meiner Schuhe und ließ diese dann einfach auf der Stelle liegen. Es kostete etwas Überwindung, in die zwei Grad frische Nordsee zu laufen, und es dauerte nicht lang, bis meine Füße sich in Eisklumpen verwandelt hatten. Doch gerade deshalb war es befreiend. Die Kälte stoppte die wirren Gedanken in meinem Kopf, und die Struktur gewann wieder die Oberhand. Am liebsten wäre ich ganz ins Wasser gegangen und komplett untergetaucht, aber das war nicht unbedingt nötig, da die Kälte ohnehin von meinem ganzen Körper Besitz ergriff. Durch die bereits zurückgewonnene Vernunft handelte ich also klüger und verließ das Wasser wieder. Glücklicherweise war es nicht weit bis zum Hotel, das ich barfuß mit meinen Schuhen sowie meiner Tasche in der Hand erreichte. Die seltsamen Blicke der Angestellten ignorierte ich großzügig und ging schnellen Schrittes in mein Zimmer, wo ich mir eine ausgiebige warme Dusche gönnte, mir danach eine bequeme Jogginghose und ein Shirt anzog und mich in den weichen Bademantel wickelte. Völlig erschöpft ließ ich mich an diesem frühen Abend einfach nur noch aufs Bett fallen und erlaubte mir einzuschlafen.

Kapitel 7

Zu viele Träume waren mir in dieser Nacht durch den Kopf gegeistert. Mathematische Modelle, Sandstrände, fauchende Kater, E-Mails, schwarzer Kaffee, Gin Tonics ohne Gin, Inseln und eben Joanne. Alles war genauso durcheinandergeraten, wie ich mich momentan selbst fühlte, der Kälteschock des Wassers hatte leider nur kurz geholfen. Nach dem viel zu frühen Erwachen checkte ich meinen LinkedIn-Account. Möglicherweise hatte ich die Situation am Vortag doch etwas überinterpretiert, und vielleicht hatte Joanne sich bei mir gemeldet, um mir mitzuteilen, dass alles doch nicht so schlimm war. Immerhin hatte sie anfangs einen sehr offenen Eindruck gemacht. Sie war doch bestimmt ein Mensch, der jemandem eine zweite Chance gab. Ganz genau! Schnell klickte ich auf meine Nachrichten. Zwei Headhunter hatten sich gemeldet, Joanne hingegen nicht. Vielmehr war ihr Profilbild gelöscht. Nicht nur das. Als ich ihr Profil nach einigem Zögern aufrufen wollte, kam ich nicht weit. Sie hatte mich einfach blockiert. Obwohl sie so ein Zweite-Chance-Typ sein musste. Während ich erfolglos versuchte, meine Gedanken zu sortieren, zog ich mir einen Mantel über, schlüpfte in

Sportschuhe und war in dieser Aufmachung jedoch nur bis in den Fahrstuhl gekommen. Normalerweise konnte ich die Spiegel in Aufzügen nicht leiden, denn mir missfiel die Illusion der scheinbaren Größe dieser geschlossenen Räume. Außerdem starrten Menschen ständig hinein und beobachteten sich gegenseitig. Dieses Exemplar entpuppte sich ausnahmsweise jedoch als praktisch, denn es sorgte dafür, dass ich meine Kleiderwahl noch mal überdachte und zurück auf mein Zimmer ging. Der Mantel war schick, aber nicht besonders warm, und die schwarze Jogginghose hätte definitiv nicht für einen kalten Wintertag an der Nordsee ausgereicht, auch wenn ich vor dem Frühstück nur für ein paar Minuten an den Strand gehen wollte.

Als ich wenig später mit wetterfester Kleidung die Strandpromenade erreichte, war ich froh über jede Faser der Multi-Funktionswinterjacke, denn eisiger Wind wehte mir um die Nase. Die Temperatur musste um den Gefrierpunkt liegen und fühlte sich feucht an, auch wenn es weder regnete noch schneite. Diese Jahreszeit gepaart mit der langsam einsetzenden Morgendämmerung war für meine Zwecke perfekt. So hatte ich den Strand wieder für mich allein. Niemand sah, wie ich hektisch hin- und herlief und mich schließlich auf den mit Raureif überdeckten Sand setzte und aufs Meer starrte. Ob der Fischkutter, der ganz hinten am Horizont auftauchte, sich auch so verloren fühlte? Eine Weile schaute ich zu, wie er sich seinen Weg bahnte, und dachte an das, was in der Ferne lag. Ich drehte meinen Kopf ein bisschen nach links, so schaute ich in die Richtung von England. Wie viele Kilometer Nordsee trennten mich von der Insel? Es mussten so um die fünfhundert sein, schätzte ich. Und dahinter lag Irland, die Grüne Insel im Meer. Wie weit war die exakte Entfernung von Westerland aus? 1.074,12 Kilometer lag Dublin von Hamburg entfernt. Luftlinie. Diese Entfernung kannte ich ganz genau. Im Wort „Luftlinie" lag ein signifikantes Problem, denn in die Luft würde ich in meinem ganzen Leben niemals abheben. Anders als Joanne, die diesen Weg auf sich genommen hatte …

Einmal hatte ich eine Therapie gegen Flugangst begonnen und bereits nach der ersten Stunde abgebrochen. Es hatte nicht nur daran gelegen, dass ich glaubte, es niemals schaffen zu können, sondern vor allem daran, dass ich es gar nicht schaffen wollte, und vielleicht auch an diesem völlig inkompetenten Hippie-Therapeuten. Dass diese Flugangst und der Hass auf Flugzeuge kein Hindernis waren, um selbst einmal bis nach Irland zu kommen, lag schließlich auf der Hand. Ich mochte Schiffe und liebte die Freiheit des Meeres und könnte auf diesem Wege in das Heimatland meines Vaters reisen. Seufzend ließ ich etwas Sand durch meine Finger rieseln, dann drückte ich meine Hände fest aneinander. Auch wenn mir momentan überhaupt nicht der Sinn danach stand, so war es doch grundsätzlich ein lang gehegter Wunsch von mir, es irgendwann dorthin zu schaffen. Ich wollte so gerne in dieses Land reisen, das ich nur aus verschwommenen Kindheitserinnerungen, Büchern und Filmen kannte. Wieso war der Wunsch jetzt plötzlich wieder stärker, obwohl ich nach Joannes Nachricht, ihrem Auftauchen und dem anschließenden Weglaufen erst recht Abstand von allem brauchte, was dort geschehen war? Da sollte sich doch viel mehr die Frage nach einer Flucht in eine andere Himmelsrichtung stellen.

„Scheiße, scheiße, scheiße!“ Meine Hände knallten auf den harten Sand.

„Moin, kann ich Ihnen helfen?“, machte sich unmittelbar neben mir jemand bemerkbar, und vor Schreck hätte ich beinahe aufgeschrien.

Ich hatte nur auf das Meer gestarrt, das von der über der Insel aufgehenden Sonne angestrahlt wurde und die Welt in ein rötliches Licht tauchte. Dass inzwischen vereinzelt auch andere Menschen am Strand waren, wurde mir erst jetzt bewusst, und nun stand hier auf einmal ein Mann, direkt neben mir. Der Strand war ein öffentlicher Ort, morgens kamen Menschen her, wenn die Sonne aufging. Da hätte man diesen vorhersehbaren Faktor eigentlich einkalkulieren können, sollte man meinen. Nun saß ich trotzdem hier, und jemand sah, wie kindisch und lächerlich ich mich verhielt, und das war einzig und allein der fehlenden Sorgfalt geschuldet, mit der ich sonst immer mein Handeln abwog.

„Danke, das ist nicht nötig“, wiegelte ich peinlich berührt ab. „Ich bin umgeknickt und brauche lediglich einen Moment, bis der Schmerz nachlässt. Es ist nicht schlimm, und ich komme ohne Hilfe klar.“

„Deshalb wollen Sie jetzt hier sitzen, bis Ihnen so richtig kalt wird? Das ist doch Blödsinn, ich helfe Ihnen hoch. Welchen Fuß hat’s denn erwischt?“

„Den linken“, erwiderte ich prompt, woraufhin der Mann sich so in Position brachte, dass er mich stützen konnte.

Nur weil ich keine Lust auf Diskussionen hatte, ließ ich diese Hilfe zu. Dabei machte ich jedoch meiner lädierten Verfassung geschuldet den entscheidenden Fehler und belastete meinen linken Fuß, obwohl ich behauptet hatte, darin Schmerzen zu haben.

„Den rechten Fuß meinte ich“, korrigierte ich mich schnell, konzentrierte mich und versuchte, authentisch zu hinken.

Doch ich ahnte bereits, dass meine schauspielerischen Fähigkeiten nicht ausreichten und ich den Versuch, souverän zu wirken, endgültig vergeigt hatte. Deshalb stellte ich mich nun ganz normal hin. Mit zittrigen Händen zog ich meine große Kapuze über die Mütze, in der Hoffnung, dann irgendwie weniger aufzufallen. Doch natürlich würde man mein Gesicht trotzdem noch gut genug erkennen können, wenn man sich Mühe gab. Selbst einem Mann würde nicht entgehen, dass sich meine Augen mit Tränen füllten und meine Unterlippe anfing zu zittern. Eine plötzliche Reaktion auf meinen blamablen Auftritt.

„Wissen Sie was, es tut gar nicht mehr weh, ich komme zurecht. Mir geht es bestens!“

Ich wollte raus aus dieser Situation. Hastig drehte ich mich weg. Nun sah ich nicht mehr die rauschenden Wellen an, sondern das Dünengras, das sich dem Wind beugte. „Konzentrier dich auf alles, was da ist. Konzentrier dich auf die Dinge vor dir, auf die Geräusche, auf die Gerüche“, betete ich mir vor.

Doch es war zwecklos. Sogar die zwei Möwen, die sich um einen ganz bestimmten Platz auf dem mehrere Hundert Meter langen Geländer stritten, konnten mich nicht länger als ein paar Sekunden ablenken. Die Tränen flossen bereits. Es passierte schon wieder, und es war viel schlimmer als am Nachmittag zuvor. Jetzt stand hier ein Wildfremder mit mir am Strand, dem ich etwas von einem verknacksten Fuß vorgelogen hatte, und der bekam vermutlich sogar mit, dass ich weinte. Das einzig Gute daran war wohl, dass wir hier auf Sylt waren und somit weit genug weg von Hamburg, insbesondere der HafenCity. Dadurch sank die Wahrscheinlichkeit, dass ich diesen Mann jemals wiedersah, erheblich. Ein kleiner Trost.

„Es tut mir leid. Ich wollte Sie nicht zum Weinen bringen."

Großartig. Dieser Mann bemerkte wirklich, dass ich weinte, obwohl ich meinen Kopf weggedreht hatte. Als ich eine Hand auf meiner Schulter spürte, wollte ich diese für einen kurzen Moment abschütteln. Ohne selbst zu verstehen, warum ich anders reagierte, drehte ich mich stattdessen wieder ein Stück zurück und ließ zu, dass er in mein Gesicht sehen konnte. Ungeschminkt, mit müden Augen, deren sonst so auffallendes Grün vermutlich kein bisschen glänzte. Tränen. Es fühlte sich an, als würde ich nackt vor ihm stehen.

„Machen Sie sich keinen Kopf, das hat mit Ihnen gar nichts zu tun. Ich bin nur durcheinander und normalerweise nicht so emotional. So was darf nicht passieren. Die Müdigkeit steckt mir in den Knochen, es ist echt früh und …", versuchte ich geradezu verzweifelt, mich zu erklären, und schüttelte den Kopf.

Die Lage war jedoch längst eskaliert, und nichts konnte das rückgängig machen. Ich hatte versagt. Allerdings wirkte dieser Mann durchaus entspannt. So als wäre gar nichts Schlimmes passiert. Vielleicht war er ein bisschen besorgt oder verwundert, aber definitiv war das jemand, den nichts so schnell aus der Ruhe brachte. Ganz genau das war es. Er wirkte optimistisch. Wie jemand, der …

„Dir geht's wohl momentan nicht gut. Du kommst hierher, um abzuschalten, und glaubst, dich jetzt dafür entschuldigen zu müssen, bloß weil ich zufällig hier langkam?", riss er mich aus meinen Gedanken. „Ich bin übrigens Matthis und du?"

Was sollte das denn jetzt werden?

„Ich kann mich nicht daran erinnern, dass wir beim Du waren.“

„Okay, also ich bin trotzdem Matthis und Sie?“

Der Kerl war noch immer entspannt und lächelte gelassen. Er war mir ein großes Rätsel.

„Was um alles in der Welt war heute früh in Ihrem Kaffee, dass Sie so drauf sind? Ich meine, was stimmt nicht mit Ihnen? Wieso interessiert Sie überhaupt mein Name, und was soll das hier werden? Small Talk?!“

Small-Talk war doch die komplette Zeitverschwendung. Ich hatte noch nie verstanden, warum er so verbreitet war. Wozu sollte man sich im Berufsleben erst ein paar Minuten über das Wetter unterhalten, bevor endlich die Fakten auf den Tisch kamen? Und warum sollte man sich dieses Gesabbel im Privatleben anhören, wo doch ohnehin nie echtes Interesse am Gegenüber bestand? Im Job hatte ich mich an diesen Zeitfresser gewöhnt und setzte ihn ein, wenn es erforderlich war, doch ausnahmsweise war die Arbeit gerade ganz weit weg.

„Nun ja, ich hatte angeboten, dir zu zeigen, wo man hier guten Kaffee bekommt, und einen solchen habe ich getrunken“, sagte Matthis und grinste. „Da mit deinen Füßen alles in Ordnung ist, kann ich dich gern hinführen, und danach sieht der Morgen auch gleich schon anders aus. Auch wenn ich der Meinung bin, dass die Sonne gerade fast noch besser ist als der schwärzeste Kaffee der Insel.“

„Sie sind …?“

„Ich bin bereit, der Frau ohne Namen ein zweites Mal anzubieten, ein ordentliches Café aufzusuchen.“

Kaffee, dieser Mann, das Restaurant gestern. Am liebsten wäre ich in der Nordsee versunken, als mir dämmerte, dass ich bereits gestern von diesem Kerl angesprochen worden war. Spionierte er mir etwa hinterher? Es gab bestimmt genug Gründe, dass jemand so etwas täte. Ich verfügte schließlich über viele wichtige interne Informationen meiner Bank, und da konnte man sich mit etwas Fantasie durchaus einige Szenarien überlegen, die Stoff genug für eine Krimi-Trilogie boten. Doch ein Spion würde sich nicht so ungeschickt anstellen. Vielleicht hätte ich einfach mal öfter einen guten Liebesroman lesen sollen und nicht jedes Mal, wenn ich mir die Zeit zum Lesen nahm, zu einem Wirtschaftsthriller greifen. Vielleicht hätte ich dann besser verstehen können, warum ich trotz meiner deutlichen Abweisung vom Vortag schon wieder vom selben Mann angesprochen wurde. Denn der hatte mich offensichtlich sofort wiedererkannt und trotzdem nicht ignoriert.

„Aber wieso?", stammelte ich nach dieser zu langen Pause.

„Wieso was?"

„Du … Sie … – ach, was soll's, ich bin Cate. Also du könntest jetzt auch einfach gehen, schließlich hast du inzwischen erkannt, dass hier kein Erste-Hilfe-Bedarf besteht."

„Du siehst aus, als könntest du ein wenig Gesellschaft gebrauchen. Und Aufmunterung. Außerdem habe ich noch eine Weile Zeit, bevor ich zurück nach Wenningstedt muss."

„So einfach ist das?", murmelte ich und musste mir eingestehen, dass ich mir wie jemand aus einer fremden Kultur vorkam.

Meine gesellschaftlichen Treffen beschränkten sich üblicherweise auf sämtliche Angelegenheiten rund um meinen

Beruf. Darüber hinaus traf ich mich mit Menschen, wenn ich Arzttermine hatte, zum Personal Training ging oder eben, wenn unplanmäßig meine Cousine vor meiner Wohnung auftauchte. Wann war ich das letzte Mal einfach spontan mit jemandem einen Kaffee trinken gewesen, ohne dass dabei ein bestimmtes Ziel verfolgt worden war? Ab und zu wurde ich eingeladen, und es kam hin und wieder vor, dass ich von Männern angesprochen wurde. Üblicherweise suchten die jedoch schnell das Weite, sobald ich ihnen charmant verdeutlichte, dass ich keinerlei Interesse an ihnen hatte.

„Natürlich ist es so einfach. Ich möchte richtig frühstücken und nehme dich mit – so einfach eben."

„Wenn du es so ausdrückst, stimmt das natürlich. Frühstück ist eine gute Idee. Also in Ordnung, ich bin dabei", hörte ich mich plötzlich sagen.

Das war der Moment, in dem mir klar wurde, dass der Abwehrmechanismus, auf den ich mich sonst blind verlassen konnte, gerade einen Totalausfall hatte. Matthis hatte es als unkompliziert dargestellt, doch so ein privates und spontanes Frühstück war eine große Sache. Die ich normalerweise nie zugelassen hätte. Meine Angst, Freundschaften aufzubauen, war enorm. Geschäftskontakte waren austauschbar, aber Menschen, die man mochte, die waren durch nichts und niemanden zu ersetzen. Die einzige Möglichkeit, nie wieder einen Verlust durchleben zu müssen, war eben, sich gar nicht erst auf jemanden einzulassen. Wenn man niemanden gernhatte, musste man auch keine Angst vor einem Verlust haben. Es war ein einfaches Modell, sicher und kalkulierbar, und deshalb hatte ich mich damit angefreundet.

Kapitel 8

Entgegen meiner ersten Einschätzung war ich erstaunlich unaufgeregt, als ich mit Matthis im Café Platz nahm. Die Atmosphäre gefiel mir, obwohl ich mit diesem Shabby-Chic-Look sonst nicht viel anfangen konnte. Hier war es stimmig und geschmackvoll eingerichtet. Die frischen Gerbera, die auf dem Tisch standen, sorgten für bunte Farbkleckse, und der Kaffee duftete köstlich. Es war sogar erstaunlich einfach, ein Gespräch in Gang zu bringen. So wie es alle anderen Leute vermutlich intuitiv taten, die beim Kontakt mit netten Menschen nicht sofort daran dachten, diese für immer verlieren zu können. Zugegebenermaßen war die lockere Unterhaltung Matthis zu verdanken, dessen entspannter Auftritt ansteckend wirkte. Mit Sylt als Wohn- und Feriendomizil war der Gesprächseinstieg leicht gewesen. Als es schließlich um unsere Gründe für den Besuch auf der Insel ging, entwickelte sich das unverfängliche Thema jedoch zu einer schwierigen Unterhaltung und machte mich zunehmend nervöser. Wo hatte sich bloß die Cate versteckt, die souverän auftrat und auch auf schwierige Fragen stets eine fundierte Antwort parat hatte?

„Ich wollte nur mal ein bisschen raus. Nordseeluft tut gut, wenn man … also, ähm … na ja, manchmal braucht man etwas Abstand, weil …“, stammelte ich wie eine Studentin, die die richtige Antwort auf eine schwierige Frage nicht kannte, und pickte hastig die letzten Weintrauben meines Obstsalats auf.

„Das hört sich nach Stress mit einem Mann an. Kann ich dir helfen? Ich kann übersetzen. Mann – Deutsch. Deutsch – Mann.“

Warum dachte er, dass ein Mann schuld an diesem Zustand war? Oder war das etwa eine simple Taktik, um mich als Frau auszuhorchen? Selbst ich wusste, dass Männer da ihre eigene Logik hatten, um an Informationen zu kommen. Fragten sie, wie man wohnte, wollten sie den Beziehungsstatus wissen. Immerhin war Matthis etwas direkter, was ich ihm hoch anrechnete. Denn das Leben war erheblich einfacher, wenn man klar aussprach, was man dachte oder wissen wollte. Auch wenn er in meinem Fall völlig falschlag mit seiner Vermutung.

„Das ist nett, würde mir aber kein bisschen weiterhelfen. Ich brauchte bloß eine kurze Pause, weil in meinem Job derzeit einiges schiefläuft, obwohl ich alles gebe und gut bin!“, log ich, obwohl es trotz der lästigen Führungsthemen beruflich bergauf für mich ging.

Keinesfalls wollte ich meine privaten Probleme erörtern oder gar von dem schmerzlichen Treffen mit Joanne erzählen. Hier ging es um ein gemeinsames Frühstück, und ich hatte bereits viel mehr von mir preisgegeben, als ich es sonst tat. Alles Weitere würde wirklich zu weit gehen.

„Was machst du denn beruflich?“

„Ich bin Physikerin."

Immerhin war das keine Lüge gewesen, denn meinen Uni-Abschluss hatte ich damals in Physik gemacht. Dass ich nicht in der Forschung tätig war, sondern mich seitdem mit Finanzmodellen in Banken beschäftigte, welche viele Betriebswirte aufgrund ihrer rudimentären mathematischen Ausbildung überforderten, behielt ich für mich. Gerade hatte ich keine Lust zu erklären, warum Physiker diese Stellen in Banken eben am besten besetzen konnten, und außerdem gefiel mir diese Illusion, die ich bei diesem Treffen in Kauf nahm und die eben nichts mit dem beruflichen Alltag zu tun hatte. Ein privates Treffen, bei dem ich ganz persönlich als Mensch dabei war und nicht nur aufgrund meiner Funktion. Es war eine erstaunlich schöne Vorstellung, auch wenn ich auf der anderen Seite sehr mit Informationen über meine Person geizte. Innerlich ging ich die verschiedenen Optionen durch, die mir blieben. Matthis sollte nicht mehr über mich erfahren, doch ich wollte noch eine Weile mit ihm hier sitzen bleiben und mein Müsli essen. Dann kam mir eine zündende Idee. Wir waren zu zweit hier, über mich wollte ich nicht sprechen, also blieb eine Person über. Der beste Weg war folglich, den Fokus wieder auf mein Gegenüber zu lenken.

„Genug über mich. Was machst du, wo kommst du her, und wieso bist du hier?"

So viel Interesse hatte ich schon lange nicht mehr am Privatleben eines Menschen gezeigt, und Matthis schaute so, als hätte ich ihn in ein Kreuzverhör genommen mit diesen doch sehr netten Fragen, anstatt sich darüber zu freuen. Konversation war und blieb kompliziert. Dennoch erfuhr ich, dass Matthis zweiundvierzig Jahre alt und trotzdem nicht „die Antwort auf alles“ war. Dass er einen Zahlenwitz machte, gefiel mir, auch wenn *Per Anhalter durch die Galaxis* nie so mein Fall gewesen war. Außerdem erfuhr ich, dass er als Elektriker arbeitete und aktuell in Wenningstedt Stromleitungen im Ferienhaus seines Chefs verlegen musste.

„Leider ist es mit meinen Aufgaben als Elektriker nicht getan. Verputzen soll ich und ein Konzept für die Bepflanzung des Vorgartens machen. Kann mir ja eigentlich egal sein, denn ich bekomme meine Kohle und kann im Ferienhaus wohnen, bis ich fertig bin mit dem Kram. Aber bei Blumen bin ich raus. Manchmal frag ich mich, was in den Köpfen der Chefs so abgeht.“

Dass Matthis diese Konstellation nicht besonders gefiel, konnte man unschwer an seiner Stimme hören. Trotzdem machte er kein Drama aus dieser Angelegenheit und nahm es mit einem Schulterzucken hin.

„Das mit den Blumen kann ich verstehen. Schau genau hin – mein Daumen ist eindeutig hautfarben und nicht grün. Bei mir geht sogar ein Kaktus ein.“

Glücklicherweise verfehlte dieser flache Spruch seine Wirkung nicht und lenkte vom unangenehmen Thema „Führungsstil“ ab. Dafür stand wenig später die nächste Hürde bevor, denn Matthis bestand darauf, die Rechnung vollständig zu übernehmen, und das war mir deutlich unangenehmer als sämtliche Diskussionen über das Verhalten von Führungspersönlichkeiten.

„Das kommt gar nicht infrage. Ich werde zahlen, denn schließlich hast du mir vorhin am Strand geholfen.“

Seine Anwesenheit hatte mir wirklich gutgetan, und ein bisschen schade war es, dass die Zeit im Café so schnell vergangen war.

„Ich habe dich eingeladen, dazu stehe ich."

„Aber …"

„Kein Aber. Auch eine toughe Lady darf sich einladen lassen. Und wenn du unbedingt nachziehen möchtest, kannst du mir ja heute Abend einen Glühwein beim Biikebrennen ausgeben."

„Okay, ich gebe mich geschlagen, und der Glühwein geht auf mich."

Moment! Was passierte gerade? Kaum war ich zu dem Ergebnis gekommen, dass mir dieses Frühstück Freude bereitet hatte, schon fiel ich auf diesen Trick eines fast fremden Mannes rein und hatte einer weiteren Verabredung schneller zugesagt, als ich denken konnte? Man sollte immer die Absichten und Motivationen der anderen Menschen kennen und die Situation erst analysieren, bevor man Entscheidungen traf. Jetzt einen Rückzieher zu machen wäre allerdings peinlich. Deshalb nahm ich den Zettel mit seiner Handynummer entgegen und kritzelte meine auf den Rechnungsbeleg. Immerhin hatte ich nicht versehentlich eine Visitenkarte herausgegeben. Auch wenn es gerade nett war, wollte ich die Kontrolle über die Situation behalten, und die vielen offen gezeigten Emotionen an diesem Vormittag überstiegen mein persönliches Maß ohnehin schon exorbitant. Das musste eine Ausnahme bleiben und durfte unter gar keinen Umständen mit meinem sonstigen Leben in Verbindung gebracht werden.

„Was auf Sylt passiert, bleibt auf Sylt", sollte wohl das Motto sein. Auch wenn ich gar nicht wollte, dass hier allzu viele Dinge passierten.

„Wir sehen uns also um achtzehn Uhr an der Kirche in Westerland, am Haupteingang werden wir uns nicht verfehlen. Dort geht der Umzug los, bevor wir das Feuer …“

„Ich weiß, wie das Biikebrennen abläuft.“

„Du kommst aus dem Norden?“

„Aus Hamburg, ja. Woher kommst du eigentlich?“

Er sah norddeutsch aus, doch der Norden Deutschlands war groß.

„Vierlande – das sagt dir bestimmt was. Bis heute Abend!“, sagte Matthis.

Vierlande? Also im Hamburger Bezirk Bergedorf?! Auch das noch! Dieser Bezirk lag definitiv viel zu nah an der HafenCity, auch wenn es sonst kaum Gemeinsamkeiten zwischen den beiden Gegenden gab. Bergedorf war ein einziger Bauernhof. Es würde mich nicht wundern, wenn Matthis sogar auf einem solchen lebte. Die urige Landschaft dort bot einen kompletten Gegensatz zur modernen HafenCity, in der Dorfleben ein Fremdwort war. Dass ausgerechnet jemand, der mich in solch einem schwachen Zustand gesehen und sich mit mir unterhalten hatte, zumindest räumlich so nah an meinem Stadtteil lebte, sorgte geradezu für Beklemmungen in mir.

Nachdem wir uns verabschiedet hatten, verbrachte ich die nächsten Stunden damit, mir zu überlegen, welche Ausrede ich liefern sollte, um mich der Verabredung zum Biikebrennen entziehen zu können. Währenddessen stellte ich mich erneut selbst infrage. Kreativität war nicht meine größte Stärke, doch für eine Ausrede sollte mein Vorstellungsvermögen normalerweise reichen. Überhaupt war es lächerlich, dass ich mir darüber Gedanken machte, obwohl es mir sonst keine Schwierigkeiten bereitete, die Dinge auszusprechen, wie sie waren.

„Entschuldigung, aber ich möchte nicht mitkommen heute Abend", wäre eine ausreichende Nachricht gewesen.

Doch ich meldete mich nicht bei Matthis. Ich verhielt mich unlogisch, als ich mich schließlich allen Argumenten zum Trotz am Spätnachmittag auf den Weg machte.

*

Als ich viel zu früh am vereinbarten Treffpunkt stand, von welchem ich das bunte Treiben um mich herum beobachten konnte, fühlte ich mich, als wäre ich gerade wieder von einem dieser schmerzhaften Albträume aufgewacht. Das hier tat eindeutig zu weh. Die fröhlichen Kinder und die glücklichen Familien zeigten mir, wie einsam ich war. Als wäre ich die einzige Person dieser geschätzt zweitausend Menschen, die allein war. Ich schämte mich für mein Selbstmitleid. Sollte ich mich nicht lieber über jedes Kind, das in einer intakten Familie aufwuchs, freuen?

„Wenn du überlegt hast, noch wegzulaufen, ist es nun leider zu spät", hörte ich plötzlich eine Stimme.

Schon wieder schien Matthis wie aus dem Nichts zu kommen, und ich war mal wieder leicht zusammengezuckt. Vielleicht war ich auch nur so schreckhaft, weil mein Stresspegel momentan besonders hoch war. Dafür war ich nun jedenfalls oberflächlich betrachtet nicht mehr allein. Alleinsein und Einsamkeit war jedoch etwas komplett anderes.

„Cate?"

„Entschuldige, ich war in Gedanken versunken. Es ist mein erstes Biikebrennen seit sehr langer Zeit."

„Dann solltest du es erst recht genießen."

Kein flotter Spruch von Matthis, sondern wärmende Worte, zu denen er vorsichtig über meine Hand streichelte. Wie gut, dass ich Handschuhe trug, sonst hätte das vielleicht sogar ein leichtes Prickeln ausgelöst.

„Das stimmt irgendwie. – Glaubst du, wir sind noch früh genug, um auch eine Fackel zu bekommen?“

„Meinst du vielleicht so was hier?“

„Ähm, ja, also die erscheinen mir durchaus geeignet …“, stammelte ich peinlich berührt, während Matthis lachend zwei Fackeln hochhielt, die er vermutlich schon die ganze Zeit dabeigehabt hatte. Diese zündeten wir an, als der Umzug offiziell eröffnet wurde und sich die Menge in Bewegung setzte. Begleitet von der Kapellenmusik der örtlichen Feuerwehr und vielen hellen Lichtern wanderten wir die zwei Kilometer bis zu dem Platz, an dem der große aufgeschichtete Holzhaufen soeben entzündet worden war. Viele Worte waren während des Umzugs nicht nötig gewesen, auch wenn Matthis mir noch mal erklärt hatte, was es mit dem Brauch auf sich hatte. So waren die Walfänger früher mit den Feuern verabschiedet worden, bevor sie zur See rausfuhren. Später waren der Sinn und Zweck die Vertreibung der bösen Geister des Winters gewesen, und nun war es eine schöne Tradition an den nordfriesischen Küsten und auf den Inseln. Es erinnerte an ein Osterfeuer, doch es fühlte sich anders an, irgendwie mystischer. Während vor Ort eine traditionelle friesische Rede gehalten und noch mehr Musik gespielt wurde, tobte in mir wieder ein Wirbelsturm an Gedanken und Gefühlen. Die Musik geriet deshalb immer mehr in den Hintergrund, bis ich sie nur noch ganz dumpf wahrnahm und statt ihr länger zu lauschen weiter in Richtung des

Feuers ging. Mit meinem Blick fixierte ich das Holzfass, das inmitten des Feuers auf einer Pfahlspitze thronte. Wenn das Fass fiel, dann war der Winter bezwungen, und der Frühling konnte Einzug halten, hatte Matthis erklärt. Doch es fiel nicht. Ich ballte meine Hände zu Fäusten. Warum fiel dieses Ding nicht zu Boden, warum konnte der Winter nicht endlich beendet sein?

„Bist du okay?“ Matthis hatte sich neben mich gestellt, ließ mir aber genug Freiraum und schaute ebenfalls nach vorn ins Feuer, wie ich aus dem Augenwinkel bemerkte.

„Ich will, dass das blöde Teil endlich runterfällt. Der Winter dauert schon viel zu lang!“

„Dann pass mal ganz genau auf. Der Mast knackst schon, siehst du? Jetzt ist es nur noch eine Frage von Sekunden, und dann kommt der Frühling ganz offiziell, und die bösen Geister sind vertrieben.“

Nun schaute ich noch mal ganz genau hin. Die ganze Zeit hatte ich nur das Holzfass angestarrt, aber nicht auf den Rest geachtet. Das warf ein neues Licht auf die Sache. Matthis hatte recht. Tatsächlich würde die Statik nicht mehr lange halten und das Feuer in wenigen Momenten gegen den Winter gewinnen. Für einen Moment stimmte es mich zufrieden.

„Das ist ein schönes Bild“, murmelte ich kaum hörbar, als es so weit war. Das Fass fiel, und die Menschenmasse applaudierte, doch ich musste mich von dem Feuer abwenden. Ein schönes Bild blieb eben nur ein Bild. Es handelte sich hier um eine statisch instabile Konstruktion, die aufgrund des Feuers in sich zusammenfiel. Es waren die Gesetze der Physik, die im Vorfeld klarmachten, was passieren würde. Nichts weiter. Dass damit der Winter und die bösen Geister vertrieben werden sollten, war nichts als alberner Aberglaube. Für einen Moment hatte ich fast an diesen kindischen Zauber geglaubt.

„Willst du reden oder hast du gerade eher Hunger auf Grünkohl?", machte sich Matthis vorsichtig bemerkbar.

Es war eine Entweder-oder-Frage, die jedoch ein Kopfschütteln meinerseits zur Folge hatte.

„Nichts dergleichen. Ich werde jetzt ins Hotel gehen und mich schlafen legen."

Mein Tonfall war schroff, ließ keine weiteren Fragen zu. In diesem Moment kam ich mir schrecklich unhöflich vor. Doch anders wusste ich mich nicht zu schützen.

„Das warme traditionelle Essen würde dir sicher guttun."

„Ich habe doch gerade gesagt, dass ich zurück ins Hotel möchte, hört mir eigentlich niemand richtig zu? Bei meinen Mitarbeitern habe ich das gleiche Problem."

„Ich bin aber keiner deiner Mitarbeiter."

„Ich habe hohe Erwartungen, warum sollte ich in meinem Privatleben da eine Ausnahme machen?", zischte ich zurück.

„Ich könnte dir einige Gründe nennen."

Matthis wirkte bei dieser Aussage nicht einmal arrogant, obwohl er mich ganz offensiv infrage stellte. Es war jedoch die seltsame Mischung aus Lebensfreude und Besorgtheit in seinem Ton, die ein unlösbares Problem war. Indem ich mich auf diesen Abend eingelassen hatte, war ich schon viel zu weit gegangen. Noch mehr Kontakt oder Nähe war nicht möglich. Es würde nur wehtun und mich verletzen. Ich würde zu hohe Risiken eingehen, die nicht kalkulierbar waren, ganz gleich, welches Modell ich zur Berechnung heranziehen würde. Man musste Risiken eingehen, im Beruf und Privatleben. Bei der Auswahl einer Eigentumswohnung beispielsweise war die Kalkulation allerdings gewissermaßen möglich, bei Menschen versagten jedoch alle Systeme. Deshalb war es besser, wenn man das alles vollständig mied.

„Ich will deine Gründe nicht hören. Bitte versuch nicht, mich umzustimmen!“, sagte ich und sah, wie sich das Feuer in seinen enttäuschten Augen spiegelte.

Seine Reaktion ließ mich zögern und auf einen völlig abstrusen Gedanken kommen: Vielleicht wäre es gar nicht so schlimm, wenn er den Grund für meine Traurigkeit herausfand. Doch halt. Über solche Fehler war ich längst hinaus. Vor Jahren war ich noch anders mit meinen Ängsten umgegangen. Ich hatte versucht, Freundschaften und Beziehungen zu Männern aufzubauen. Irgendwann war immer der Punkt gekommen, an dem es vor lauter Angst vor Enttäuschungen und Verlusten nicht mehr weitergegangen war. Sobald die Gefahr drohte, dass ich jemanden zu sehr ins Herz schloss, war ich aus diesen Beziehungen geflohen. Damit hatte ich mit Sicherheit Menschen verletzt zurückgelassen, die vielleicht nie verstanden hatten, warum sie von mir verlassen worden waren. Ghosting würde man heute mein radikales Verhalten von damals nennen.

„Glaube mir, es ist besser so, für uns beide“, gab ich meinen Entschluss bekannt.

Ich wünschte mir, dass er es verstand, war sogar versucht, mich zu erklären. Aber wie würde ich das alles jemals in Worte fassen können? Weil es nicht möglich war, streifte ich nur seine Hand, flüsterte ein „Es tut mir leid“ und verschwand in der Dunkelheit zwischen den Menschen. Joannes Vorwurf, ich sei ein Feigling und haue einfach ab, kam mir dabei wieder in den Sinn. Dabei war die Sache doch ganz anders: Die Vernunft hatte mich zurück.

Kapitel 9

Minutenlang starrte ich auf eine geöffnete PDF-Datei, um deren Inhalt zu erfassen. Dabei wackelte ich immer mal wieder an meiner Maus, damit der Bildschirm nicht schwarz wurde. Ich sollte einen Report mit Finanzkennzahlen überprüfen – eine Aufgabe, die ich schon unzählige Male zuvor übernommen hatte. Normalerweise reichte ein flüchtiger Blick, und schon war ich auf dem Laufenden. Doch an diesem ersten Morgen zurück im Büro war alles anders. Ständig schweiften meine Gedanken ab. So weit, dass ich die Nordsee förmlich wieder riechen und den Wind auf meiner Nase spüren konnte. Das hatte den negativen Effekt, dass meine Konzentrationsspanne bei ungefähr fünf Sekunden lag. Dabei war das hier meine Welt, denn ich war eins mit dieser Bank und meinem Job und ließ mich doch sonst nicht so leicht ablenken. Alles fühlte sich heute anders an. Daran konnten nur die letzten Tage schuld sein. Nach dem Biikebrennen hatte ich noch zwei Tage auf Sylt verbracht, ohne weitere Kontakte zu knüpfen. Es waren stürmische und zugleich erholsame Tage gewesen. Dank des starken Regens waren mir am Strand kaum Menschen entgegengekommen, und ich war zahlreiche Kilometer dort langgelaufen. Zum ersten Mal seit langer Zeit hatte ich mich frei gefühlt. Die eingefangene Erkältung war deshalb ein fairer Preis für diese Auszeit. Nun schlürfte ich tapfer einen bitteren Tee, ignorierte die Datei und starrte aus dem Fenster heraus Richtung Hafen. Ob Matthis wohl noch auf der Insel war? Mehrfach hatte er versucht, mich zu erreichen. Doch ich hatte weder auf die drei Anrufe noch auf seine WhatsApp-Nachrichten reagiert. Der Wunsch, ihn einfach zu vergessen, war jedoch nicht in Erfüllung gegangen. Hier hatte sich die Arbeit angehäuft, die von mir persönlich angegangen werden musste. Wieso stürzte ich mich nicht endlich darauf? Unter normalen Umständen wäre ich ehrgeizig genug gewesen, binnen kürzester Zeit wieder den vollständigen Überblick zu erlangen. Stattdessen ertappte ich mich bei der Überlegung, ob Matthis' Augen blauer waren als die Nordsee, wenn die Sonne diese funkeln ließ. Wie alt war ich noch gleich? Jedenfalls keine dreizehn mehr. Eigentlich alt genug, um meinen Job vernünftig zu erledigen, anstatt über die Augenfarbe eines Mannes zu sinnieren, den ich nur einmal als Urlaubsbekanntschaft getroffen hatte. Okay, dreimal. Doch auch das rechtfertigte keine derartige Ablenkung, und sinnstiftend war das auch nicht. Es lenkte mich von der Arbeit ab, dabei würde ich Matthis ohnehin nicht wiedersehen. Sein Leben fand in den Vierlanden statt, umgeben von Bauernhöfen, Wiesen und Feldern. Auch wenn der Weg bis dorthin nicht weit war, war es doch sehr gegensätzlich zu meiner Umgebung. Unbeschwert und idyllisch war es dort. Ich schüttelte meinen Kopf. Er gehörte nicht in mein Leben, das so anders war als seins, und sollte nicht einmal den Weg in meine Gedanken finden. Ich musste ganz dringend rauskommen aus der Sinnkrise und souverän arbeiten, denn das hatte noch immer geholfen. Trotz dieser verspäteten Einsicht stand ich von meinem Schreibtisch auf und nahm auf dem Ledersessel in der Sitzecke Platz, wo ich erneut WhatsApp öffnete und die Nachrichten von Matthis durchlas. Während eines tiefen Seufzers vergrößerte ich sein Profilbild, um die Sache mit der Augenfarbe noch mal genau unter die Lupe zu nehmen.

„Frau O'Reilly, wie schön, Sie wiederzusehen. Ich hoffe, Sie haben sich gut erholt, denn der Migräneanfall muss ja ziemlich heftig gewesen sein und …", machte sich auf einmal eine Stimme hinter mir bemerkbar.

Ich war so tief in Gedanken versunken gewesen, dass ich gar nicht mitbekommen hatte, dass Sophia Baumann einfach mein Büro betreten und sich sogar relativ freundlich und besorgt gegeben hatte. Was fiel ihr ein, hier hereinzuplatzen, ohne anzuklopfen? Oder hatte sie das getan? Jedenfalls hatte ich es nicht gehört und sie nicht hereingebeten. Ich hatte eine Faust mit der freien Hand geballt, die ich nun hastig lösen musste, um auf diverse Schaltflächen des Handydisplays zu drücken, bis es endlich schwarz wurde. Wie gut, dass ich trotz der ärgerlichen Überraschung noch daran gedacht hatte. Meine Mitarbeiterin hatte derweil doch hoffentlich nicht gesehen, dass ich hier gerade das Foto eines Mannes angestarrt und geträumt hatte?! Warum hatte ich mich auch ausgerechnet auf den Sessel gesetzt, auf dem ich mit dem Rücken zur Tür saß? Das war doch sonst nicht meine Art. Und nun war es ausgerechnet Sophia Baumann, die hier reingekommen war, obwohl die Blamage von vor wenigen Tagen längst nicht vergessen war.

„Jedenfalls brauche ich ganz dringend Ihre Freigabe für die neue Kalkulation! Ich brauche sie heute!“, wurde deren Ton plötzlich schärfer als zuvor.

So viel also zum Thema Freundlichkeit und Sorge. Ich stöhnte auf. Erst hatte diese Frau neulich mitbekommen, dass ich in dieser Bank fast in Tränen ausgebrochen war, dann war sie an meiner Wohnungstür erschienen und hatte die Auswirkungen des Katers erlebt, und nun hatte sie mich höchstwahrscheinlich bei meinen Träumereien erwischt. Vielleicht war es strategisch gut, ab und zu mal ein paar Gefühle zu zeigen, um den Ruf als Eisprinzessin loszuwerden oder ihm zumindest nicht mehr ganz gerecht zu werden. Diese Häufung peinlicher Momente war jedoch entschieden zu viel. Ich musste dringend wieder professionell auftreten, um weitere Ausreißer zu vermeiden. Also riss ich mich zusammen und war wieder ganz der Profi:

„Wieso brauchen Sie das heute und erlauben sich damit, die Prioritäten festzulegen?“

„Ich glaube, dass wir …“

„Sie glauben? Liefern Sie mir Fakten! Sie können sich möglicherweise vorstellen, dass diese Freigabe nicht das Einzige ist, das hier wartet. Sie liefern mir sämtliche Informationen, ich entscheide“, erwiderte ich langsam, ohne das Unverständnis durchklingen zu lassen, welches ich bei dieser knappen Informationslage verspürte.

„Ich bin morgen nicht hier. Ich muss morgen – ich habe frei. Spätestens bis dann erwartet der Vorstand das von Ihnen abgesegnete Modell.“

„Dann werde ich heute Abend entscheiden, ob ich Ihnen den Urlaub genehmige, von dem ich bislang nichts wusste. Hier kann nicht jeder tun und lassen, was er gerade will. Schon gar nicht in einer Führungsposition, auch wenn Sie nur Teamleiterin sind, Frau Baumann. Sie sind für die Arbeit Ihres Teams verantwortlich, seien Sie sich dessen bewusst."

„Der Urlaub wurde während Ihrer Abwesenheit genehmigt, denn meine Tochter hat …", stammelte Sophia Baumann. Sichtlich nervös spielte sie mit einer Haarsträhne ihrer braunen Lockenpracht herum. „Ach, das können Sie sowieso nicht nachvollziehen. Sie haben ja kein Kind, Sie verstehen nicht, dass eine Fünfzehnjährige ihre Mama dabeihaben möchte, weil sie plötzlich doch total eingeschüchtert ist von ihrem ersten Besuch beim Gyn…"

Ein pubertierender Teenie, der seine Mutter brauchte. Das konnte ich kaum aushalten, da blieb nur die Notbremse:

„Okay, mehr will ich gar nicht hören!"

Ich sprang auf und hätte am liebsten rausgeschrien, wie gut ich wusste, dass ein Teenie-Mädchen seine Mama brauchte, und wie froh diese Tochter doch sein konnte, dass ihre Mama an jedem Tag abends nach Hause kam und ihr prima Familienleben ausüben konnte, während ich selbst meine Mama und meinen Papa in diesem Alter schon sehr lange verloren hatte. Wie es sich anfühlte, wenn man seine Kindheit und Jugend stattdessen mit verschiedenen Pflegeeltern und Betreuern verbracht hatte, von denen manche nur das Geld und nicht das Kind und den Teenie in mir gesehen hatten und die nicht einmal im Traum daran gedacht hätten, sich einen Tag Urlaub für mich zu nehmen. Doch ich blieb stumm. Allen Schmerz, der wieder in mir aufflammte, unterdrückte ich qualvoll.

„Ich war auch mal fünfzehn und habe nicht vergessen, dass man seine Eltern in dem Alter durchaus noch braucht …“, quetschte ich hervor, dann versagte meine Stimme, und ich versuchte mich wieder an logischen Überlegungen.

Es wäre nur schlau, Sophia Baumann den Urlaub nicht zu streichen, denn die kam mir derzeit entschieden zu nah. Wann immer sie da war, fühlte ich mich schwach und angreifbar. Wie ein Boot, das rostige Stellen bekam, weil es zu lange ohne fachgerechte Pflege im Wasser gelegen hatte. Alle anderen Führungskräfte meines Bereichs, mit denen ich eng zusammenarbeiten musste, waren Männer. Die kümmerten sich nicht um mein Gefühlsleben. Doch diese Supermama war gefährlich, was das anging. Auch wenn ich ihr gegenüber besonders kritisch war, musste ich mir wohl eingestehen, dass die Frau fachlich auf sehr hohem Niveau war und dank ihrer Mama-Gene leider über zu viel weibliche Intuition verfügte. Wenn es hier mal interne Machtkämpfe geben würde, dann war Sophia Baumann garantiert gefährlicher für mich als die Männer, denn dieser Frau bot ich mit Abstand die größte Angriffsfläche. Es war gut möglich, dass diese Gedanken übertrieben waren, und wer sagte schon, dass es hier mal Machtkämpfe geben würde und diese Frau überhaupt erpicht auf eine höhere Position war? Trotzdem traute ich ihr nicht recht, weil der Faktor Mensch und dazu noch Mutter eben unberechenbar war. Mit viel Mühe schluckte ich alles, was mir gerade durch den Kopf ging, herunter. Ich zwang mich dazu, Ruhe zu bewahren.

„Okay, Frau Baumann. Ich möchte nicht, dass Sie noch einmal darüber spekulieren, was ich nachvollziehen kann und was nicht. Unsere Beziehung ist rein geschäftlicher Natur.“

„Es tut mir leid, ich hätte das nicht sagen dürfen. Ich wollte Sie nur um Verständnis bitten."

Wieso hatte sie es dann getan? Was für eine Unlogik! Dazu wäre all das Theater doch gar nicht notwendig gewesen. Man hätte mit dem Urlaubsplan und den Projekten argumentieren können, anstatt so schwer verdauliche Themen wie Kinder ins Rennen zu bringen oder über mich selbst zu philosophieren.

„Dann tun Sie das beim nächsten Mal, ohne meine persönlichen Angelegenheiten einzubeziehen. – Wie dem auch sei, ich bin kein Unmensch. Ich werde Ihre Programmierung gleich ansehen, damit Sie den Urlaubstag nehmen und Ihre Tochter begleiten können", zwang ich mich zu einem netteren Tonfall, rang mir sogar ein kurzes Lächeln ab und war sehr froh darüber, dass ich so ein schwieriges Thema so gut geklärt hatte.

Diese Lösung hatte sogar einen entscheidenden Vorteil für mich. Immerhin war heute schon Donnerstag, und das bedeutete, dass ich für den Rest der Woche nicht mehr auf Sophia Baumann treffen würde.

„Danke. Das wird meine Kleine wirklich beruhigen, denn sie ist echt nervös."

Diese mütterliche Nähe, die meine Mitarbeiterin nun versprühte, versetzte mir einen erneuten Stoß. Ohne es zu wollen, dachte ich an die Fotos auf deren Schreibtisch. Das Mädchen darauf sah glücklich aus, allerdings deutlich jünger als fünfzehn. Die Fotos waren bestimmt schon einige Jahre alt. Vielleicht war das lachende Kind derzeit ein total anstrengender Teenie, und im Leben anderer Familien lief doch nicht alles so super, wie es mir immer erschienen war.

Möglicherweise stand hier eine Frau vor mir, die einfach nur einen guten Job machen wollte – in der Bank und als Mutter. Genau genommen kannte ich sie jenseits von den mathematischen Modellen gar nicht. Es hatte mich nie interessiert, selbst simple Dinge wie Alter oder Wohnort waren mir unbekannt. Logischerweise, denn ich war immer überzeugt davon gewesen, dass diese privaten Informationen von unserem Job getrennt werden sollten. Es ergab keinen Sinn, dass ich so etwas nun hinterfragte.

„Dann mal alles Gute für morgen“, fasste ich mir trotzdem ein Herz.

Dann klingelte mein Handy, und eine mir unbekannte Hamburger Festnetznummer erlöste mich aus dem anstrengenden Gespräch. Zu gern nahm ich den Anruf mit „O'Reilly“ entgegen, um so zugleich das Ende der Unterhaltung zu signalisieren.

Die Stimme am anderen Ende der Leitung kam mir bekannt vor.

„Matthis, *du*?“

Fast hätte ich mich an meiner eigenen Spucke verschluckt, während ich verfolgte, wie Sophia Baumann zur Tür eilte, sich noch mal umdrehte, bloß um dann zügig aus dem Büro zu verschwinden. Wieso war nun Totenstille in der Leitung?

„Bist du noch dran?“, hakte ich nach.

„Ähm, ja ...“, kam nach einigen weiteren Sekunden zögerlich. „Ich dachte mir, dass du dran gehst, wenn ich nicht mein Handy benutze“, hörte ich Matthis dann vergnügt sagen.

Kein Vorwurf, warum ich mich in den letzten Tagen nicht gemeldet und alle Kontaktversuche ignoriert hatte. Was hätte ich darauf auch erwidern sollen? Nachdem ich beim Biikebrennen weggelaufen war, wäre ich ihm zumindest irgendeine Reaktion schuldig gewesen, schließlich hatte er mich nett behandelt und spukte zudem viel zu oft in meinem Kopf herum. Letzteres musste er natürlich nicht erfahren. Dennoch besaß ich genug Anstand, um meiner Bekanntschaft verständlich zu machen, wie die Realität aussah:

„Hör zu, Matthis. Ich wollte dich nicht verletzen. Dass ich weggegangen bin, das hatte nichts mit dir zu tun. Alles ist so, wie ich schon vor Ort gesagt habe. Es ist besser, wenn du mich einfach vergisst."

Und es tat weh, weil es sich keinesfalls besser anfühlte. Sondern falsch und kalt. Es fröstelte mich sogar körperlich, weshalb ich das Handy zwischen Ohr und Schulter einklemmte und den Blazer gegen einen hellen Pullover austauschte, dessen Angorawolle eine wohlige Wärme ausstrahlte. Wie gut, dass ich immer zahlreiche Ersatzkleidungen im geräumigen Wandschrank meines Büros vorrätig hatte.

„Bist du nur erkältet oder hast du auch Fieber? Wie kommst du auf solche Gedanken?"

„Woher weißt du, dass ich erkältet bin?"

„Liebe Cate, so was kann man üblicherweise an der Stimme erkennen, und deine kratzt ein bisschen, und so wie sich das anhört, hat es nichts mit deiner Kratzbürstigkeit zu tun."

Das hatte gesessen. Das war keine so schlimme Beleidigung, aber trotz des wärmenden Pullovers wurde mein Rücken von einem kalten Schauer überzogen, denn Matthis klang dabei nicht mehr so fröhlich wie zuvor.

„Ich bin nur erkältet. Kein Fieber. Und keine starke Erkältung. Genau genommen also kein Grund, um auf absurde Gedanken zu kommen. Das alles ist komplizierter."

„Du bist Physikerin in einer Bank. Superschlau, also ehrlich jetzt. Aber als Elektro-Techniker bin ich auch nicht auf den Kopf gefallen. Ich bin in der Lage, anspruchsvolle Dinge zu verstehen, also erklär sie mir doch."

Hörte ich da bereits wieder ein Grinsen raus? Wann hatte ich ihm eigentlich erzählt, dass ich in einer Bank arbeitete? Daran konnte ich mich gar nicht mehr erinnern. Was musste ich auf Sylt neben mir gestanden haben!

„Es ist keine schöne Geschichte. Ich weiß gar nicht, warum du sie hören willst."

„Vielleicht, weil ich dich nett finde und mir einen eigenen Eindruck …"

„Nett?!"

„Nun ja, wenn ich deinen Nachnamen eben richtig verstanden habe, kommst du aus Irland, und ich mag Irländer!"

„Irländer?! Du hast nicht gerade ernsthaft Irländer gesagt!"

„Irgendwie muss ich wohl dafür sorgen, dass eine süße Irin etwas zu lachen hat."

„Du bist verrückt, Matthis."

„Das sagt meine Tochter auch immer."

„Deine … wie bitte?"

Gerade hatte dieser Kerl gute Laune verbreitet, und nun redete er von einer Tochter? Das war doch kaum zu fassen. Er hatte so ungebunden gewirkt.

„Tochter. Mein Kind. – Hey, du darfst trotzdem mit mir flirten. Ihre Mum und ich sind geschieden. Ist auch 'ne lange Geschichte. So ist das Leben nun mal. Besser besprechen wir das bei einer Tasse Kaffee oder so. Wann passt es dir?"

Flirten? Es war wohl zwecklos, da jetzt zu widersprechen, sonst fühlte er sich auch noch darin bestätigt. Eigentlich sollte ich diese Kaffee-Einladung besser ablehnen, doch ich konnte ein Wiedersehen einfach nicht ausschlagen.

„Es könnte sein, dass ich morgen Zeit habe, wobei nein. Das wird knapp morgen. Am Wochenende müsste es aber passen. Abgesehen davon, dass ich zum Sport und arbeiten wollte.“

„Dann treffen wir uns Samstag zum Brunch. Erkältet soll man nicht zum Sport, und die Arbeit kann warten, schließlich ist dann Wochenende.“

„Okay, okay. Ich habe ja doch keine andere Wahl“, sagte ich und musste fast ein bisschen lächeln.

Hoffentlich war ich bis Samstag meine Erkältung los. Moment, war das jetzt mein Ernst, dass ich mich sogar freute und hoffte, dass es nicht ausfiel? Belustigt und in Gedanken versunken notierte ich die Adresse für das Brunchen, die Matthis mir nannte. Es musste wohl ein gemütlich-rustikales Ambiente sein, wenn das schon draußen in seiner ländlichen Wohngegend lag.

Kapitel 10

Drei Bilder, die allesamt sehr viel zu erzählen hatten, zierten den Bildschirm in meinem Büro. Ein Selfie von Joanne, eingerahmt von einigen feierwütigen Leuten auf der Reeperbahn. Ein Foto oberhalb der Landungsbrücken, das den Hafen zeigte, aufgenommen aus einem Fenster heraus, und offensichtlich gab es dazu auf dem dritten Bild die umgedrehte Perspektive. Vier Stockbetten waren zu erkennen in dem Raum, in dem zahlreiche Leute standen, Bierflaschen und Zigaretten – oder waren das sogar Joints?! – in den Händen hielten und zwischen den ganzen herumfliegenden Taschen wohl feierten.

„Hamburg ist doch gar nicht so übel, wenn man die richtigen Leute findet", stand unter den Fotos. Das war alles. Keine Anrede, keine weiteren Infos, nichts sonst. Joanne hatte mich also wieder freigeschaltet auf LinkedIn und mir bereits gestern diese Fotos geschickt, die ich nun erst sah, kurz bevor ich in den Feierabend gehen wollte. Ich verstand nicht, was mir das nun sagen sollte. Denn ich ging mal davon aus, dass da eine Botschaft versteckt war, schließlich beherrschten die meisten Menschen die direkte Kommunikation nicht so gut wie ich und kamen zu selten zum Punkt. Schade, dass Joanne sich auch so verhielt, obwohl ich sie direkter eingeschätzt hätte. Nun musste ich Rätsel lösen, die mir fremd waren. Sollte ich ihr antworten oder sollte ich sie suchen? Oder wollte sie keinen Kontakt mehr mit mir haben und mir nur zeigen, wie schön es hier ohne mich war? Oder war das ein versteckter Hilferuf, weil sie entführt worden war? Gut, Letzteres erschien mir etwas zu abstrus. Trotzdem begab ich mich auf Spurensuche und war fast enttäuscht, wie einfach dieses lokale Rätsel zu lösen war. Das forderte meinen Verstand wirklich nicht sonderlich heraus. Binnen kürzester Zeit hatte die Suchmaschine das Ergebnis ausgespuckt: Oberhalb der Landungsbrücken gab es eine Jugendherberge, von der aus man einen wunderschönen Blick über den Hafen hatte oder in die andere Richtung ganz schnell die Reeperbahn erreichte. Da musste Joanne untergekommen sein, sie war also nicht weit entfernt von mir. Auch auf die Gefahr hin, dass meine mäßig gute Intuition mich im Stich ließ, band ich mir einen Schal um, schlüpfte in meinen Mantel und bestellte ein Taxi, ehe ich es mir anders überlegen konnte.

*

Für einen so unangenehmen Ort wie eine Jugendherberge war es hier erstaunlich hell. Auch wenn ich mir nicht zu genau ausmalen wollte, wie man als erwachsener Mensch freiwillig hier übernachtete, denn allein der Lärm der Schulklasse, die gerade eingecheckt hatte, war abschreckend.

„Guten Abend. Ich möchte gern zu Joanne O'Reilly", begrüßte ich die Dame am Empfang, als ich nun endlich an der Reihe war.

Die Antwort war nicht zufriedenstellend. Man dürfe mir keine Auskunft erteilen aufgrund des Datenschutzgesetzes. Dass solche Gesetze eingehalten wurden, war per se nicht verkehrt, brachte mich jedoch gerade kein Stück weiter. Ebenso wenig wie das Angebot, ich könne eine Nachricht hinterlassen. Diese Möglichkeit hatte ich schließlich selbst auf LinkedIn, jedoch widerstrebte mir dieser schriftliche Austausch.

„Darf ich mich bitte einfach umsehen?", fragte ich stattdessen. „Ich suche ein Zimmer, das den Blick zum Hafen hat, mindestens acht Leute sind darin. Es ist wichtig. Es ist eine familiäre Angelegenheit. Bitte."

„Tut mir leid, aber Sie kommen nur mit Zugangskarte auf die jeweiligen Flure. Also, wenn Sie doch eine Nachricht ..."

„Danke, nein."

Es wäre leicht, das so hinzunehmen, es als Wink des Schicksals zu deuten oder was auch immer und nach Hause zu fahren, um mich von der leichten Erkältung auszukurieren. Oder ich wartete in diesem Eingangsbereich, bis Joanne hier auftauchte. Was vermutlich eine sehr blöde Idee war, denn wer wusste schon, ob sie nicht gerade eine Party auf dem Zimmer feierte oder wieder unterwegs war. Es brauchte ein paar Momente, bis mir die zündende Idee kam, und ich zückte mein Handy. Doch das Selfie, das ich aufnahm, löschte ich sofort. Ich sah furchtbar aus in diesem grellen Licht. Für die Nachricht reichte aber auch ein Foto ohne mich darauf. Also fotografierte ich den Eingang und schickte das Bild an Joanne. Sie hatte doch mit diesem Rätsel angefangen, hier war also meine Antwort. Die Schnitzeljagd hatte ich erfolgreich beendet. Kurz huschte ein zufriedenes Lächeln über mein Gesicht, dann fiel mir wieder ein, dass ich einem Gespräch mit Joanne nicht viel näher gekommen war. Da Geduld nicht zu meinen ausgeprägtesten Stärken gehörte und ich vor allen Dingen keine Ahnung hatte, wie lange Joanne überhaupt noch in Hamburg bleiben wollte, blieb mir also doch keine andere Möglichkeit, als eine Nachricht zu ergänzen: „Bitte ruf mich an. Cate", tippte ich und schickte es zusammen mit meiner Handynummer ab.

Anstatt wieder ein Taxi zu rufen, wollte ich zu Fuß nach Hause gehen und lief halb um das Gebäude herum, Richtung Landungsbrücken. Ich hielt inne, um das abendliche Glitzern auf der anderen Elbseite zu bestaunen. Schade, dass dieser schöne Anblick von lauter Glasscherben auf dem Boden und einem süßlich-ekligen Geruch gestört wurde. Hier, oberhalb der S-und-U-Bahn-Station, wurde wohl deutlich zu viel geraucht und getrunken.

„Cate, warte!", hallte plötzlich eine klare Stimme durch den Abend.

Sie kam eindeutig aus einem der Zimmer. Ich drehte mich um, und ja, da stand Joanne am Fenster, wild gestikulierend mit ihrem Handy. Mein Puls beschleunigte merklich. Fast noch mehr als vorhin bei dem Telefonat mit Matthis. „Ist okay, ich warte", signalisierte ich einfach mit einem Daumen hoch. Lange warten musste ich nicht, bis meine Cousine angerannt kam und erst kurz vor mir stoppte.

„Hey."

„Hi."

„Ähm, ich wusste nicht so recht. Diese Bilder. Was das heißen sollte", druckste ich unsicher herum.

„So ganz genau weiß ich auch nicht, was ich mir dabei gedacht habe. Es wurde spät gestern. Eigentlich die ganzen letzten Abende. Und jetzt bist du hier."

„Ja, jetzt bin ich hier."

Nun sollte ich mich vermutlich entschuldigen. Das hätte ich wohl doch besser per Nachricht abgeschickt. Denn mir fielen nicht die richtigen Worte dafür ein, weil Joanne mich die ganze Zeit anschaute.

„Jetzt bin ich hier, aber eigentlich wollte ich gerade gehen", war das Einzige, das mir in den Sinn kam.

„Ist okay, dann komme ich einfach mit."

„Du weißt doch gar nicht, wohin ich gehen möchte."

„Ich bin ja schon groß. Wenn's mir nicht gefällt, dann drehe ich einfach wieder um."

„Gut."

„Ja, gut. Echt cool."

Mit ihrem Kaugummi formte Joanne eine Blase. Sie sah so lässig aus und stand so relaxt da. Es war komisch, dass sie blutsverwandt mit mir war und wir so unterschiedlich waren und dass ich fast gar nichts von ihr wusste.

„Ähm, Cate? Wenn du irgendwohin gehen möchtest, müsstest du deine Füße in Bewegung setzen", sagte sie frech.

Da konnte ich ihr nicht widersprechen diese Weisheit hätte von mir stammen können.

„Stimmt. Es ist nur … komisch! Ich weiß nicht, wie ich das alles sagen soll. Das neulich, das war …"

„Es war ziemlich verletzend", half Joanne mir auf die Sprünge, sah aber gar nicht so wütend aus, wie man es bei so was doch sein musste. Stattdessen folgte ein Vorschlag: „Weißt du, ich war noch gar nicht unten am Hafen. Lass uns dort hingehen, dann holen wir uns ein Bier und setzen uns ans Wasser, statt weiter hier herumzustehen."

„Okay, das klingt gut. So machen wir das."

Widersprechen wollte ich nicht, auch wenn ein Bier bei einer Erkältung suboptimal war. Viel wichtiger war gerade, dass ich das hier nicht erneut vermasselte. Also ging ich vor, kaufte am Kiosk zwei Knollen Astra, mit denen wir runter auf die Landungsbrücken gingen. Ich zeigte Joanne die Rickmer Rickmers, den Großsegler mit dem markanten grün-roten Rumpf, der früher erst Güter transportiert und später als Segelschulschiff im Einsatz gewesen war und nun als eines der Wahrzeichen im Hamburger Hafen galt. Dann erzählte ich ihr etwas über die Tide in unserem Hafen, weshalb wir uns auf schwimmenden Pontons befanden, wo wir uns nahe am Wasser auf zwei Poller setzten, ehe ich dazu kam, auch noch über die Cap San Diego und die Elbphilharmonie zu sprechen.

Joanne öffnete die beiden Astraflaschen, drückte mir eine davon in die Hand und stieß mit mir an:

„Also: Sláinte."

„Sláinte."

Eine Weile sagte keine von uns beiden etwas. Leider fing Joanne einfach nicht an zu reden, obwohl das so viel leichter gewesen wäre, selbst wenn sie mir Vorwürfe gemacht hätte. Doch es kam nichts, und jetzt war auch nicht mehr der Moment für weitere informative Highlights von diesem Ort, den ich so mochte. Irgendwie geschah es mir recht, dass ich jetzt die Initiative ergreifen musste.

„Also. Das, was ich zu dir gesagt habe, das war ein bisschen zu vereinfacht dargestellt“, gab ich mir endlich einen Ruck.

„Zu vereinfacht dargestellt? Wie nennt man so was noch mal im Deutschen? Euphemismus oder so, hm?“

Ich seufzte. „Es war absolut daneben und nicht richtig. Es tut mir wirklich leid. Besser erklärt?“

„Geht so. Laut deinem Lebenslauf bist du ziemlich weit gekommen in dieser Bank. Ich dachte, du kannst so was besser formulieren als mit so wenigen Worten.“

„Da arbeite ich lieber mit Zahlen. Das fällt mir leichter.“

„Merkt man dir kaum an.“

Überrascht blickte ich Joanne an: „Echt?“ Oh, das war wohl Ironie gewesen. „Ähm … also … kriegen wir das trotzdem irgendwie hin, mit diesem Cousinen-Dasein?“, stammelte ich unsicher.

Mit zitternden Fingern zog ich ein Taschentuch aus meiner Tasche, um mir kurz über die Augen zu wischen und die Nase zu putzen. Ob das nun an der Erkältung lag, wusste ich nicht so genau. Dann spürte ich, wie Joannes Arme sich um meinen Oberkörper legten und sie mich ganz fest an sich heranzog.

„Vielleicht werden wir das, weil ich nämlich nicht nachtragend bin. Aber du hast mir etwas so Schreckliches vorgeworfen, und wenn du das wirklich glaubst, dann kann ich das alles hier nicht. Deshalb musste ich auch erst mal weg von dir, verstehst du?“

Ja, das verstand ich. „Ja, alles daran war falsch. Mein Kopf weiß das. So viele Jahre habe ich immer an deinen Namen gedacht, das ist kompliziert. Aber es ist absolut falsch, das weiß ich", flüsterte ich in der Hoffnung, dass Joanne nachvollziehen konnte, was in mir vorging. Ich hatte doch so viel durchgemacht …

„Du hast schlimme Dinge erlebt, die haben dich geprägt und hatten großen Einfluss auf dich", unterbrach Joanne meine Gedanken, „doch jetzt bist du längst erwachsen, stehst mitten im Leben und klammerst dich an Dinge, die so lange her sind, als wären die eine Entschuldigung für alles. Das kann man machen, ist dann aber halt scheiße. Es wäre vernünftiger, sich selbst mehr zu reflektieren und mehr dafür zu tun, um etwas zu ändern."

Wumms, das hatte gesessen und war alles andere als subtil. Versteckte ich mich wirklich zu sehr hinter meiner Vergangenheit? Hatte ich denn überhaupt die Wahl, das alles zu ändern? Weil Joanne von Cousine zu Cousine mit mir sprach und es sich gut anfühlte, von ihr in dieser Umarmung gehalten zu werden, musste ich diese Kritik zumindest überdenken.

„Ich habe das verstanden, glaube ich, und ich werde mir demnächst überlegen, wie das gehen könnte, okay?", zeigte ich ehrliches Interesse daran.

„Kann ich mir noch nicht ganz vorstellen, dass du wirklich so weit bist. Du kannst aber verdammt froh sein, dass ich soziale Arbeit studiere und was davon verstehe, was die Leute fertigmacht. Sonst hätte ich dir keine zweite Chance gegeben."

Das war wie in einer verkehrten Welt. In meinem normalen Leben war ich die Vorgesetzte, die darüber entschied, wie viele Chancen ich den Leuten gab. Jetzt war es umgedreht. Dabei war das hier alles viel schwieriger, denn es ging um meine Familie. Um meine Cousine, die das Zepter also in die Hand genommen hatte und lauter Dinge zu mir sagte, die ich sonst nie zu hören bekam. Da musste ich mich erst mal sammeln.

Dieses Mal war es mir nicht unangenehm, dass wir wieder eine Weile schweigend auf das im Mondschein glitzernde Elbwasser schauten, während wir ab und zu an unseren Astraflaschen nippten. Genau genommen nippte ich an meiner Flasche, denn Joannes war schon leer.

„Cate?“ Sie stupste mich an.

„Hmm …“

„Hör auf, dir deinen hübschen Kopf zu zerbrechen. Es gibt so viel zu reden, und ich habe tausend Fragen, aber nicht mehr heute. Lass uns lieber noch ein Bier holen, damit wir gepflegt anstoßen können.“

„Danke“, flüsterte ich, stand auf und zog sie auf die Beine.

So einfach ließ sich mein Kopf nicht ausschalten, doch es war eine große Erleichterung, dass dieses schwierige Thema erst mal vom Tisch war. Ein paar Mal atmete ich tief durch. Gemeinsam liefen wir bis zum nächsten Kiosk, wo ich noch ein Astra für Joanne kaufte und mit meinem noch fast vollen Bier mit ihr anstieß.

„Noch eins mag ich nicht. Ich sollte mich gleich ausruhen zu Hause, damit ich Samstag fit bin. Obwohl ich es gar nicht wollte, habe ich jemanden kennengelernt und wurde eingeladen. Total strange, wirklich“, erzählte ich, während wir am Hafen entlangschlenderten.

Da war das Eis gebrochen, weil Joanne neugierig auf sämtliche Details war. Ein Foto wollte sie sehen und pfiff anerkennend, als ich ihr das Profilbild von Matthis zeigte. Es half nicht, zu beteuern, dass wir uns nur ganz unverfänglich zum Frühstück trafen und ich ohnehin nicht bereit war, mich auf einen Mann einzulassen. Joanne war Feuer und Flamme, als ich ihr von meinem spontanen Sylt-Trip erzählte, und lachte herzhaft über die Geschichte mit dem angeblich verstauchten Knöchel am Strand. Ihr Lachen war so ansteckend, dass ich mit einstimmen musste.

„Ich habe also keine Ahnung, warum er mich unbedingt wiedersehen möchte, nachdem ich mich nicht gerade mit Ruhm bekleckert habe, und ich gehe nur hin, um das rauszufinden“, erklärte ich.

„Ja klar“, sagte Joanne lachend, „dann finde das mal schön raus, und dann werden wir nächste Woche ganz in Ruhe telefonieren. Übermorgen muss ich nämlich zurück nach Hause. Aber ich komme ganz bald zurück, und vielleicht lerne ich diesen Matthis ja sogar mal kennen.“

„Rechne lieber nicht damit“, wiegelte ich ab und musste auch lächeln.

Es war so viel leichter, über solche Dinge zu lachen, als darüber nachzudenken, dass sich Joannes und mein Weg bald wieder trennen musste, obwohl noch ganz viele Dinge unausgesprochen waren. Das heute war gut gelaufen, doch ich hatte sie verletzt, das hatte sie gesagt. Würde sie wirklich wiederkommen, oder war das nur eine Floskel? Ich traute mich nicht, ihr diese Fragen zu stellen.

Kapitel 11

Die Luft war klar, knackig und kalt. Die Kälte kroch unter meinen Bademantel, trotz des windgeschützten Balkons. Dank der exklusiven Lage war ich neben dem Wind auch vor fremden Blicken geschützt. Die Luft würde heute eisig bleiben, fast roch es schon nach dem Schnee, der für später angekündigt war. Die Sonne, die den frühmorgendlichen Himmel in einem freundlichen Orange einfärbte, war ein schöner Kontrast dazu. So sah ein perfekter Wintertag aus. In wenigen Wochen würden die Bäume wieder grün sein, die Stadt zum Leben erwachen, und man würde abends lange draußen sitzen können. Es war irgendwie noch unvorstellbar, dass der März angefangen hatte und der Frühling nicht mehr so weit entfernt war. Wieder hatte ich einen Winter überstanden. So oft war eine unerklärbare Hoffnung in mir aufgekeimt, wenn der Frühling kam. In jedem Jahr war ich diesbezüglich naiv, allen gegenteiligen Erfahrungen zum Trotz. Möglicherweise lag das auch einfach im Sinne der Natur. Geändert hatte sich bislang nie etwas, jedenfalls nicht langfristig. Doch die letzten Tage waren nicht spurlos an mir vorbeigegangen. Die ganzen Emotionen und Erinnerungen waren so stark gewesen, und Joanne hatte mit ihren Worten ziemlich viel in mir ausgelöst. Was für ein Zufall, dass Matthis mitten in diesem Chaos aufgetaucht war. So als hätte das Schicksal mir einen Freund geschickt, der mir half, einen Teil der ganzen Last zu tragen. Diese Begegnung konnte ich mir nur mit Schicksal erklären, auch wenn mir solch spirituelle Gedanken sonst sehr fremd waren. Deshalb traute ich all dem auch nicht. Meine Angst, Matthis zu mögen und ihn dann, wenn ich ihn richtig gernhatte, wieder zu verlieren, war noch immer riesig. Rein logisch betrachtet wäre es wohl schlau, so weiterzumachen wie bisher. Dann dominierte zwar die Einsamkeit, doch dafür lief es in meinem Job mehr als gut, ich war gesund, sportlich und immer beschäftigt. Es konnte schlimmer sein, dessen war ich mir bewusst. Obwohl meine eigene Logik gegen eine Verabredung mit Matthis sprach, brachte ich es nicht übers Herz, diese kurzfristig abzusagen. Er war so lieb zu mir gewesen, und als Dank hatte ich ihn beim Biikebrennen blöd angemeckert und dann stehen gelassen. Er konnte nichts dafür, dass ich so überfordert gewesen war, und hatte zumindest eine Entschuldigung verdient. Danach würde ich ihm erklären, warum weitere Treffen ausbleiben sollten. Das war ein guter Plan.

*

Als das Ziel erreicht war, musste ich erst einmal mein Navi und meine Notiz miteinander vergleichen. Die Angaben stimmten überein, unter dieser Adresse am Allermöher Deich gab es jedoch kein Restaurant. Auch von einem Café oder einer Bäckerei war nichts zu sehen. Gerade als ich das Fenster herunterlassen wollte, um das quirlige Mädchen, das an meinem Wagen vorbeisprang, nach dem nächsten Café zu fragen, wurde es von jemandem gerufen und verschwand aus meinem Sichtfeld. Möglicherweise gab es auf der Rückseite des Hauses ja auch einen Hofladen, der noch nicht ausgeschildert war. Das würde zu dieser ländlichen Gegend zumindest passen. Also stieg ich aus, um das zu überprüfen, bevor ich Matthis anrufen und um konkrete Angaben fragen musste. Vielleicht war das allerdings auch ein Zeichen, meinen Plan nicht umzusetzen, sondern wieder zu fahren, bevor … – zu spät. Matthis hatte die Tür geöffnet, die offensichtlich der Eingang zu einer Einliegerwohnung des Hauses war.

„Guten Morgen! Ich hoffe, du hast gut hergefunden, komm doch rein."

Grinsend legte er einen Arm um meine Schultern, und während ich noch überlegte, ob ich nicht besser Widerstand leisten sollte, bugsierte er mich bereits in die Wohnung. Ich kam nicht einmal dazu zu fragen, ob ich meine Schuhe anlassen oder ausziehen sollte, dabei gehörte sich so etwas doch, wenn man jemanden besuchte, oder nicht? Doch zu spät, wir standen schon im angenehm warmen Wohn-Ess-Zimmer. Der vertraute Duft von frischem Kaffee fiel mir als Erstes auf, und ich glaubte, Rührei mit Speck zu riechen. Neugierig ließ ich meinen Blick durch das Zimmer gleiten. Es war viel kleiner als die Räume meiner Wohnung, dafür war es wohnlich und gemütlich eingerichtet. Der Echtholzboden strahlte Wärme aus, zwei Regale waren kunterbunt mit Büchern und Fotos bestückt, und das dunkelgrüne Sofa samt seiner Kissenberge sah bequem aus. Das hier war keine edle Katalog-Wohnung, sondern ein richtiges Zuhause. Es überraschte mich, wie gut es mir gefiel.

„Sprachlos?“

„Ich kann nicht glauben, dass du mich einfach zu dir nach Hause eingeladen hast. Hätte ich das gewusst, dann hätte ich ein Café vorgeschlagen. Das hier und die ganze Arbeit, das wäre doch nicht nötig gewesen.“

Vor allen Dingen war so eine Einladung in eine private Wohnung ziemlich intim.

„Nötig nicht, aber ich sehe dir an, dass es dir gefällt“, meinte Matthis. „Auch wenn du mit Freudenbekundungen etwas zurückhaltend bist. Komm, ich nehm dir den Mantel ab.“

Meine Wangen fühlten sich plötzlich einige Grad wärmer als zuvor an.

„Wow, hübsch siehst du aus.“

„Was? In diesem simplen Outfit?“

Die Kleiderwahl hatte vorhin einige Zeit gekostet. Letztendlich war meine Entscheidung gegen ein schickes Outfit und für eine dunkelblaue Jeans und einen kuschligen Norwegerpullover gefallen, der meiner Figur nicht ganz gerecht wurde, weil er etwas auftrug und den ich genau deshalb als perfekt für mein Vorhaben auserkoren hatte. Ein weniger attraktives Auftreten war geeignet, wenn man einem Mann einen Korb geben musste, hatte ich mir gedacht, und jetzt fand Matthis mich ausgerechnet in diesem Pullover hübsch. Trotz gegenteiliger Bemühungen musste ich lächeln. Mein Plan hatte offensichtlich noch erhebliches Verbesserungspotenzial.

„Vielleicht gerade weil du dich nicht so in Schale geschmissen hast, wobei selbst ich als Kerl erkenne, dass es Qualität hat, und simpel ist es nicht, eher natürlich oder so. Klamotten sind mir ja ziemlich egal. Aber ich ahne, dass du dich sonst hinter irgendwelchen Designerfummeln versteckst, und fühle mich jetzt mal geehrt, dass du heute ohne große Verkleidung auskommst."

Puh, dieser Kerl war leider ziemlich gut, wenn es um die Analyse meiner Person ging. Er konnte Kleidung einschätzen und hatte eine ausgeprägte Menschenkenntnis. Da blieb nur die Frage offen, warum er sich ausgerechnet mit mir treffen wollte. Wenn er so schlau war, dann musste er doch verstehen, dass das alles keine sonderlich gute Idee war.

„Matthis, ich habe...", setzte ich an, ihm all das zu erklären, wurde jedoch fröhlich unterbrochen:

„Hunger? Kaffee-Durst?"

Genauso, wie er mich eben in die Wohnung reingeführt hatte, brachte er mich zum gedeckten Tisch, der so voll war, dass man die komplette Besatzung eines Containerschiffs damit hätte sattkriegen können. Ich setzte mich ein bisschen überfordert.

„Nein. Doch, klar. Ich meinte eigentlich, dass wir reden müssen. Du verrennst dich völlig, ohne eine Ahnung zu haben, wer ich eigentlich bin. Eher gesagt, wie ich bin. Du hast das Herz am rechten Fleck und solltest dich nicht von mir runterziehen lassen. Das hier ist nett. Wirklich nett, im Sinne von sehr toll. Ich kann es bloß nicht annehmen. Ich will dich nicht ausnutzen."

Instinktiv hatte ich die Kaffeetasse angehoben, um nun einen Schluck davon zu trinken. Stark, schwarz, trinkbar heiß, ganz nach meinem Geschmack. Meine Unsicherheit nach dieser Offenbarung konnte ich trotzdem nicht hinter dieser Tasse verbergen, und auch Matthis wirkte etwas ernster als vorher.

„Ganz ruhig, Cate. Du musst keinen Disclaimer aufsagen, um mich vor dir zu warnen. Ich gehöre nicht zu denen, die sich ausnutzen lassen, und du gehörst nicht zu denen, die Leute ausnutzen. Wir beide haben unser Päckchen zu tragen und gehen anders damit um. Ich weiß zwar nicht, was deine Geschichte ist und wieso du so streng zu dir bist, aber ich sehe deine Augen, und die verraten mir, dass du dein Herz am rechten Fleck hast, und mehr muss ich doch gerade gar nicht wissen."

Damit brachte er mich völlig aus dem Konzept. Ich wollte heulen, weglaufen, sitzen bleiben, lachen, nachdenken und abschalten – alles gleichzeitig. Es fühlte sich so an, als hätte er direkt bis in meinen Kopf hineingeblickt und alles daraus gelesen. So was war in meiner Welt, in der logische Zusammenhänge alles dominieren sollten, kein Bestandteil. Man nannte mich Eisprinzessin und witzelte darüber, dass ich völlig gefühlskalt war. Nun saß plötzlich jemand hier, der mich nett fand, und sprach das so aus, als wäre es etwas völlig Normales. Das war ein unbekanntes Terrain für mich.

„Entschuldige, das musste einfach raus. Ich wollte dich nicht überfordern. Du solltest einfach nur wissen, dass du hier willkommen bist."

„Hmmm ...", machte ich langsam. „Was meintest du eben damit, als du sagtest, dass wir beide unser Päckchen zu tragen haben? Du bist so fröhlich, als könntest du kein Wässerchen trüben. Trotzdem bist du das Gegenteil von oberflächlich. Was ist denn bei dir passiert?"

Vor lauter Grübeleien über mich selbst war mir dieser Zusammenhang erst jetzt bewusst geworden. Es war hilfreich, auf diese Art und Weise von mir abzulenken. Zugleich merkte ich, wie sich mein Ziel verschob. Mein Plan, mich heute für immer zu verabschieden, drohte mir völlig zu entgleiten.

„Ich weiß nicht, wie ihr Physiker das so handhabt, aber wir Elektriker brauchen vor schweren Fragen nun wirklich einen Kaffee."

Mit diesem flachen Spruch hatte Matthis es geschafft, mich aus dem Grübeln zu reißen und mich wieder ins Hier und Jetzt zu befördern. Auch wenn ich das Rätsel zu gern direkt gelöst hätte, weil Ungeduld normalerweise mein zweiter Vorname war, so kam mir die Ablenkung recht. Dieser abrupte Übergang war hilfreich, und ich konzentrierte mich auf die vielen Leckereien. Mein Appetit kam zurück, und die Tatsache, dass Matthis zusätzlich zu dem gelungenen Brunch auch zahlreiche wirklich lustige Dorfgeschichten servierte, sorgte für etliche Lachanfälle. Die ganzen traurigen Gedanken und ernsten Themen waren für eine Weile in den Hintergrund geraten. Trotzdem arbeitete es in mir.

Gemeinsam begannen wir nun, den Tisch abzuräumen und die Reste im Kühlschrank zu verstauen, denn ich hatte darauf bestanden, dabei mitzuhelfen. Vielleicht machte es die Sache ja leichter, wenn wir uns bei dem Thema nicht am Tisch gegenübersaßen, sondern ein bisschen in der Küche werkelten. Währenddessen fiel mein Blick auf einen der Werbeflyer, die am Kühlschrank hefteten und sofort einige Ohrwürmer in mir freisetzten.

„Ich will frei und freier werden …", zitierte ich halb singend, halb sprechend aus meinem Lieblingsmusical *Tanz der*

Vampire. Ich kannte den Song, in dem Graf von Krolock über seine unstillbare Gier sang, in- und auswendig. Jemanden, der frei sein wollte, aber seine Ketten nicht lösen konnte, den verstand ich besonders gut.

„War klar, dass du Graf von Krolock magst. Der ist unnahbar und gibt trotzdem nicht auf. Die meisten Menschen sind von ihm fasziniert, aber fast niemand würde sich an ihn heranwagen."

„So habe ich das nie gesehen … also, na ja …"

„Ach, Cate. Der Graf sehnt sich nach Liebe. Tun wir das nicht alle?"

„Von Liebe war hier echt nicht die Rede."

„Wie dem auch sei … – ‚Alles, was wir wollen, kann passieren'", versuchte sich Matthis nun an einem anderen Song.

„*Mary Poppins*? Oh Mann, bitte. Ich wollte mir nicht vorstellen, wie du mit einem Regenschirm durch die Luft fliegst."

„Stimmt. Der Gedanke an dich mit Vampirzähnen und einem schwarzen Umhang ist besser", kommentierte Matthis mit einem triumphierenden Lachen.

„Gute Ablenkung von deiner etwas misslungenen Gesangseinlage."

„War einen Versuch wert. Aber trotzdem kommt unterm Strich das Gleiche raus."

„Und zwar?"

„Du hast genug Köpfchen und genug Herz, um zu verstehen."

„Herz. Du erwähntest vorhin etwas in diese Richtung. Du meinst doch nicht wirklich mich?"

„Außer dir befindet sich hier gerade niemand, deshalb wiederhole ich gern so oft, bis du es wirklich verstanden hast, dass ich ganz genau dich meine."

„Du meinst, dass … na ja, also dieses Streben nach guten Dingen? Der Graf wünscht sich diesen Moment von Herzen, und Mary Poppins glaubt daran, dass alles möglich ist?“

„Gut kombiniert“, witzelte Matthis, bevor er wieder ernst wurde. „Ich weiß noch nicht, was dich so traurig gemacht hat, dass du den Glauben an dich selbst verloren hast, aber du kannst es mir erzählen, wann immer du bereit dazu bist.“

„Zuerst bist du dran, du hattest doch jetzt genug Kaffee, um bereit für ernste Themen zu sein. Deine Geschichte interessiert mich auch.“

„So als Elektriker kann ich dir sagen, dass neben dem Kaffee auch etwas frische Luft hilfreich ist, um solche Themen anzusprechen.“

„Du willst mich rauslocken! Oh Mann, Matthis! Ich hatte andere Pläne und keine Ahnung, wie du das nun wieder machst. Meinetwegen gehen wir spazieren, okay, ja, ich mag Bewegung auch ganz gern.“

So richtig gelang mir der empörte Ausdruck wohl nicht. Inzwischen kam ich auch kaum noch hinterher, all das, was gerade passierte, zu analysieren oder hinterfragen. Also nahm ich einfach mit Verwunderung wahr, dass wir nicht einfach spazieren gingen, sondern in Matthis' Wagen stiegen und ein Stück fuhren. Aus diesem Stück wurde noch ein weiteres Stück. Eine ganze Weile hatte ich doch noch mal die Gelegenheit, um den Plan zu durchdenken, den ich geschmiedet hatte am Morgen. Der Abschied von Matthis war quasi beschlossen gewesen. Ich hatte aufgehört, daran zu glauben, ihn abgeändert und dann wieder verworfen. Jetzt musste ich mir eingestehen, dass ich völlig planlos war. Als ich nach ewigen Grübeleien wieder auf die Umgebung achtete, nahm ich plötzlich ein Straßenschild wahr, auf welchem erkennbar war, dass wir uns fast an der Ostsee befanden. Hatten wir tatsächlich über hundert Kilometer zurückgelegt? Ein Blick in Matthis' Richtung bestätigte das, denn sein zufriedenes Grinsen sprach Bände. Bis vorhin war sein Übereifer irgendwie akzeptabel gewesen, doch das ging zu weit. Er konnte mich nicht einfach ins Auto setzen und entführen – oder so ähnlich.

„Hast du das Straßenschild da vorne sabotiert oder bist du völlig übergeschnappt und einfach so weit weg mit mir gefahren? Du kannst mich nicht entführen, ohne mich zu fragen! Halt sofort an!", machte ich meinem Unmut Luft.

„Gib mir drei Minuten, dann haben wir unser Ziel erreicht, und ich halte an."

„Bring den Wagen *sofort* zum Stehen, Matthis! Du weißt doch, ich mag keine Überraschungen."

Es quietschte und ruckte. Aus dem zügig vorbeiziehenden Bäumen wurden statische Motive. Ein Ruck ging durch meinen Körper, und der kleine Finger meiner rechten Hand, der am Haltegriff der Beifahrertür gelegen hatte, krümmte sich einmal schmerzhaft. Eine Vollbremsung hatte Matthis drauf.

„Ich wollte dir etwas Gutes tun und dachte, dass du die Fahrt einfach still genießt, weil du so friedlich aus dem Fenster geschaut hast, aber offenbar habe ich irgendetwas verpasst. Willst du gleich aussteigen oder darf ich dich noch irgendwohin bringen?"

Matthis' Grinsen war einem undefinierbaren Blick gewichen, seine Stimme klang verletzt und enttäuscht.

„Ich steige lieber gleich aus", setzte ich viel leiser fort. Alles andere schluckte ich runter. Er musste recht haben, denn ich hatte weder geschlafen noch gesprochen. Ich musste völlig abgedriftet gewesen sein. Landschaften kamen mir in den Sinn, ganz verschwommen. Letztendlich war es jedoch Matthis selbst, der gerade unfassbar traurig aussah, ohne dass da irgendwie Wut erkennbar war, weshalb ich mich anstrengte, ruhig zu bleiben, anstatt zu explodieren. Ich war gerade ganz entschieden zu weit gegangen.

„Tut mir leid. Ich weiß nicht, was in mich gefahren ist. – Nein, das stimmt nicht. Ich weiß es. Aber es war keine Absicht. Ich habe … ich wollte nicht plötzlich so ruppig und bestimmend sein."

Ich war in Gedanken versunken gewesen, hatte mich selbst und schließlich die ganze Situation nicht im Griff gehabt, dabei war doch gar nichts passiert. Ging es mir nicht ständig so? Kaum hatte ich das Gefühl, dass mir die Kontrolle entglitt, lief alles aus dem Ruder. Kein Wunder, dass meine Mitarbeiter mich nicht ausstehen konnten und das Kennenlernen mit Joanne zunächst ein solches Desaster gewesen war.

„Nicht weinen, Cate. Nicht meinetwegen."

Tatsächlich lief da etwas Nasses über meine Wange, was ich zuvor nicht bemerkt hatte.

„Es steckt so viel dahinter. Ich weiß nicht, ob ich darüber sprechen kann. Eigentlich sind wir doch losgefahren, um über dich zu sprechen. Ich bin ein solches Unwesen manchmal, das aus der Tiefe des Meeres hervorschießt und zuschnappt, und dabei ist das so ungerecht. So was darf ich nicht mit dir tun."

„Pscht. Wir können über alles reden, bitte versuch, dich zu beruhigen." Ganz behutsam strich er mir eine Haarsträhne hinters Ohr.

„Heißt es, du kannst mir verzeihen, was gerade passiert ist? Es tut mir wirklich und ehrlich leid. Ich schäme mich so sehr."

„Ich verzeihe dir, und du darfst das aus deinem hübschen Kopf streichen. Wenn wir jetzt weiterfahren, sind wir in wenigen Minuten am Ziel, und dann ist ganz viel Zeit und Ruhe, um zu reden, und das Meer tut dir bestimmt auch gut."

„Meer hört sich gut an. Lass uns fahren", murmelte ich, immer noch peinlich berührt von meinem Ausbruch. „Und … danke, Matthis."

Kapitel 12

Wir mussten der Ostsee ganz nahe sein, doch meine Aufmerksamkeit richtete sich vollständig auf das, was ich vor mir sehen konnte. Ein wunderschöner alter Gutshof erstreckte sich über eine geräumige Anlage. Die Gebäude mussten weit mehr als hundert Jahre alt sein, zumindest jene, in denen ich verschiedene Stallungen und ein Wohnhaus vermutete. Das Reetdach eines Stalls, aus dem Pferdegewieher zu hören war, schien erst kürzlich neu gedeckt worden zu sein. Die alten Gemäuer erzählten hingegen Geschichten längst vergangener Zeiten. Wer wusste schon, was die alles erlebt und überlebt hatten. Ehrfürchtig fuhr ich mit einer Hand über die rauen Ziegel und atmete den Naturgeruch ein. Eine Prise Pferdemist machte das ganze Ambiente irrationalerweise charmant. In meiner Fantasie blühten auf einmal schon die Rosen an den noch kargen Rosenstöcken, die überall verteilt waren.

„Dieser Pferdestall war früher ein Kuhstall, und dahinten wurde das Heu eingelagert", machte sich eine Stimme bemerkbar.

Matthis hatte offensichtlich schon längst einen Mann begrüßt, der seiner Kleidung nach zu urteilen definitiv hierhergehörte. Seine Stiefel waren voller Lehm, der Jeans sah man die Arbeit an, und die Jacke war zweckmäßig. Die Mistgabel, die er nun an die Wand lehnte, ergänzte diesen Eindruck.

„Ich bin übrigens Jörn. Schön, dass mein alter Kumpel den Weg endlich mal wieder auf sich genommen hat, um mit dir einen Ausritt zu machen."

„Das mit dem Ausritt halte ich wohl für ein Gerücht, denn ich kann gar nicht reiten. – Ich bin übrigens Cate."

„Schon gehört."

Was auch immer mir das nun wieder sagen sollte. Ich war jedenfalls froh, dass die Frage nicht lange über mir schwebte, denn Jörn bot eine Führung über den Hof an. Es gab noch Schafe, Hühner und Ziegen zu sehen, jede Menge Landwirtschaft und diese wunderschönen Häuser. Jörn hatte Talent, die Geschichten des Gutshofs fesselnd zu erzählen, und Matthis alberte immer mal wieder herum. Es machte Spaß, den beiden zu folgen, und deren gute Laune war ansteckend. Während ich anfangs noch genau darauf geachtet hatte, nicht versehentlich in irgendwelchen Dreck zu treten oder mir die Finger schmutzig zu machen, galt mein Interesse jetzt ganz den Pferden, in deren Stall wir wieder angekommen waren. Zögerlich streckte ich meine Hand nach einem gescheckten Pferd aus, welches eine besondere Anziehungskraft hatte, auch wenn ich keine Ahnung hatte, warum ich mich ausgerechnet zu diesem Tier hingezogen fühlte. Bevor das „Vorsicht" von Jörn ertönt war, hatte ich die Nüstern des Pferdes schon berührt und ein fröhliches Wiehern vernommen. Kurz schreckte ich zurück, dann reichte Jörn mir einen Apfel. Glücklicherweise fiel mir rechtzeitig ein, dass der keinen spontanen Snack darstellte, sondern für das Pferd gedacht war.

„Mach ruhig. Normalerweise ist unser Joey ein absoluter Dickschädel, der keine Fremden mag. In dich hat er sich offensichtlich direkt verliebt."

„Euer Joey ist ein komisches Pferd", witzelte Matthis, während ich das Pferd fütterte.

„Und du bist ein komischer Mann."

Lachend wischte ich meine von Pferdespucke und Apfelresten verschmierten Hände an meiner Hose ab. Als ich realisierte, was ich da gerade getan hatte, rümpfte ich kurz die Nase. Was war denn nun schon wieder mit mir los?

„Jetzt, wo deine Hose schon in diesen ganz fürchterlichen Zustand gekommen ist, könntest du auch direkt auf Joey reiten. Ich kann dich führen, wirklich."

„Kommt gar nicht infrage, ich setze mich ganz bestimmt nicht auf ein Pferd. – Oh, Matthis, guck gar nicht erst so, als würdest du mir nun erzählen wollen, dass ihr Elektriker besser eure Geschichten erzählen könnt, wenn eine Frau währenddessen auf einem komischen Pferd sitzt."

„Ist nicht mehr nötig, jetzt wo du gelernt hast, meine Gedanken zu lesen."

Noch immer hatten wir gar nicht über Matthis gesprochen, und ich ahnte, dass er einen großen Spaß dabei hatte, mich warten zu lassen und stattdessen mit Pferden und Co abzulenken. Passenderweise erschien Jörn nun wieder auf der Fläche und hatte Reitstiefel und einen Reiterhelm mitgebracht. Beides hielt er in meine Richtung, doch ich schüttelte stumm mit dem Kopf. Dass mich Joey vorsichtig mit seinen

Nüstern anstupste, änderte nichts daran, dass mir der Gedanke, auf seinem Rücken zu sitzen und ihm ausgeliefert zu sein, zu viel war. Da waren die Ermutigungen von Jörn nicht genug, um diese Angst zu überwinden. Deshalb war ich sehr erleichtert, als Jörn die Reitsachen wieder wegbrachte und Matthis einen Arm um mich legte, um mit mir aus dem Stall zu gehen. Dort musste ich einige Male meine Augen öffnen und wieder schließen, denn ich traute ihnen kaum. Auch wenn ich am Morgen schon geglaubt hatte, den Schnee zu riechen, so war der Anblick der weißen Decke, die sich in der letzten halben Stunde über den Boden gelegt hatte, erschreckend und wunderschön zugleich. Dicke Flocken tanzten durch die Luft, einige blieben in unseren Haaren haften. Während wir im Stall bei den Pferden gewesen waren, hatte sich draußen alles verändert, sodass sich ein ganz frisches Bild bot.

„Was ist denn hier los?"

„Das sind feine Eiskristalle. Sie stellen die häufigste Form des festen Niederschlages dar. Umgangssprachlich nennt man es auch Schnee. Vielleicht hast du das mal gehört, so als Physikerin."

Matthis kratzte ein paar Schneeflocken zusammen. Ob er da etwa versuchte, einen Schneeball zu formen, mit dem er mich treffen wollte?

„So als Physikerin kann ich einschätzen, dass dein Versuch gerade scheitert", kommentierte ich diesen Anblick lachend.

Dann schaute ich rüber zum Wagen, der uns später zurück nach Hamburg bringen sollte. Wenn es in dem Tempo weiterschneite, würde das ungemütlich.

„Scheiße, so kommen wir doch nicht mehr zurück nach Hamburg."

„Wegen des bisschen Schnees? – Wobei wir sehr gern hierbleiben können, wenn es nach mir geht."

„Wie bitte?"

„Wir können in Jörns Ferienwohnung übernachten, morgen früh in aller Ruhe frühstücken und später zurückfahren."

„Aber ..."

„Aber was? Haare? Make-up? Zahnbürste? – Letzteres lässt sich schnell auftreiben, alles andere ist nicht so wichtig. Ich wette sogar, dass du verdammt süß aussiehst, so direkt nach dem Aufstehen", sagte Matthis frech.

„Hast du über die Konsequenzen nachgedacht? Ich habe übermorgen früh wichtige Termine, und ich habe dich vorhin noch gewarnt. Jetzt sitzen wir hier fest, und ich brauche ein paar Erklärungen, wie es weitergehen soll."

Die Tatsache, dass mir aus unerklärlichen Gründen gefiel, was Matthis gerade tat und plante, verunsicherte mich so sehr, dass ich ungewollt in den Arbeitsmodus switchte, denn damit fühlte ich mich zumindest etwas sicherer.

„Cate, entspann dich. Du bist gerade ganz weit weg von der Arbeit, und auch wenn ich der Meinung bin, dass dir einige Tage hier guttäten, versichere ich dir, dich morgen heil zurück nach Hause zu bringen", erwiderte Matthis nun ruhig, während er meine Augen fixierte. „Im Übrigen will ich dich hier zu nichts zwingen, und du sollst auch nicht denken, dass mich ein paar Schneeflocken hinterm Lenkrad überfordern. Wenn du möchtest, dann könnten wir zurückfahren, okay? Vielleicht nimmst du diesen Ein-Tages-Schnee aber auch zum Anlass und genießt die Zeit. Wenn ein komisches Pferd deine Augen schon leuchten lässt, dann warte mal ab, wie schön ein Lagerfeuer am Abend sein kann, wenn daneben frischer Schnee glänzt."

Das warf ein neues Licht auf die Sache, denn ich hatte die Wahl. Das damit verbundene Gefühl beruhigte mich wieder. Ich konnte entscheiden, welche Segel gesetzt werden sollten.

„Ich habe keine Ahnung, was ein Ein-Tages-Schnee ist. Aber ich bin dir wohl schuldig, nicht schon wieder abzuhauen, wenn irgendwo ein Feuer brennen soll. Außerdem schuldest du mir immer noch eine Geschichte", erwiderte ich nach kurzem Nachdenken mit einem zaghaften Lächeln.

Als es dann plötzlich eisig an meinem Rücken wurde, quittierte ich dies mit einem lauten Quietschen. Kaum hatte ich meine Entscheidung gefällt, hatte Matthis tatsächlich genug Schnee zusammengekratzt, um eine kleine Ladung Frische in meinen Nacken zu stecken. Das war ein widerlich kalter und zugleich perfekter Moment, der dafür sorgte, dass ich mich nicht direkt bei dem Gedanken an das Feuer verbrannte.

*

Rotfröstelnde Wangen und Atemwölkchen verrieten mir einige Minuten später, dass die spontane Schneeschlacht, welche fast ohne Schnee vonstattengegangen war, uns beide zurück in die Kindheit befördert hatte, und zwar in die schönen Erinnerungen daran. Das hatte in Matthis wohl genug bewegt, um endlich von seiner Tochter Nele zu erzählen. Das alles musste ich erst einmal sacken lassen, vermutlich konnte man mir förmlich beim Denken zusehen.

„Ich dachte, dass du ein total entspanntes Leben führst, derweil … Wie kriegst du das bloß gebacken? Wenn ich so überlege, dann kann ich nicht einmal …“ Ich seufzte nachdenklich und ließ zu, einfach von Matthis im Arm gehalten zu werden.

Wie konnte jemand ein so positiver Mensch sein, obwohl seine Ex-Frau ihn mit seinem ehemals besten Freund betrogen hatte? Monatelang war das gelaufen, bis er seine damalige Ehefrau in flagranti erwischt hatte. Im eigenen Ehebett. Aber dass Matthis weiterhin mit seiner Ex unter einem Dach lebte, damit seine noch nicht volljährige Tochter beide Elternteile nah bei sich hatte, das war unvorstellbar. Wie fühlte sich das wohl für Matthis an, dass er in der Einliegerwohnung seines eigenen Hauses lebte, während seine Ex-Frau mit Nele über ihm wohnte und zeitweise sein ehemals bester Freund bei seiner Ex aufgetaucht war? Auch wenn es mich rührte, dass er das alles für seine Tochter in Kauf nahm, kam ich gedanklich kaum hinterher.

„Ideal ist es nicht, das stimmt. Aber ich liebe meine Tochter, und sie kann nichts für diese Situation. Sie hat das Beste verdient, und auch wenn sie kein kleines Kind mehr ist, braucht sie uns ja doch beide … – Cate?!“

Ich zuckte zusammen, rekapitulierte jedes Wort und fand heraus, dass ich die ganze Zeit bei Bewusstsein gewesen sein musste, auch wenn mir plötzlich ganz schwarz vor Augen geworden war.

„Was wolltest du sagen? Bitte rede weiter!“

„Das Wichtigste hab ich schon gesagt. Es hat geknallt bei meiner Ex und mir, die Affäre mit meinem früheren Kumpel hat sie aber glücklicherweise beendet, und zwischendurch hat sie immer mal wieder ihre Phase, in der … – ach, nicht so wichtig. Sie ist manchmal einfach nur anstrengend und nervig. Es ist zum Kotzen. Sorry. Es ist eben keine perfekte Lösung, dass wir im selben Haus leben, eigene Wohnungen hin oder her."

Der Schmerz war noch da, trotz seiner authentisch positiven Art. Dankbar nahm ich zur Kenntnis, dass Matthis mich an die Hand nahm, während es weiterhin in mir arbeitete. Langsam gingen wir los bis an die Wasserkante. Dieses Wasser sollte das Meer sein, genau genommen die Ostsee. Sollte das Meer nicht irgendwie mehr in Menschen auslösen? Nachdenklich starrte ich auf die graue Suppe vor mir, die selbst jetzt noch so ruhig wie eine Badewanne war.

„Selbst in der Dämmerung sieht man dir an, dass die Ostsee nicht gerade dein Lieblingsmeer ist."

„Ich bin einfach noch in Gedanken. Ich dachte die ganze Zeit, dein Leben ist total entspannt, und ich wünschte, ich hätte damit richtiggelegen. Beziehungen gehen kaputt. Aber so was ist doch unmöglich, das hast du nicht verdient!"

Zaghaft drückte ich seine Hände, schaute ihm in die Augen und drehte mich wieder zum Wasser.

„Wird sich schon alles klären. Und jetzt genießen wir erst mal die frische Luft und das Wasser, hm? Auch wenn ich mir wirklich sicher bin, dass du kein großer Ostsee-Fan bist."

War es so offensichtlich?

„Blödsinn. Also, na ja, abstreiten kann ich es wohl kaum, aber ich will nicht wählerisch sein. Wenn ich ehrlich bin, dann bin ich froh, dass du mich hierhergebracht hast, auch wenn ich im Nachgang nicht mehr genau weiß, wie du das hinbekommen hast. Jedenfalls gefällt es mir, es ist nur …"

„Du bist ein Nordsee-Mädchen. Das hier ist zu ruhig für dich. Diesem Meer fehlt der wilde Kern. Du liebst die Freiheit, die Stürme, die Sonne, die Vielfalt, die …"

„Okay, ist ja gut. Du hast mich durchschaut. Künstliche Ruhe passt nicht in mein Bild. Nordseestürme sind mein Ding", gab ich schmunzelnd zu.

Wenn man einen Charakter schon mit dem Meer in Verbindung bringen konnte, dann wollte ich aber auch wissen, welches Meer ihm besonders gefiel:

„Verrat mir jetzt lieber, welches dein Meer ist. Ich hätte bis vorhin gedacht, dass du die Südsee spielst, weil du so viel Positives … also weil du so bist, ähm, na ja, weil du also einfach du bist."

„Auch in der Südsee gibt's Stürme. Möglicherweise könnte ich aber auch die Nordsee favorisieren", erwiderte Matthis lässig.

Dann verstummten wir beide für eine Weile. Es war beruhigend, nebeneinanderzustehen und auf das Wasser zu gucken, obwohl der Wellengang fehlte. Da es so ruhig war, konnte ich mich meinen Gedanken allerdings nicht länger entziehen. Die ganze Zeit war es unterschwellig um die wirklich wichtigen Dinge im Leben gegangen, ausgesprochen hatte ich allerdings viel zu wenig, während ich von Matthis nun viele neue Facetten kennengelernt hatte. Verglich ich das, was er aus der Situation machte, mit meinem Lebensstil, kam ich nicht sonderlich gut dabei weg.

„Du bist so ein guter Mensch. Dir sind traurige Dinge passiert, und jeden Tag siehst du das vor Augen, weil deine Ex quasi bei dir wohnt. Trotzdem bist du kein verbitterter Kerl. Ne, du bist offen, sympathisch und liebenswert.

Ich habe nie kapiert, dass es auch anders gehen kann. Ich dachte immer, ich bin ein Opfer und … nicht der Täter. Bis mir vorgestern die Leviten gelesen wurden, was das angeht. Warum bin ich so schrecklich geworden, obwohl ich doch genau weiß, wie hart das Schicksal sein kann und dass Menschen andere gute Menschen brauchen. Warum habe ich mir keinen Optimismus bewahrt und bin stattdessen so verbittert geworden!"

Meine Stimme war unbemerkt immer lauter geworden. Auf einmal kam mir mein Verhalten so feige vor, und mein Versagen erschien so deutlich. Es war so nah und sichtbar. Hier standen wir also. Zwei Menschen, die ihre ganz eigenen Schicksale erlebt hatten. Einer von ihnen hatte sein Leben trotzdem gut im Griff, und einer bekam viele wesentliche Dinge nicht auf die Reihe.

„Ich habe nicht verdient, dass du gut zu mir bist. Ich habe nicht verdient, dass du hier neben mir stehst. Gut und Böse, das hat noch nie gepasst. Ich will die Welt nicht noch schlechter machen, als sie sowieso schon ist. Ich wollte das nie. Ich habe das doch nicht gewollt!"

Mein ganzer Körper wurde von einem Zittern übermannt, das so dominierend war, dass jeglicher Versuch wegzulaufen völlig misslang. Ich ließ die schützende Umarmung von Matthis nur zu, weil ich mich weder bewegen noch einen weiteren Ton herausbringen konnte. Dabei hatte ich diesen Trost ganz bestimmt nicht verdient.

„Das sind verdammt harte Worte, Cate. Ich habe noch nie erlebt, dass jemand derart hart mit sich selbst ins Gericht geht. Dabei machst du die Welt ganz bestimmt nicht schlechter, als sie ist", redete Matthis auf mich ein. „Du musst schreckliche Dinge erlebt haben und was immer dir vorgestern gesagt wurde und was du gerade andeutest: Es ist bestimmt nicht zu spät, etwas zu verändern. Du bist ein toller Mensch, und du kannst dich verändern. Wenn du das wirklich willst, dann helfe ich dir dabei. Deal? – Und jetzt erzähl mir erst mal, was damals Schreckliches passiert ist, das dich so zerbrochen hat."

Eine so ruhige und besonnene Stimme zu diesem Zeitpunkt gepaart mit all dem Halt, die diese einfache Umarmung auslöste, durchbrach das Zittern und schickte meine Gedanken auf neue Wege. Dennoch dauerte es minutenlang, bis ich wieder in der Lage war, Worte zu formulieren. Ich holte tief Luft, weil ich Matthis alles erzählen wollte:

„Meine Cousine ist aus Irland hergekommen. Joanne. Bevor ich auf Sylt gewesen bin, habe ich die erste Nachricht erhalten. Über LinkedIn. Einfach so. Ich wollte nicht, dass sie kommt, weil ich dachte, dass sie schuld daran ist, dass meine Eltern tot sind. Ich wollte nicht, dass sie kommt, ich wollte sie gar nicht kennenlernen, und dann war sie einfach da. Es ist eine komplizierte Geschichte. Jedenfalls habe ich ihr das vorgeworfen. Dass sie schuld daran ist, dass mir alles genommen wurde, als ich noch ein Kind war. Ich habe ihr das ins Gesicht gebrüllt, und dann war sie weg. Das ist der Grund, warum ich auf Sylt war, ich brauchte Abstand. Danach hat sie sich gemeldet, und ich habe sie getroffen, und sie hat mir Dinge gesagt, die mir noch nie jemand gesagt hat. Die nicht so ganz von der Hand zu weisen sind. Alles ist so viel auf einmal. Eigentlich mag ich sie vielleicht. Und ich bin nervös, weil sie heute zurück nach Irland fliegt und ich Angst habe um sie."

Es war alles durcheinander aus mir herausgesprudelt. Erst als ich aufgrund von Matthis' liebevollem, aber irritiertem Blick bemerkte, dass er gar keine Chance hatte, mir folgen zu können, verstummte ich wieder. Hektisch sog ich die kühle Luft ein. Ich musste mich sammeln. Ein Impuls in mir wollte beginnen, die ganze Geschichte zu erzählen. Das letzte bisschen Kontrolle, das noch da war, hielt mich zurück. Sollte ich das wirklich tun? Nervös knetete ich meine Hände. So lange hatte ich geschwiegen. Es gab Menschen, die ein paar Details kannten, doch noch nie hatte ich richtig ausgeholt und jemandem alles anvertraut. Irgendein unbekanntes Gefühl verriet mir, dass es jetzt an der Zeit dazu war. Zuordnen konnte ich es nicht, wusste aber, dass ich es vielleicht niemals schaffen würde, wenn ich es jetzt nicht anging. Vor allen Dingen lag es an Matthis als Person, dass dieses mir unbekannte Vertrauen, das so schwer zu verstehen war, plötzlich einfach da war. Blindes Vertrauen entgegen jeder Risikoanalyse, es war beängstigend und fühlte sich gleichzeitig irgendwie gut an.

Kapitel 13

„Ich werde dir meine Geschichte erzählen, und dann kannst du dein eigenes Urteil über mich fällen", entschied ich schließlich.

„Urteil klingt so hart. Ich will dich bloß verstehen und für dich da sein."

Matthis' Stimme klang so weich. Das mit dem Urteil war vielleicht wirklich zu streng, doch wie man es bezeichnete, war letztendlich nebensächlich. Wichtiger war die Überlegung, wie ich mit meiner Geschichte anfangen sollte. Wie war es möglich, all die Erlebnisse in Worte zu packen und verständlich zu schildern? Wenn ich Matthis so ansah, dann sollte ich wohl einfach anfangen, und der Rest würde sich ergeben. Ich nickte, dann legte ich los:

„Ich bin in Oevelgönne aufwachsen. Als Kind habe ich direkt über dem schönsten Hamburger Elbstrand gelebt. Dort war ich geborgen wie in einem Dorf, während ich die großen Schiffe beobachten und von der Freiheit der weiten Welt träumen konnte", machte ich den Anfang.

Obwohl sich die Umarmung, in der wir uns immer noch befanden, gut anfühlte, löste ich mich langsam daraus. Irgendwie war es besser, sich beim Erzählen zu bewegen. Es lockerte mich auf, wenn wir nebeneinander hergingen, anstatt starr auf einem Fleck zu stehen. Außerdem war das eine gute Maßnahme, um dem frischen Wind etwas entgegenzusetzen. Andernfalls würden wir noch komplett auskühlen. Matthis passte sich meinem Tempo an und hielt meine Hand, was neben der Bewegung zusätzliche Wärme spendete und mich zum Weiterreden animierte. Ich erzählte weiter:

Mein Vater Liam war für einen neuen Job aus Irland nach Hamburg gezogen, wo er meine Mutter Claudia kennen- und lieben gelernt hatte. Die beiden hatten nach deren Hochzeit das Haus meiner Großeltern in Oevelgönne übernommen. Meine Großeltern waren nicht mehr am Leben gewesen, als ich auf die Welt gekommen war, doch meine Eltern gaben mir alles, was ein Kind brauchte, um behütet aufzuwachsen. Sonnige Tage am Strand und Ausflüge mit dem Segelboot lagen ebenso hinter mir wie Schneeschlachten im Winter, denen gemeinsame Kuschelnachmittage vor dem Kamin gefolgt waren. Ständig wurde das Haus von Kinderlachen erfüllt, wenn ich mit meinen Freundinnen spielte, und es roch nach zahlreichen Köstlichkeiten, die gemeinsam gebacken oder gekocht wurden. Mein Vater arbeitete viel und hart als Ingenieur, war oft unterwegs. Trotzdem war er für mich als seinen kleinen Sonnenschein da und erfüllte die gemeinsame Zeit mit ganz viel Leben und Glück. Meine Mutter war Künstlerin und arbeitete viel von zu Hause aus und war für spontane Treffen mit Nachbarn bekannt, die oft zu kleinen Festen wurden, bei denen wir Kinder auch ihren Platz fanden. Ganz besonders liebte ich es, wenn ich das Tuten der Schiffe bis in mein Kinderzimmer hörte und wir dann runter an den Strand gingen, um eine Schiffsreise zu spielen, und ich die Kapitänin sein durfte. Wenn es dann Abend wurde, glitzerten meine Augen mit den Lichtern der Hafenkräne um die Wette.

„Ich wusste nie, wie besonders das ist, was ich damals hatte. Aber ich habe das Glück durchaus gefühlt und gespürt. Alles war so wundervoll. Meine Sorgen beschränkten sich darauf, dass ich meine Plüsch-Möwe verlegt oder Wasser über mein Bild in der Schule geschüttet hatte. Wir waren ehrlich glücklich", unterbrach ich mich selbst, bevor ich zu Matthis schielte, der jetzt schon ziemlich ergriffen aussah.

„Alles okay, Matthis? Soll ich vielleicht lieber nicht weitererzählen?"

„Doch, doch. Ich ahne bloß schon, dass gleich etwas ganz Schreckliches kommt, und auch, wenn du jetzt als wunderschöne erwachsene Frau vor mir stehst, ist die Vorstellung, dass ein Kind leidet, furchtbar. Und du bist dieses Kind gewesen."

Ob er wohl gerade an seine Tochter dachte?

„Bist du sicher? Ich will dich nicht damit belasten. Du bist ein Vater und sollst gar nicht mit diesen Dingen konfrontiert sein, auch nicht gedanklich", druckste ich herum. „Denn innerhalb weniger Sekunden wurde ich aus meiner Kindheit entrissen und habe all das nie wiederbekommen. Menschen, die ich für immer verloren habe. Gefühle, die mir seit diesem Tag fremd geworden sind. – Sorry, ich bin schon wieder bei damals. Wir können das hier verschieben, das ist okay, wirklich."

„Nein, jetzt ist die Zeit für deine Geschichte. Ich möchte sie hören, ohne dass du meinst, mich schonen zu müssen."

Das kräftige Nicken von Matthis gab mir zu verstehen, dass es genau so gemeint war. Deshalb ließ ich meinen Blick über das Wasser schweifen und setzte die Erzählung fort:

„Selten verreisten meine Eltern ohne mich. Doch weil ich schon oft bei Freundinnen übernachtet hatte, war es für mich ein aufregendes Erlebnis, direkt ein paar Tage bei Melli bleiben zu dürfen, obwohl doch Schule war. So was erlaubten meine Eltern sonst nie! Ich verstand, dass es sich um eine besondere Ausnahme handelte, weil mein Onkel aus Irland Hilfe brauchte. Wenige Tage zuvor war meine Cousine Joanne geboren worden. Nun sollten meine Eltern helfen, da mein Onkel ganz allein mit dem Baby und völlig überfordert war. Kurz vor der Abreise hatte ich gelauscht, dabei hatte ich mir doch nur ein Glas Apfelsaft holen wollen. Ich hatte gehört, dass meine Tante weggelaufen war und Baby Joanne zurück im Krankenhaus gelassen hatte. Deshalb brauchte mein Onkel die Hilfe. Ganz genau hatte ich das alles nicht verstanden, aber als Neunjährige war mir durchaus bewusst, dass so etwas ganz unnormal und komisch war. Eine Mutter konnte doch nicht einfach weglaufen und ihr winziges Baby alleine lassen, auch wenn sein Papa da war. Das war eine grausame Vorstellung. So etwas Herzloses hatte es in meiner Welt noch nie gegeben."

Dann war alles erst schwarz, anschließend bruchstückhaft. Traurige Blicke. Die Schreibtische in der Schule. Aufgerissene Augen meiner Lehrerin. Taschentücher, viele Taschentücher.

Schweigen. Das Gefühl, fast zu ersticken. Die Schwierigkeit, das Gehörte wirklich zu verstehen. Flugzeuge. Und zwar nicht die Flugzeuge im Bauch, die manchmal aus dem Radio erklungen waren. Tod. Flugzeugabsturz. Vollwaise.

„Der einzige Trost, den sie mir geben konnten, war, dass sie nicht leiden mussten, weil alle Passagiere sofort tot gewesen sind."

Dann versagte meine Stimme, ich konnte nicht weitererzählen. Worte waren ohnehin gerade nicht mehr abrufparat. Es flossen keine Tränen, es kam gar nichts, ich litt stumm. Bis das Zittern einsetzte und immer stärker wurde. Als wir stehen blieben, sah ich, dass Matthis weinte. Aus irgendeinem Instinkt heraus wollte ich für ihn stark sein. Doch er war es, der seine Jacke um meine Schultern legte und mich ganz fest an sich heranzog.

„Das ist kein Trost, Cate. Weder für ein neunjähriges Mädchen noch für eine erwachsene Frau", flüsterte Matthis.

Wie konnte jemand, der gerade selbst weinte, noch so viel Kraft spenden? Zum ersten Mal begriff ich ein kleines bisschen, was es mit dem geteilten Leid auf sich hatte. Matthis verstand, was ich erzählte, und passte auf mich auf. Er drückte durch diese Umarmung viel mehr aus, als es mit Worten jemals möglich wäre.

Dann fragte er: „Wer ist für dich da gewesen, nachdem ...?", und erinnerte mich somit auch daran, dass es noch ganz viel von meiner Geschichte zu erzählen gab.

„Keiner. Na ja. Behörden. Leute, die Geld dafür bekamen, dass sie mich in Pflege genommen haben. Aber niemand, dem ich am Herzen lag. Die Eltern meines Vaters haben in

Irland gelebt und mich selten gesehen. Damals war auch dieser Opa schon tot, und meine Oma hatte einen schlimmen Herzfehler. Dann lief ihre Schwiegertochter davon und dann das Unglück. Sie hat's nicht gepackt."

„Was war mit Freunden deiner Eltern? Es kann doch nicht sein, dass niemand aus deinem Umfeld für dich da sein konnte!"

Er klang zornig. Vorwurfsvoll. Das sorgte für die nächsten Schluchzer, während ich mein Gesicht gegen seinen Oberkörper presste. Die Frage von Matthis war ebenso logisch wie nicht zu beantworten. Was sollte ich dazu bloß sagen? Ewig konnte ich der Antwort jedoch nicht ausweichen. Nein, ewig *wollte* ich dem nicht ausweichen. So war es richtig. Sonst war ich geübt darin, Traurigkeit nach außen hin sehr gut abzuschotten. Es war eine bewusste Entscheidung, diesmal keinen Cut zu machen, sondern ehrlich zu sein.

„Ich weiß nicht. Irgendwie habe ich es bis heute nicht verstanden. Immer wieder hatte ich die Idee, dass ich all die Menschen aufsuche und ausfrage, warum sie sich nicht um mich gekümmert haben. Aber ich weiß ganz genau, dass ich diese Antworten nicht ertragen könnte. Egal, was die Gründe sind, ich könnte sie vermutlich nie verstehen. Natürlich wäre es ein massiver Einschnitt ins eigene Leben, plötzlich ein Kind bei sich aufzunehmen. Doch wie kann man es knallhart seinem Schicksal überlassen? Meine Eltern waren immer großartig zu all ihren Freunden, und dann waren die nicht mehr für mich da …? Ist es wirklich so, dass keine Freundschaft eine solche Situation aushält? Weißt du, ich kapiere einfach nicht, wie man ein Kind ganz allein lassen kann. Ich könnte das nicht übers Herz bringen. Vielleicht bin ich davon nur überzeugt, weil ich es selbst so sehr gebraucht hätte. Aber ich denke, ich hätte kein Kind einfach so im Stich gelassen."

Ganz behutsam streichelte Matthis über meinen Rücken.

„Davon bin ich auch felsenfest überzeugt. Ich zweifel keine Sekunde daran, dass du etwas getan hättest, anstatt wegzusehen."

„Hmmmm. Auf der anderen Seite muss ich zugeben, dass ich eine grausige Chefin bin. Ein gutes Vorbild bin ich nun also auch nicht gerade."

„Was würdest du tun, wenn ein Kind Hilfe braucht?"

Ganz genau war mir nicht klar, was er sich jetzt vorstellte und worauf er hinauswollte. Deshalb konnte es nur eine allgemeine Antwort auf diese Frage geben.

„Ich würde dem Kind helfen, wenn ich es könnte."

„Na also."

„Das entschuldigt aber wohl kaum, dass ich wirklich streng bin, und … na ja, sie nennen mich die ‚Eisprinzessin' und ganz egal, wie weh das tut, irgendwie kann ich sie verstehen."

Da hatte ich schneller gesprochen als nachgedacht. Konnte Matthis noch nachvollziehen, woher dieser abrupte Themenwechsel gekommen war? Und wie kam es, dass ich das Verständnis für die negativen Reaktionen meiner Mitarbeiter zugab? Bislang hatte ich das noch immer so gut es ging verdrängt und mich auf fachliche Themen gestürzt oder die Fehler bei meinen Mitarbeitern gesucht.

„Eine Rechtfertigung ist es vielleicht nicht, aber eine Erklärung. Wenn man schreckliche Dinge erlebt hat, prägen sie einen, und jetzt, wo du über das alles so genau nachdenkst, kannst du immer noch einige Dinge ändern. Und das sage ich jetzt, obwohl ich den Rest deiner Geschichte noch gar nicht kenne. Aber bevor wir über deine Eigenschaften als Chefin sprechen, fehlen noch ein paar Jährchen, hm?"

„Alles andere ist wohl keine Überraschung mehr, der Rest erklärt sich von selbst und ist austauschbar. Oder auch nicht. Keine Ahnung. Tut mir leid, falls du mir gerade nicht mehr folgen kannst. Gut, dass hier gerade kein Spiegel in der Nähe ist, denn ich könnte da nicht hineinsehen. Wer bin ich denn, dass ich mich als erwachsene Frau verhalte wie eine Axt im Walde und alles auf meine Vergangenheit schiebe? Jetzt drücke ich hier auf die Tränendrüse, um …"

„Tränendrüse? Du weinst gar nicht, sondern ballst deine Fäuste", unterbrach Matthis mich.

Zwischen all den Erinnerungen und der Trauer war das nun der Punkt, der bei mir plötzlich ein lautes und ehrliches Lachen hervorrief. Bei jedem anderen Menschen hätte ich geglaubt, dass es sich um ein oberflächiges Ablenkungsmanöver handelte, doch das hier war Matthis. Der hatte es mit einem so simplen Kommentar geschafft, meinem Gedankenstrudel ein großes Stopp-Schild hinzuhalten.

Also sagte ich: „Du wolltest wissen, was in den Jahren danach passiert ist, und es ist schwierig, darüber zu reden. Ich kann besser mit Zahlen umgehen als mit Geschichten. Zahlen sind nicht so kompliziert, sondern eine ganz klare Einheit. Worte hingegen … puh …", murmelte ich, unterstützt von einer undefinierbaren Armbewegung.

„Sagt die Physikerin."

„Ganz genau, und die hat recht."

„Natürlich hat sie das, denn sie kommt schließlich ganz nach Albert Einstein."

„Hey! – Aber ja. Ich habe den gleichen Beruf ergriffen und bin wohl auch ziemlich fit im Köpfchen."

Endlich gab es wieder ein Thema, bei dem ich mich sicher fühlte, wenngleich dieser Vergleich mit Albert Einstein natürlich größenwahnsinnig war. Auch wenn ich mit reichlich Naturtalent gesegnet war, konnte ich es tatsächlich nicht so ganz mit dem Erforscher der Quantenphysik aufnehmen. Trotzdem würde er sich nicht für mich schämen müssen, wenn man mal davon absah, dass ich meine Physik-Kenntnisse in der Bankenbranche verschwendete.

„Gerade habe ich das Gefühl, dass ich deine Gedanken lesen kann", sagte er dann.

Auch Matthis schien diese Ablenkung gerade gut zu bekommen.

„Die da wären?"

„Die Namensfrage. Klingt Cate O'Reilly wirklich besser als Cate Einstein. Und solche Dinge."

Das Lachen von Matthis, das die abendliche Stille durchbrach, war ansteckend. Er war so bodenständig und echt. Von vielen Menschen hätte ich ein Lachen in einer so schwierigen Situation nicht akzeptiert, doch bei ihm war das anders. Es war kein Lachen, das die Trauer überspielte oder das den Sinn nicht verstand. Es war einfach ein aufmunterndes, ein lösendes Lachen.

„Ich bleibe bei O'Reilly. Ist irgendwie cooler."

„Find ich auch. Außerdem bin ich mir noch nicht so sicher, ob du die Zunge so cool herausstrecken könntest wie Albert."

„Hey!"

„Na dann tue es. Beweis es mir.“

Wieder lachten wir auf, bis Matthis meine Wange streichelte und mir dabei so nahekam, dass ich flüsterte:

„Sag mal, weißt du, dass du großartig bist?“

„Natürlich weiß ich das.“

Sein freches und ungeheuer attraktives Grinsen ließ mich wieder laut auflachen.

„Eigentlich wollte ich dir nur sagen, dass es großartig ist, dass du so bist, wie du bist. Du überspielst gar nichts und bringst mich trotzdem zum Lachen, weil du genau gemerkt hast, dass ich das gerade brauche.“

Solche gefühlsbezogenen Komplimente aus meinem Mund hatten Seltenheitswert. Das letzte dieser Art musste Ewigkeiten her sein.

„Vielleicht bist du auch ein bisschen großartig, Cate. ‚Eisprinzessin‘ nennen sie dich, weil du dir solche Mühe gibst, wie ein Roboter zu wirken, obwohl du in Wahrheit ein gutes Herz hast. Ich werde bei Gelegenheit mal ein gutes Wort für dich einlegen, wenn …“

„Wenn was?“, murmelte ich irritiert.

„Na ja, wenn ich jemanden treffe aus deiner Bank. Oder so. Kann ja mal passieren. Weißt du, ich komme einfach mit und erzähle denen, wie toll du bist. So irgendwie.“

„Hmm.“

Diesen Gedankensprüngen von Matthis konnte ich gerade nicht ganz folgen. Somit stand es wohl eins zu eins, denn mit Sicherheit hatte ich ihn zwischenzeitlich verwirrt, schließlich war ich auf das Thema Job gekommen.

Dann fragte er mich: „Wie bist du also dahin gekommen, wo du heute stehst?“

Jetzt war Matthis' Blick wieder so liebevoll, und ich überlegte, wie es wohl rüberkommen würde, wenn er in die Bank kam, um meinen Mitarbeitern mal die Meinung zu geigen. Mit der Vorstellung von Matthis im Superman-Anzug war es viel leichter weiterzusprechen, obwohl so viel Trauer mitschwang:

Das erste halbe Jahr nach dem Flugzeugabsturz habe ich wie in Trance gelebt und bekam vieles nur ganz am Rande mit. Menschen kamen und gingen, Kindertherapeuten gaben sich die Klinke in die Hand. Die erste Pflegefamilie gab mich schnell auf, nachdem ich beschlossen hatte, möglichst gar nicht mehr zu reden. Die zweite Pflegefamilie war besser, und es gab wieder einen Hauch von Geborgenheit. Mehr ließ ich nicht zu, weil alle guten Dinge zu sehr an meine Eltern erinnerten und den Schmerz verstärkten, anstatt ihn zu lindern. Als er nahezu unerträglich war, lief ich immer häufiger weg. Stundenlang stand ich an meiner geliebten Elbe, um auf die Schiffe zu schauen. Manchmal fühlte ich mich wie diese winzigen Segelboote, die von Wind und den kleinen Elb-Wellen durchgeschaukelt wurden und so schwach aussahen. Irgendwann wollte ich in dieser Welt ein Schlepper sein. Die waren auch klein, aber hatten die ungeheure Kraft, mit der sie die ganz großen Containerschiffe wenden konnten. Ich war schon immer stark in der Schule gewesen. Also nahm ich seit diesem Tag meine Bücher mit, wenn ich wieder weglief. Die Mathematik hatte es mir angetan. Mit den Knobelaufgaben aus der Mathe-AG konnte ich endlich so tief in etwas versinken, dass die schlimmen Gefühle für ein paar Stunden vergessen waren. So konnte ich auch verkraften, dass ich wieder umziehen musste, weil die Familie ins Ausland ziehen wollte. Anschließend wurde ich keiner Familie mehr zugeteilt, sondern in eine Wohngruppe gesteckt. Die war ganz okay, weil man mich dort weitestgehend in Ruhe ließ. Zu dem Zeitpunkt hatte ich mit meinen damaligen vierzehn Jahren längst den Schulstoff durch, den man für Mathematik und Physik im Abitur brauchte. In der Welt der Zahlen war ich sicher. Niemand konnte diese Welt zerstören, weder durch einen Flugzeugabsturz noch durch Umzüge ins Ausland. Die Zahlen waren mir treu, und es machte mir mehr Spaß, mich mit ihnen zu beschäftigen, als Partys zu besuchen. Einige Male tat ich das, weil ich doch ein bisschen neugierig darauf war, was andere in meinem Alter gerne mochten. Als ich mit achtzehn endlich alleine leben und ein winziges Zimmer als mein eigenes Reich bezeichnen durfte, hatte ich die ersten beiden Semester an der Uni schon hinter mich gebracht. Die Physiker waren ein spezielles Völkchen, in dem ich mich wohlfühlte, weil ich durch meine schweigsame Art nicht auffiel und mich auf das konzentrieren konnte, was mir gut lag. Während mein Abi-Zeugnis noch sehr volatile Leistungen bescheinigte, konnte ich nun immer überzeugen. Vorbei war die Zeit der sprachlichen oder geisteswissenschaftlichen Fächer, die mir fast eine Ehrenrunde verschafft hätten. Alles, was zählte, waren logische Zusammenhänge und komplexe Mechanismen. Ich war sicher auf dem Gebiet, konnte mein Ding durchziehen und war trotzdem noch in dem geschützten Rahmen, den die Uni einem bot. Schwieriger wurde es mit Anfang zwanzig nach Abschluss des Studiums. Andere fingen in dem Alter erst an der Uni an, ich hielt mein Diplom in der Hand, hatte aber nicht gelernt, wie man sich im Berufsleben anpasste, um einigermaßen klarzukommen. Zweimal wurde mir trotz hervorragender Qualifikation gekündigt, und ich nutzte die Zeit, um mehr über Menschen zu erfahren. Ich holte nach, was ich zuvor verpasst hatte. Ich besuchte Studentenpartys und ging auch ein paar Mal mit Männern nach Hause, fand aber trotz aller Bemühungen keinen Zugang zu diesem Sozialleben. Als ich mich ein einziges Mal aus heiterem Himmel ganz heftig verliebte, versetzte es mich in Angst und Schrecken. Die Panik davor, wieder jemanden zu verlieren, der mir wichtig war, war so unerträglich, dass ich augenblicklich aufhörte, weiter das Sozialleben zu erforschen, und zurück an die Uni ging, um eine Promotion durchzuziehen. Mit Mitte zwanzig verließ ich die Uni dann erneut, dieses Mal mit Doktortitel. Es war ein Segen, dass ich als Spezialistin in der Bank einsteigen durfte, in der ich hochkomplexe finanzmathematische Modelle entwickelte. Eine Weile lief das recht harmonisch ab. Dann wurde ich befördert und erkannte zu spät, dass zu dieser fachlichen Verantwortung leider auch Führungsverantwortung gehörte. Die Seminare, die ich dazu besuchte, waren bis heute nicht ansatzweise ausreichend, um mich in diese Rolle hineinzuführen. Nun war ich etabliert in meinem Job, verhasst als Führungskraft und gescheitert, was mein Privatleben anging.

Ich seufzte auf und wollte ein „Danke“ wispern, weil Matthis die ganze Zeit zugehört hatte. Doch dann spürte ich etwas auf meinen Lippen. Andere Lippen. Die Lippen von Matthis, um genau zu sein. Das war dann wohl ein Kuss.

Der war so schnell gekommen, dass ich nicht einmal Zeit hatte, um in den Panikmodus zu verfallen, und so schnell vorübergegangen, dass ich ihn gar nicht hatte erwidern können.

„Tut … tut … mir leid, Cate. Das … das … war gerade einfach …“, stotterte Matthis, als hätte er sich selbst mit dieser Aktion überrascht.

„Ein Mitleidskuss?“

„Keinesfalls“, stammelte Matthis. „Ich meine, natürlich tut mir all das, was du erlebt hast, unglaublich leid. Das gerade war aber nur …“

„Versehentlich und aus dem Affekt passiert. Schon okay, ich habe verstanden. Am besten streichen wir das aus dem Protokoll“, erwiderte ich und hatte uns beide somit geschickt aus dieser peinlichen Lage befreit.

„Wenn du möchtest, tun wir das.“

Wollte ich das? Eigentlich nicht. War ja klar, dass ich diesen Moment ruinierten musste, statt ihn zu genießen. So brachte es meine emotionale Instabilität noch mehr ins Wanken. Dabei war heute doch wirklich genug passiert. Irritiert wich ich seinem Blick aus und starrte auf den Sand, bis Matthis das Schweigen nach einiger Zeit brach:

„Ich weiß überhaupt nicht, wie ich das, was mir alles durch den Kopf geht, je mit Worten beschreiben könnte. Aber ich weiß, dass du eine großartige und starke Frau bist. Du hast so lange versucht, tapfer zu sein, und niemand war da, der dir wirklich helfen konnte, damit du die Cate sein kannst, die du in Wirklichkeit bist.“

„Ein paar Therapeuten waren zwischenzeitlich da, aber …“, lenkte ich ab, weil mir Matthis’ Worte zu nahe gingen.

„Vermutlich bist du an die Therapeuten gelangt, die ein bisschen oberflächliches Blabla mit dir abgehalten haben, anstatt dich richtig zu verstehen."

„Keine Ahnung. Vielleicht wollte ich auch nicht richtig verstanden werden. Wie sollen die ihren Job vernünftig machen, wenn man sich weigert, konstruktiv mitzumachen? Jedenfalls war das nie sonderlich hilfreich."

„Weshalb du bis heute in eine Rolle geraten bist, die so gar nicht zu dir passt."

Zaghaft nickte ich. „Das, was ich habe, ist eine sichere Bank, im wahrsten Sinne des Wortes. An sich macht mir mein Job auch viel Spaß. Wenn ich weiterhin meine Ziele verfolge, kann ich noch mehr erreichen. Ich bin gut genug, um es bis in den Vorstand zu schaffen. Dann bleiben mir auch lästige Mitarbeitergespräche erspart, und ich kann mich vor allem auf die fachlichen Themen konzentrieren. Das ist mein Ziel, ein anderes habe ich nicht. Also setze ich alles auf diese Karte."

„Bist du ganz sicher, dass du in diesem Job glücklich werden kannst?"

Ganz langsam zuckte ich mit den Schultern. Diese Frage war äußerst unangenehm, weil es mir an Alternativen mangelte.

„Was ich weiß, ist, dass ich diese Zahlen brauche wie ein Fisch das Wasser. Sie sind das Einzige, das mir Sicherheit gibt."

Matthis erweckte nicht den Eindruck, als hätte ich ihn damit überzeugt. Wichtig war jedoch, dass ich selbst überzeugt war von meinen beruflichen Plänen. Vielleicht sollte ich das später alles noch mal ganz genau durchdenken. Dabei wusste ich bereits, dass ich daran festhalten würde. Alle anderen

Veränderungen wären zu groß, und alternative Ideen hatte ich nicht. Mein Job war meine Bestimmung.

„Dann werde ich dir helfen, wenn du das möchtest und zulässt. Du musst ja nicht deinen Job wechseln, um glücklicher zu werden. Vielleicht können wir ja ein bisschen aus dem rauskitzeln, was du bislang versperrt hast, und dann gehen dir so Dinge wie Mitarbeitergespräche weniger auf den Keks, und du fängst an, auch das zu mögen, was du momentan machst – solange sie dir noch keinen Platz im Vorstandsbüro räumen."

„Das klingt verlockend. Es gibt nur einen Punkt, der besonders schwierig ist dabei, und der bin ich wohl selbst", erwiderte ich leise.

Dann erzählte ich Matthis ausführlich, was sich in den letzten Tagen ereignet hatte. Von dem Online-Kontakt mit Joanne, ihrer Ankunft, dem Grund für meine Auszeit auf Sylt und vor allen Dingen von dem Gespräch, das ich vorgestern mit ihr geführt hatte.

„Sie hat gesagt, dass sie nicht nachtragend ist, und trotzdem mache ich mir große Vorwürfe, dass ich wirklich ausgesprochen habe, dass sie schuld an allem ist", murmelte ich nachdenklich.

„Und was noch?", fragte Matthis sanft, als ahnte er, dass ich noch etwas aussprechen wollte.

Etwas, das besonders unangenehm war. Denn es war nicht nur eine reine Tatsache oder meine Perspektive, sondern es ging um das, was mir seit vorgestern ununterbrochen durch den Kopf geisterte und eine immer größere Gestalt annahm. Was ich zunächst gar nicht hatte greifen können und nun immer besser verstand und das sich keineswegs gut anfühlte.

„Joanne hat mir den Vorwurf gemacht, dass ich mich an diese Dinge klammere, die so lange her sind, und sie als Entschuldigung für alles nehme und dass es vernünftiger wäre, wenn ich etwas tue, um alles zu ändern. So was hat noch nie jemand zu mir gesagt, und erst jetzt, nachdem ich dir das alles erzählt habe, verstehe ich so richtig, dass sie damit recht hat. Das ist nicht so leicht zu verdauen."

„Ganz bestimmt nicht, aber deshalb musst du dich nicht selbst fertigmachen. Sieh es doch mal so: Du hast deine Cousine gebraucht, um dir darüber Gedanken zu machen. Deshalb ist es doch nicht zu spät, jetzt etwas zu ändern."

„Wenn das so einfach wäre."

„Einfach wäre was für Anfänger. Du hast mehr drauf, na komm." Matthis sah mich herausfordernd an, als würde er mich bei einem sportlichen Wettkampf anfeuern.

„Bei so was?"

„Auch bei so was. Trotzdem darfst du jetzt erst mal eine Pause haben, das war harte Kost. Außerdem musst du ja auch noch verarbeiten, dass du dich gar nicht allein durchkämpfen musst, sondern dass ich dir helfen möchte."

Darüber musste ich einen Moment nachdenken. Das klang gut. Allerdings auch zu perfekt, um wahr zu sein. Als ob es nach all den Jahren plötzlich eine gute Wendung geben würde. Die gab es in Büchern, aber doch ganz bestimmt nicht in meinem Leben. Zugleich schnürte sich meine Kehle zu, denn das war gerade alles stärker an Matthis geknüpft, als mir lieb war. Ich wollte vor diesem Gefühl fliehen, doch meine Beine bewegten sich keinen Millimeter weit.

„Du bist der erste Mensch, der mich so gut versteht. Und das macht mir ganz furchtbare Angst."

Kapitel 14

Es war stockfinster geworden, nachdem wir zurück zum Hof gekehrt waren. Ich öffnete das Fenster, während ich beruhigt mein Handy weglegte. Joanne hatte sich gemeldet, sie war gut in Irland angekommen und musste nicht länger in dem schrecklichen Flugzeug sitzen. Erleichtert trank ich die letzten Schlucke meines noch lauwarmen Tees aus. Kühle Luft streifte mein Gesicht, zugleich tanzten draußen die Flammen des Lagerfeuers so fröhlich, dass die Dunkelheit durchbrochen war. Der Anblick des glitzernden Schnees, das Knacken des Holzes und der Geruch, der verriet, dass es gleich lauter leckere Dinge geben würde, waren genau das, was mir nach der heutigen Konfrontation die nötige Ablenkung gab. Ich war froh darüber, dass Matthis mich vorhin wortlos hochgehoben und bis in diese kleine Ferienwohnung getragen hatte. Dort hatte er mir eine kuschlige Decke umgelegt, mir einen heißen Tee gekocht und war dann rausgegangen, um mit Jörn alles für das Grillen vorzubereiten. Damit hatte er mir genug Freiheit gegeben, die ich gebraucht hatte, um das Gedankenkarussell in meinem Kopf zu stoppen und mich zu sortieren. Erst hatte ich gar keine Lust auf einen Grillabend verspürt, inzwischen fand ich die Idee jedoch irgendwie großartig. Als Matthis mich am Fenster entdeckte, winkte ich ihm lächelnd zu. Zwei Minuten später stand ich bereits mit den beiden Männern am Feuer. Nach und nach gesellten sich alle, die noch auf dem Hof waren, zu uns. Das waren die Familie von Jörn, drei Jugendliche, die zuvor ausgeritten waren, und ein paar Leute aus der Nachbarschaft. Wie von Zauberhand waren lauter Leckereien aufgetaucht. Jemand holte nach dem Essen eine Gitarre, es wurde gesungen und gelacht. Ein ganz spontanes kleines Fest war das geworden, so wie früher. Trotz aller Erinnerungen und der Tatsache, dass mir die Menschen hier völlig fremd waren, war es wunderschön, weil es sich ein bisschen wie in meiner Kindheit anfühlte und die glücklichen Momente dominierten.

„Alles okay?“, machte sich Matthis irgendwann bemerkbar.

„Ob es okay ist? Es ist wundervoll. Ich hätte gar nicht für möglich gehalten, so was noch mal zu fühlen, und das habe ich alles dir zu verdanken.“

„Wegen ein bisschen Holzkohle und ein paar Kilometern Autofahrt? Nö, Cate. War ganz schön tapfer von dir, über so viele traurige Dinge zu reden. Du hast dir also selbst was zu verdanken.“

Ich verstand seinen Punkt, aber es wäre ohne Matthis eben gar nicht möglich gewesen. Vielleicht war das nebensächlich. Fakt war nun einmal, dass es gut und richtig war, und das zählte. Mit diesem wohligen Gefühl blieb ich so lange mit Matthis am Feuer sitzen, bis sich der Rest der Gruppe aufgelöst hatte und wir allein vor der Glut saßen. Eine Frage nagte noch an mir.

„Kannst du mir doch noch einen Rat geben? Wegen Joanne? Dass ich ihr gesagt habe, sie sei schuld an allem, das war so unfassbar bescheuert und verletzend von mir. Das muss ich doch wiedergutmachen, aber man kann so was nicht wiedergutmachen und …“

„Pssst.“

Tatsächlich verstummte ich, dafür machte sich meine zurückgekehrte Anspannung nun in ungeduldigem Beinewippen bemerkbar, und ich spielte nervös an der Rinde eines Holzscheites herum, welches noch auf dem Boden gelegen hatte.

„Wie sehr glaubst du selbst an diese Aussage, Cate?“

„Eigentlich gar nicht. Nur so einfach ist es nicht. Ich weiß, dass es falsch war. Ein Neugeborenes kann nichts für die Welt, in die es hineingeboren wird.“

„Natürlich weißt du das. Ich denke, dass du das erst mal sacken lassen solltest. Verinnerliche das alles, was du mir erzählt hast, und irgendwann wirst du diesen Gedanken gar nicht mehr haben, und Joanne wird dir verzeihen, wenn sie das nicht schon längst getan hat, und danach klang das doch, hm? Sie ist mit dir verwandt, also ist sie bestimmt ein toller Mensch.“

„Ist sie ja auch, nur hilft der Verwandtschaftsstatus da nicht. Sie feiert mit bekifften Australiern auf der Reeperbahn, mag Ratten und überhaupt, sie ist komplett anders als ich“, war meine gespielt empörte Reaktion, weil ich von mir ablenken wollte.

„Gegensätze ziehen sich an. Das könnte selbst die Frau schon mal gehört haben, die nachts lieber von Raum, Zeit und Gravitation träumt anstatt vom Flirten.“

„Relativitätstheorie ist viel einfacher. – Hey, was soll diese Anspielung mit dem Flirten?"

Ja, selbst ich verstand das. Auch ohne Matthis' Wink mit dem berühmten Zaunpfahl hätte ich die ganzen Anspielungen verstanden. Nur weil ich abgesehen von beruflichen Kontakten sehr einsam lebte und meine Gefühle immer gut im Zaum hielt, hieß das schließlich nicht, dass diese nicht existierten. Nur wusste ich nicht, ob ich ihnen nachgeben sollte oder ob es dringend an der Zeit war, sie gut zu verstecken.

„Eins nach dem anderen, meine Liebe. Ich glaube, dir ist kalt. Sollen wir langsam reingehen?"

Unkonzentriert nickte ich. Jetzt, wo das Feuer fast erloschen war, wurde es wirklich frisch. Müde war ich inzwischen auch. Deshalb war ich froh, als wir im Warmen ankamen und ich dort feststellte, dass wirklich einige Dinge organisiert waren. Zumindest was Zahnbürsten und die nötigsten Sachen anbelangte. Mascara, Lippenstift und etwas Puder für morgen früh hatte ich glücklicherweise immer in der Handtasche dabei. Was hier fehlte, war hingegen ein Bett. Es war eine sehr kleine Ferienwohnung, die genau genommen aus nur einem Zimmer und dem Bad bestand und dessen einzige Schlafgelegenheit die ausziehbare Couch war, welche Matthis gerade umbaute. Wie hatte ich das vorhin übersehen können?

„Das ist nicht wahr, oder?"

„Was?"

„Das Ding kann unmöglich für uns beide sein. Ich dachte, hier ist so viel Platz auf dem Hof. Was hat Jörn noch erzählt von den anderen Wohnungen hier – die sind doch garantiert nicht alle belegt."

„Wird so sein, wir haben ja nicht gerade Hauptsaison …"

„Dann möchte ich eine haben, ich zahl natürlich auch dafür", erwiderte ich eilig.

Als Matthis sich daraufhin vor mich stellte und seine beiden Hände sanft auf meine Schultern legte, beschleunigte das meinen Herzschlag noch mehr. Bloß verzog sich der aufgekommene Groll wie ein Feigling, und das nur wegen dieser tiefen blauen Augen.

„Jörn dürfte längst schlafen, der war doch viel früher weg als wir. Ich glaube, als wir vorhin angekommen sind, hat er die Lage etwas falsch verstanden, und ich hatte bislang noch nicht richtig auf die Aufteilung hier geachtet. Aber keine Sorge, ich bin ein Gentleman."

Mir blieb wohl nichts anderes übrig, als mich der Situation zu fügen. Also nickte ich stumpf, kroch unter die Decke und rutschte bis an den äußersten Rand des Schlafsofas. Selbstverständlich drehte ich mich so herum, dass mein Rücken zur Mitte zeigte. Warum war ich von all der frischen Luft bloß so müde? Sonst hätte ich die Nacht durchmachen können, anstatt so nah und zugleich so fern neben dem Mann zu liegen, der mich gerade gehörig durcheinanderbrachte. Wenigstens hatte jeder seine eigene Decke. Meine zog ich so hoch, dass ich fast darunter verschwand, und tippte im Dunklen eine Nachricht an Joanne.

„Er hat mich geküsst … war aus Versehen, glaube ich … verrückt …"

Fast unmittelbar darauf folgte eine Antwort:

„Aus Versehen? Blödsinn! Dranbleiben, da geht noch was! Kisses."

Zögernd schob ich meine Decke ein Stück zurück, damit ich meinen Kopf so weit herumdrehen konnte, dass ich zu

Matthis schauen konnte, doch der hatte sich ebenfalls so hingelegt, dass sein Blick nach außen weg vom Sofa ging.

„Matthis?"

„Hmm." Jetzt drehte er seinen Kopf auch kurz zur Mitte.

„Schlaf gut."

„Du auch, Cate. Weck mich, wenn du schlecht träumst."

„Vielleicht."

*

Irgendetwas war anders als sonst. Die Matratze war ungewohnt, und es fühlte sich nicht nach zu Hause an. Ich blinzelte ein paar Mal gegen die Helligkeit an, bis ich realisierte, wo ich mich gerade befand und mit wem ich das tat. Mit aufgerissenen Augen schreckte ich hoch und bemerkte, dass Matthis dies gerade grinsend beobachtet hatte. Das war absolut peinlich. Er musste also auch gesehen haben, wie ich schlief, schlussfolgerte ich. Schutzlos wie ein Baby. Mit zerzausten Haaren. Moment. Vorsichtig schielte ich in seine Richtung. Bloß nicht zu auffällig sein jetzt, mahnte ich mich, war aber neugierig. Seinem verschlafenen Eindruck zufolge war er ganz bestimmt nur kurz vor mir wach geworden. Es war nicht so, dass seine Haare sonst künstlich gestylt waren. Ganz im Gegenteil, alles an ihm wirkte natürlich. Trotzdem sahen seine verwuschelten Haare jetzt anders aus als sonst.

„Cate, hörst du mich?"

„Ähm, ja. Natürlich. Wieso?"

Wie konnte man jemanden anstarren, ohne mitzubekommen, dass dieser Jemand ganz offensichtlich mit einem sprach?

Mit einem undefinierbaren Geräusch ließ ich mich zurück auf die Matratze plumpsen. Während sich mein Kopf gerade noch fast im Stand-by-Modus befand, spielte sich in meinem Bauch eine Party ab. Matthis war nämlich ziemlich süß, und dieser versehentliche Kuss von gestern hatte sich tief in meine Erinnerung eingebrannt. Das waren also diese Schmetterlinge, von denen in kitschigen Liedern immer die Rede war. Das war nicht gut.

„Du bist ganz bleich", hörte ich Matthis nun sagen.

„Ich brauche eine kalte Dusche und Kaffee, und ich sollte nach Hause. Ist bestimmt der Kreislauf oder eine Erkältung. Also die Erkältung, die ich ja sowieso schon hatte und die fast weg war und …"

„Vielleicht war das alles ein bisschen zu viel auf einmal?"

„Das wird's sein, ja."

Obwohl ich morgens gern mal ein paar Minuten länger im Bett verweilte, sprang ich hoch. Dreißig Sekunden später stand ich bereits unter der Dusche, um mich von eiskaltem Wasser richtig aufwecken zu lassen. Ich brauchte jetzt einen kühlen Kopf anstatt Gefühlschaos. Mein unerklärliches Vertrauen in Matthis und diese feste Überzeugung, dass er mich verstand, waren schon beängstigend genug. Mir jedoch einzugestehen, dass ich gerade auf dem besten Weg war, mich in ihn zu verlieben, schnürte mir die Kehle zu. Das kühle Nass konnte nichts dagegen ausrichten. Die latente Übelkeit, das Herzrasen und die zitternden Beine ließen sich nicht vertreiben. Ich war nicht bereit, mich dem zu stellen, und schindete noch etwas Zeit, indem ich meine Haare föhnte, bis die letzte Strähne ganz trocken war, und mich mit den Utensilien, die ich dabeihatte, halbwegs ansehnlich schminkte. Wenigstens wirkte mein Gesicht dadurch etwas weniger bleich. Auf dem Weg ins Zimmer zurück sah ich lauter Sternchen und musste mich an der Wand abstützen. Damit Matthis mir nicht zur Hilfe eilte, ließ ich mich auf den Stuhl fallen, bevor ich das ausgezogene Sofa erreichte. Das hielt ihn nicht davon ab, trotzdem einen Hilfeversuch zu starten. Durch die Schultermassage und seine besorgte Stimme wurde es allerdings nicht besser. Überall, wo seine Finger mich berührt hatten, kribbelte es. Für andere Menschen wäre so was mit Sicherheit zauberhaft. Ich stellte mir die schrecklichsten Szenarien vor. Genau das war der Grund, warum schon Freundschaften unerträglich schmerzhaft waren und warum ich an Liebe gar nicht erst denken sollte.

„Ehrlich gesagt ist mir das gerade zu viel. Ich möchte nach Hause, so schnell es geht. Es sind die Erinnerungen. Alles, was ich brauche, sind meine eigenen vier Wände und etwas Ruhe."

„Bist du ganz sicher?"

„Ja. Mach dir keine Sorgen, mein Körper reagiert manchmal so. Das ist beschissen, verschwindet aber von selbst."

Ich ging verschiedene Ablenkungsmanöver durch. Atmung zählen, Gegenstände fokussieren. Ich war routiniert darin, solche Attacken mit diesen simplen Methoden zu verhindern. Jetzt war es schwerer als sonst. Nur weil ich solche Angst davor hatte, mich zu verlieben, hieß das eben nicht, dass ich es nicht tat. Allein wegen dieses Knisterns in diesem Raum, das ich viel zu sehr spürte, blieb alles in mir verkrampft, und die Panik wollte nicht verschwinden. Deshalb kostete es besonders viel Anstrengung, das zu unterdrücken. Letztlich schaffte ich es mit bloßer Willenskraft, jetzt nicht völlig vor Matthis einzuknicken, der mir etwas Stärke verlieh. So raffte ich mich auf, packte meine Sachen, verabschiedete mich von Jörn und setzte mich neben Matthis ins Auto.

*

Die Fahrt verlief genauso schweigend wie am Vortag. Dieses Mal nahm ich hingegen jeden Kilometer wahr, weil ich beim Starren aus dem Fenster auf alle Details achtete. Das ermöglichte mir, die Fahrt ohne zusätzliche Symptome zu überstehen. Als wir am Allermöher Deich ankamen, wechselte Matthis wie selbstverständlich die Autos. Zum ersten Mal überhaupt saß ich am Beifahrersitz meines eigenen Wagens, während er ihn in Richtung HafenCity lenkte.

„Warte mal, wenn du mich jetzt mit meinem Auto fährst, wie kommst du dann zurück?"

„Ich lasse mich abholen oder nehme ein Taxi."

„Das hätte ich doch auch tun können und mein Auto später abholen oder ..."

„Ich wünschte, ich könnte dir gerade mehr helfen als mit einer kleinen logistischen Erleichterung. Aber ich will zumindest dafür sorgen, dass du sicher zu Hause ankommst und dein Auto nicht später einsammeln musst."

Besonders glücklich sah er damit nicht aus, und das hing sicherlich nicht mit den logistischen Fragestellungen zusammen, die ja ohnehin geklärt waren. Deshalb verzichtete ich wieder auf jegliche Konversation, bis wir in die HafenCity kamen und ein paar Hinweise in Bezug auf den Weg zu mir nach Hause erforderlich wurden. Es war mir auf einmal unangenehm, ihn in die Tiefgarage des prestigeträchtigen

Gebäudes zu lotsen. Was sollte er jetzt von mir denken? Leider war mir das nämlich überhaupt nicht egal, und dieses Gebäude, das ganz vorn am Wasser stand, vermittelte nicht den Eindruck, der mir gerade lieb war. Die Tatsache, dass Matthis das alles hinnahm, ohne zu kommentieren, machte es nicht einfacher. Es erfüllte dafür den Zweck, dass die Panikattacke endgültig im Keim erstickt wurde und mein Körper wieder im Normalmodus lief. So normal sich dieses Chaos eben anfühlen konnte. Wie von einer Mechanik gesteuert, schritt ich auf den Fahrstuhl zu, der uns hoch zu meiner Wohnung brachte. Oben angekommen nahm ich den Schlüsselbund aus Matthis' Hand, hielt den Transponder vor den Sensor, um die Wohnungstür zu öffnen.

„Ich denke, ich komme jetzt klar."

Bei dem Versuch, ihn nicht mit in die Wohnung kommen zu lassen, scheiterte ich an mir selbst. Matthis wirkte so verloren in dem geräumigen Eingangsbereich. Nach allem, was er in den letzten vierundzwanzig Stunden für mich getan hatte, brachte ich es nicht übers Herz, ihn vor der Tür stehen zu lassen. Wegen mir hatte er sogar auf ein Frühstück verzichtet! Das musste ich wieder ins Lot bringen.

„Sorry. Normalerweise bringe ich mich immer selbst nach Hause, und Besuch ist Mangelware in meiner Wohnung, deshalb bin ich vermutlich extrem schlecht in solchen Dingen. Dafür kann ich guten Kaffee kochen. Es ist auch genug Müsli da und Fitnessbrot, Bio-Äpfel und zuckerreduzierter Fruchtaufstrich."

Während wir durch die Wohnung gingen, führte ich die Auflistung der sich im Kühlschrank befindlichen Lebensmittel fort. In der Küche angekommen wurde zuerst der

Kaffee-Vollautomat eingeschaltet. Matthis war in dem riesigen Wohn-Ess-Bereich stehen geblieben. Weiß, grau und schwarz waren die dominierenden Farben. Stilvoll, edel, unnahbar und kalt war das Interieur. Wenn es auf mich selbst schon so wirkte, wie nahm Matthis all das nur wahr?

„Ist nicht so dein Style, hm? Aber der Blick über den Hafen ist toll. Wenn abends die Sonne untergeht, dann strahlt sie hier drinnen alles an“, murmelte ich vorsichtig, als ich neben ihn trat. „Scheiße, ich habe mich noch nie so sehr für diesen ganzen Luxuskram geschämt wie jetzt.“

Am liebsten wäre ich aus meiner eigenen Wohnung weggelaufen, stattdessen ging ich auf den Balkon.

„Du musst dich nicht für etwas schämen, das du dir hart erarbeitet hast“, entgegnete Matthis.

„Nicht alles ist hart erarbeitet. Schon meine Großeltern standen gut da und dann … – ich habe alles bekommen, sonst wäre diese Wohnung hier trotz meines Jobs finanziell noch nicht drin gewesen …“

„Hey, sieh mich an.“

„Okay, und jetzt?“

„Ich rede doch nicht freiwillig von Finanzen. Im Ernst jetzt – du kämpfst ganz allein, seitdem du ein Kind bist. Du hast das alles verdient, bloß ist das hier so … anders als du. So kalt und farblos.“

„Die Baggerkräne da vorn, die leuchten im schönsten Gelb“, versuchte ich mich mit brüchiger Stimme an etwas Ablenkung.

Der Versuch scheiterte kläglich.

„Ach, Cate.“ Matthis seufzte. „Das hier ist das Gegenteil von dem Lotsenhäuschen, in dem du früher gewohnt hast.

Schon verrückt, wie nah du an deinem alten Zuhause bist, und trotzdem ist das hier eine völlig andere Welt. Wenn du wieder zurück nach Hause willst, dann helfe ich dir, den Weg zu finden. Kriegen wir schon hin."

Wieder setzte ein leichtes Zittern in meinen Beinen ein. Das wurde jedoch von einem gehörigen Kribbeln und ganz viel Wärme verdrängt, denn da waren plötzlich wieder Matthis' Lippen. Dieses Mal waren sie ein bisschen gieriger. Anscheinend passierte das jetzt nicht aus dem Affekt heraus, denn wir ließen uns Zeit, alle beide! Es würde später noch mehr wehtun, das war mir auch in dem Moment klar, in dem ich meine Augen schloss. Doch ganz egal, was danach kam, jetzt wollte ich diesen einen Kuss genießen, und Matthis war ein verdammt guter Küsser, soweit ich das beurteilen konnte. Als die Magie vorüber war, musste ich erst einmal Luft holen und mir ein „Wow" verkneifen. Ein paar Sekunden kostete ich das Gefühl noch aus, bis die Realität wieder anklopfte.

„Warum ich? Wieso bist du nicht weitergegangen, als ich am Strand sagte, dass alles okay ist?"

Es fühlte sich an, als wäre das Ewigkeiten her, so viel war inzwischen passiert.

„Na jaaa, als ich dich im Café gesehen habe, war da im ersten Moment eine ungeheuer attraktive Blondine, die diesen Kellner angefaucht hat, obwohl der nur nett sein wollte. Irgendwie warst du trotzdem so spannend und interessant. Wie du das hinbekommen hast, weiß ich auch nicht, falls du das jetzt gern wissen möchtest", meinte Matthis wie die Ruhe selbst.

„Ich kann es mir auch nicht erklären. Nennt man das dann Magie?"

„Das sind ganz neue Töne von Frau Doktor Physikerin."

„Du wirst ja schon wieder frech!"

„Natürlich werde ich das, weil du davon lachst und – falls du dich an meine Worte von gestern erinnerst – dabei sehr hübsch bist. Außerdem ist es niedlich, wenn dein Gesicht die Farbe des Rettungsrings annimmt, der da unten neben dem Hafenbecken hängt."

Ich glühte wirklich im Gesicht. Bestimmt kam das auch durch die eisige Luft und den Wind, der hier oben wehte. Vielleicht auch nicht. Es lag an Matthis, an seinen Worten, an dem, was er tat, und an dem Tempo, das er vorgab.

„Ich weiß das alles so zu schätzen, wirklich. Es war gut, dass du mich an die Ostsee entführt hast und dir meine Geschichte angehört hast. Gerade geht mir aber alles ein bisschen zu schnell. Ich glaube, ich möchte jetzt lieber alleine sein."

Es war das Gegenteil dessen, was ich wirklich wollte, und es tat fast weh, das auszusprechen. Gewissermaßen wünschte ich, dass Matthis mir widersprach. Er hatte mich mit diesem Kuss überrascht und Gefühle in mir geweckt, an die sonst keiner rankam. Konnte er mich nicht an die Hand nehmen, mir versprechen, dass alles für immer gut werden würde, und die Trauer für immer wegzaubern?

„Das ist okay. Ruh dich ein bisschen aus, sortier dich, und ruf mich an, wann immer du möchtest. Egal zu welcher Uhrzeit, auch nachts."

Ein Kuss auf die Stirn, ein Lufthauch, und dann war er weg. Regungslos blieb ich allein auf dem Balkon stehen. Das eben war wunderschön gewesen. Warum war ich nur in meinem Leben gefesselt? Ich würde nie genug loslassen können, um gut genug für diesen Mann zu sein, in den ich mich mehr als nur verknallt hatte. Mit dem Wissen, dass alles so nah und so greifbar und zugleich unerreichbar war, taumelte ich auf meine Couch und ließ alle Tränen und alles Zittern zu. Ich war verliebt. Mit allem, was es an Schönem und allem Schrecken mit sich brachte.

Kapitel 15

Die Meetings zogen sich in dieser Woche besonders in die Länge. Es wurde zu viel geredet, fast niemand kam zügig zum Punkt. Als würde hier nach Redeanteil bezahlt. Leider ließen sich viele Führungskräfte von diesem aufgeblasenen Getue beeindrucken. Allerdings handelte es sich dabei um diejenigen, die nicht unbedingt aufgrund ihrer fachlichen Leistungen ihre Positionen erreicht hatten. Die Leute meiner Abteilung sollten hingegen längst verstanden haben, dass ich Wert auf fundierte Arbeit legte.

„Das reicht, danke! Ich verteile hier keine Fleißkärtchen für das meiste Geplapper. Herr Kühn, kommen Sie bitte zum Punkt. Herr Schmidt, ich brauche keine Einführung in das Modell, ich möchte lediglich die neuen Ergebnisse sehen. Frau Baumann, Sie scheinen nicht ausgelastet zu sein, wenn Sie aus ein paar simplen PowerPoint-Folien einen Schönheitswettbewerb machen. Ich werde Ihnen später neue Aufgaben zuteilen!“

Mein Ton war harsch. Normalerweise konnte ich diese Meetings mit professioneller Distanz moderieren. Jetzt hielt ich dieses Theater nicht aus. Zu allem Überfluss schweiften meine Gedanken permanent ab zu Matthis. Zuerst einmal musste ich diesen Termin beenden, und zwar am besten, bevor meine Mitarbeiter irgendetwas antworteten, das mich zum Explodieren brachte.

„Es ging bei meiner fachlichen Einführung in das Modell darum, dass jeder hier genau versteht, warum …"

„Herrgott noch mal! Wissen Sie, wovon ich schon lange träume? Einmal, nur einmal mit Profis zu arbeiten! – Ach, was verlange ich da nur! Semiprofis wären momentan schon ein riesiger Fortschritt!", blaffte ich zurück. „Das Meeting ist beendet! Ich erwarte Sie alle um achtzehn Uhr hier, und bis dahin haben Sie Ihre Hausaufgaben gemacht!"

Bevor ein Protest aufkommen konnte, weil irgendjemand auf die Idee kommen könnte, dass ein Termin um diese Uhrzeit kurzfristig nicht passte, sprang ich auf. Einen Moment überlegte ich, ob ein Kontrollgang durch die Abteilung sinnvoll wäre. Garantiert wurde da über mich getuschelt. Um mein Nervenkostüm nicht weiter zu strapazieren, ließ ich mich jedoch auf den Lederschreibtischstuhl in meinem Büro fallen. Die einzig effektive Ablenkung wären jetzt komplexe Themen. Weit kam ich jedoch nicht mit meiner Programmierung, weil die Tür aufgerissen wurde. Wie ein bockiges Kind stapfte Sophia Baumann bis in die Raummitte.

„Zwei von uns können nicht um achtzehn Uhr. Wir haben hier gewisse Rechte. Entweder Sie entschuldigen sich augenblicklich, oder wir stehen gesammelt beim Betriebsrat!"

Ich kochte genauso wie Sophia Baumann, stellte mich aber geschickter an und schaffte es, mir bei meiner ruhigen Antwort nichts davon anmerken zu lassen: „Lassen Sie sich einen Termin von meiner Assistentin geben, wenn Sie ein

Feedbackgespräch führen möchten. Es ist unprofessionell, was Sie hier tun. Ich verbitte mir diesen Tonfall."

„Es ist hingegen völlig professionell, so mit uns umzuspringen?! Wir haben zu lange geschwiegen, damit ist jetzt Schluss. Ihre Launen sind im Normalfall schon unerträglich. Ein Wunder, dass Sie das seit Ihrem ‚Migräneanfall' überhaupt noch toppen können!"

„Sie haben gehört, was ich eben gesagt habe, und sollten mein Büro verlassen, bevor Sie eine Abmahnung wegen Beleidigung Ihrer Führungskraft riskieren."

Zusätzlich zu den Nervositätsflecken füllten sich die Augen von Sophia Baumann nun mit Tränen. Auch das noch. Ich hatte zu viel geweint in der letzten Zeit. Tränen waren das Letzte, was ich jetzt sehen wollte. Dabei hatte ich doch gar keine Abmahnung ausgesprochen.

„Vielleicht sollten Sie sich Matthis aus dem Kopf schlagen und – wer hätte gedacht, dass man sich das wünschen muss – zumindest wieder die alte Frau O'Reilly werden", quetschte die noch heraus, bevor sie mein Büro fluchtartig verließ.

Trotz aller Antipathie musste ich mir eingestehen, dass Sophia Baumann gewissermaßen recht hatte. Meine Laune musste unerträglich sein. Dass es genug Gründe dafür gab, konnten und sollten meine Mitarbeiter nicht wissen. Ohnehin war es nicht fair, diese Leute zu strafen, weil ich meine Emotionen nicht im Griff hatte. Ich hatte mir doch erst kürzlich vorgenommen, eine bessere Vorgesetzte zu werden, und geglaubt, das, was ich in der letzten Zeit mit Joanne und Matthis erlebt hatte, würde schon ausreichen, damit es irgendwie automatisch klappte. Doch natürlich war es nicht so einfach, ich musste das also wie immer systematischer angehen. In Ermangelung an konstruktiven Ideen überlegte ich, was wohl helfen könnte, im Alltag entspannter zu werden. Entspannung und Selbstfürsorge waren momentan immerhin der letzte Schrei. Vermutlich diente das alles nur dazu, um die Kassen vieler Anbieterinnen zu füllen, trotzdem fiel mir nichts Besseres ein, als dem Trend zu folgen. Entschlossen schrieb ich meiner Personal Trainerin eine E-Mail und bat um einen zusätzlichen Sporttermin pro Woche. Anschließend meldete ich mich online zu einem Yoga-Kurs an. Ein tiefer Seufzer entglitt mir, als ich die letzte Anmeldung vorgenommen hatte. Der Meditationskurs würde bestimmt grauenhaft werden. Bislang hatte ich mich erfolgreich gegen solche Dinge verwehrt. Doch jetzt war es an der Zeit, selbst solche Angebote auszutesten. Dreimal Sport, einmal Yoga und einmal Meditation in der Woche würden bestimmt hilfreich sein, um zu entspannen und somit eine bessere Chefin zu werden – oder mich zumindest von Matthis ablenken. Es führte kein Weg daran vorbei. Ich musste ihn vergessen, weil alles andere zu sehr schmerzte und weil er mehr verdient hatte als eine Frau, die für immer in ihrer Vergangenheit gefangen sein würde. Nachdenklich knabberte ich an einem Apfel.

Matthis.

Seinen Namen hatte sich Sophia Baumann also gemerkt, dabei hatte ich ihn nur einmal ausgesprochen, als er angerufen hatte. Zumindest dachte meine Mitarbeiterin nun vermutlich, dass mein aktueller Zustand einem Männerproblem geschuldet war. Das war peinlich, aber weitaus besser als die komplette Realität.

*

Meinem guten Vorsatz folgend hatte ich das Meeting auf den nächsten Tag verschoben, anstatt auf den Termin um achtzehn Uhr zu bestehen. So konnte ich den Abend direkt für die erste Yoga-Stunde nutzen. Dafür, dass ich beim Kraft- und Ausdauertraining sehr gut war, rebellierte mein Körper in diesem Training, und ich machte vermutlich eine klägliche Figur. Diese Bewegungen glichen halben Choreografien. Die eingebaute fünfminütige Meditation war sinnvolle Zeit, um im Kopf die Aufgaben durchzugehen, die in der Woche anstanden. Als plötzlich alle ein seltsam klingendes „Ooooom" ertönen ließen, verdrehte ich bloß meine Augen. Glücklicherweise bekam niemand etwas davon mit, denn die Mädels um mich herum waren völlig in ihrem Element. Ich war die einzige Person, die nach der Stunde nicht tiefenentspannt den Raum verließ. Wenn Yoga schon so nervig war, wie sollte dieser Meditationskurs dann erst werden? Zutiefst bereute ich meine Anmeldung, trotzdem stornierte ich den Kurs nicht. Ein schwerer Anfang war schließlich eine Herausforderung. Deshalb zog ich meinen Plan in den nächsten beiden Wochen durch. Der Wohlfühlfaktor blieb nach Yoga und Meditationskurs aus. Einzig die intensiven Sporteinheiten sorgten für richtige Entspannung. Mit der Ablenkung klappte es dank unzähliger Überstunden ganz gut. Meine Tage einschließlich des Wochenendes waren gefüllt mit Arbeit und zahlreichen Meetings. Blieb trotzdem noch etwas Zeit übrig, tobte ich mich beim peniblen Putzen meiner Wohnung aus oder kochte gesunde Gerichte. Einmal war ich während der nächsten Tage schwach geworden. Nach tagelanger Konsequenz hatte ich Matthis zurückgerufen, nachdem der dreimal auf meine Mobilbox gesprochen hatte. Dieses Mal hatte ich wiederum jedoch nur seine Mobilbox erreicht, und der Abend hatte im Gefühlschaos geendet. Der Wunsch, ihn zu sehen, focht in mir einige Kämpfe mit der Vernunft aus. Letztendlich gewann die Vernunft. Das straffe Programm, das ich mir selbst auferlegt hatte, ging weiter, stets begleitet von einem schlechten Gewissen Matthis gegenüber, dessen Anrufe ich nun wieder ignorierte.

*

Als einige Tage später der irische Feiertag St. Patrick's Day gekommen war, war ich heilfroh, dass ich mir freigenommen hatte. Für Mitte März war es heute erstaunlich mild. Es lud regelrecht dazu ein, draußen spazieren zu gehen oder sogar schon einen Eisbecher zu vernaschen. Doch ich blieb stattdessen bis zum Mittag im Bett liegen, schwänzte eine Sporteinheit und igelte mich in meiner Wohnung ein. Ich liebte und hasste diesen Tag zugleich, weil er mich so nah an meine Vergangenheit brachte. Wieder spürte ich ganz tief in mir drin diese Sehnsucht, das Heimatland meines Vaters zu besuchen. Ich war zur Hälfte Irin, ohne diesen Teil meiner Heimat zu kennen, und trotzdem war eine so starke Verbundenheit da. Diese raue, eigensinnige und kraftvolle Natur war mir eben sympathisch. Ich wäre in diesen Attributen gern wie die Insel. Burgen und Schlösser hatten Jahrhunderte überlebt, die Cliffs strotzen den Stürmen des Meeres, Könige und Kämpfer hatten eine lange Tradition gehabt. Allerdings war Irland trotz aller Rauheit farbenfroh. Das satte Grün war unvergleichlich. Um nicht länger in diesen Gedanken zu versumpfen, konzentrierte ich mich darauf, traditionelles Irish Stew zu kochen. Während ich anschließend davon aß, flackerte eine neue Irland-Dokumentation über den Fernseher. Gezeigt wurden traumhafte Landschaftsbilder, die eine typisch touristische Zielgruppe ansprachen. Dennoch ließen mich die Kommentare immer wieder aufhorchen.

„Eine Reise auf diese faszinierende Insel lohnt sich. Lassen Sie sich auf ihren rauen Kern ein, und entdecken Sie die sanften Melodien eines einzigartigen Landes. Jeder, der einmal den wahren Kern dieser Insel entdeckt hat, wird deren Zauber spüren", hörte ich den Kommentator sagen.

Das war eine ziemlich kitschige Werbung. Leider berührte mich das trotzdem stärker als beabsichtigt. Vom Rest der Dokumentation bekam ich nur noch am Rande etwas mit, weil mich das Gefühl überkam, ganz plötzlich Kontakt zu Joanne aufnehmen zu müssen. Joanne war die einzige Familie, die ich noch hatte, und der friedliche Abschied war ihr zu verdanken. Weil sie mir meine harten Worte verziehen und bereit für ein Gespräch gewesen war. Doch ich hatte diese ganze letzte Zeit gebraucht, um endlich so richtig zu realisieren, dass Joanne nicht diejenige war, die mich ins Unglück gestürzt hatte, und dass ich sie wirklich gernhatte und sie besser kennenlernen wollte. Vielleicht war ein bisschen mehr drin, als nur alle paar Tage mal eine kurze Nachricht per Messenger auszutauschen. Würde sie sich möglicherweise sogar noch mal nach Hamburg einladen lassen? Zumindest wollte ich diese Einladung sofort aussprechen, und zwar telefonisch. Lange ließ ich das Handy klingeln und war enttäuscht, weil sie nicht dranging. Doch wie sollte sie das auch hören an diesem Tag? In ganz Irland musste ein einziges Fest stattfinden, und so, wie ich Joanne einschätzte, war die mittendrin in all dem Trubel. Da blieb also doch nur die Textform:

Hey, liebe Cousine,

ich wollte dir nur schnell einen schönen St. Patrick's Day wünschen und hoffe, dass du ihn ein bisschen lebhafter feierst als ich.
Vielleicht können wir demnächst ja mal kurz schnacken.

Deine Cate

Anschließend konzentrierte ich mich wieder auf die Dokumentation, die gleich vorbei sein würde, und scrollte durch das Fernsehprogramm. Das war es für heute? Die brachten echt nichts mehr über Irland? Das konnte doch noch nicht alles gewesen sein …

Kapitel 16

Ein Anruf kam über die Hausanlage herein, angekündigt wurde ein Herr Hansen.

„Schicken Sie ihn hoch."

Der Kerl gab wohl nie auf, was mir imponierte. Anders als bei meinem Versuch, etwas auf seine Mobilbox zu quatschen, siegte mein Wille, ihn zu sehen, weshalb ich mich nicht verleugnen ließ. Mit schnellen Schritten ging ich ins Badezimmer. Es war noch Zeit, um einmal durch die Haare zu bürsten. Glücklicherweise nutzte ich auch an den Tagen, an denen ich ganz allein war, mein dezentes Tages-Make-up, sodass ich nach einem Hauch von Puder wieder frisch aussah. Dabei sollte mir doch egal sein, in welchem optischen Zustand Matthis mich antraf. Blöderweise war dem nicht so, weshalb ich in letzter Sekunde noch einen Lippenstift auftrug.

Nach Öffnen der Wohnungstür erblickte ich zuerst einen üppigen Präsentkorb mit zwei Dosen Guinness, einer Flasche Connemara-Whiskey sowie den dazugehörigen Gläsern und offenbar selbst gebastelter Deko, die aus Harfen und etlichen Kleeblättern bestand.

„Moin, Cate! Dachte ich mir doch, dass du hier rumsitzt, obwohl du an diesem Tag in einen Pub gehörst." Nun tauchte Matthis' schelmisches Grinsen hinter dem Korb auf.

„Ich trinke doch fast nie Alkohol und vertrage nicht viel davon."

„Du bist Irin, du wirst zumindest einen kleinen Whiskey und ein Guinness vertragen."

„Jedenfalls besser als den Rotwein neulich", sagte ich schmunzelnd.

Der hatte schließlich für einen heftigen Kater gesorgt. Einen solchen würde das Geschenk von Matthis wohl auch verursachen, wenn man es unsachgemäß verwendete.

„Du bist völlig verrückt. Ist das wirklich für mich? Komm erst mal rein, ich habe noch reichlich selbst gekochtes Irish Stew übrig."

Matthis überreichte mir den Korb mit einem Nicken und der Bemerkung, dass er gerne beim Verzehr helfen könne. Dann küsste er sanft meine Stirn, womit er die letzten beiden Wochen einfach übersprang. Als hätte er mich erst gestern nach Hause gebracht …

„Eigentlich wollte ich direkt mit dir los – St. Patrick's Day feiern … – Aber es duftet hervorragend!"

Amüsiert sah ich zu, wie Matthis seine Jacke aufhängte, aus den Schuhen schlüpfte und zielstrebig in die Küche marschierte. Schnell hatte er sich zurechtgefunden, und mir dämmerte, dass dieser Tag nun einen anderen Verlauf nehmen würde, denn Matthis füllte meine Wohnung mit Energie. Schnell fanden sich zwei Portionen Irish Stew in der Mikrowelle. Er hatte also beschlossen, dass ich jetzt auch Hunger hatte. Dem war nicht so gewesen, doch in seiner Gesellschaft schmeckte es gut, und ich verputzte einen Teil der mir zugedachten Portion. Den Rest vertilgte Matthis als Nachschlag, während ich den bisherigen Tag Revue passieren ließ.

„Ich wollte mit Joanne telefonieren", setzte ich zögerlich an, „genau genommen habe ich sie angerufen, aber die macht wahrscheinlich grad Party und hat ihr Handy nicht gehört. Ich wollte ihr sagen, dass sie hier willkommen ist, und ich möchte sie wirklich besser kennenlernen, es hat nur eine Weile gedauert, das zu kapieren."

„Wie wäre es, wenn du sie später anrufst? Vielleicht nicht gleich morgen, die feiern bestimmt bis tief in die Nacht, aber danach irgendwann. Und ich bin für dich da, wenn es dich zu sehr aufwühlt."

Ich musste schlucken. Da waren sie wieder, die Gewissensbisse Matthis gegenüber.

„Das ist das andere Problem. Wir sollten uns eigentlich nicht mehr sehen, also gar nicht mehr. Ich will nicht, dass du dich in etwas verrennst."

Um mich von seinem Blick erst gar nicht aus dem Konzept bringen zu lassen, fixierte ich einen Punkt an der Wand und fuhr ungehindert fort: „Matthis, ich kann dir nicht das geben, was du verdienst. Deshalb habe ich dich die ganze Zeit nicht sehen wollen, und deshalb sollten wir auch gar nicht so tun, als wäre es selbstverständlich, dass du hier bist. Es ist nicht gut für dich."

Diese Worte auszusprechen tat regelrecht weh, zumal Matthis sich hier mit solcher Selbstverständlichkeit bewegte, als gehörte er in diese Wohnung. Mein Herz polterte, die Schultern verkrampften. So lange, bis zwei starke Arme sich um mich legten.

„Ich habe das alles gegoogelt, Cate. Ich habe Telefonate geführt und mich erkundigt."

„Wie jetzt?"

„Man kann etwas dagegen unternehmen, auch als erwachsener Mensch. Es gibt bessere Möglichkeiten, als ständig wegzulaufen, sobald man jemanden gerne hat."

Das warf ein neues Licht auf unsere Begegnung. Wenn ich das richtig verstand, war Matthis nicht naiv, sondern hatte mitbekommen, dass ich in privaten Situationen zurückhaltender war als viele andere Menschen. Obwohl er das kapiert hatte, war er wieder zu mir gekommen und hatte sich sogar um eine Lösung bemüht. Er hatte demzufolge selbstständig eine Risikoanalyse durchgeführt und musste zu dem Ergebnis gekommen sein, dass er bereit war, mich als Risikofaktor zu akzeptieren. Das änderte nichts daran, dass ich ihn verlieren konnte, obwohl ich ihn wirklich mochte, war aber trotzdem sehr beachtlich. Er hatte mich überzeugt. Zu sagen, dass mir der Mut fehlte, seine Hilfe anzunehmen, schied deshalb aus. Tatsächlich war ich gewillt, trotz aller bisherigen negativen Erfahrungen zu überlegen, mir helfen zu lassen, denn Matthis war es wert. Bloß wollte ich nichts riskieren und erst recht nicht mit seinen Gefühlen spielen.

„Selbst wenn ich das versuchen würde, heißt es nicht, dass es klappt. Ich kann dir all das nicht zumuten. Du bist ein so positiver Mensch, trotz allem, was dir widerfahren ist. Niemand darf das kaputtmachen."

„Du kennst meine Baustellen. Wir haben beide Mist erlebt. Wenn du das verstehst, dann wirst du auch merken, dass wir gemeinsam an einem Strang ziehen können. Es ist nämlich gar nicht nötig, jede Schwierigkeit allein zu meistern."

Ich hatte noch überlegt, wie gut Matthis' Analyse war, doch diese Antwort zeigte mir, dass er sich intensiv mit diesen Themen auseinandersetzte, inklusive aller Risiken.

„Hmmm."

„Lass dir Zeit! Niemand hetzt uns."

„Ich krieg das mit dem Nachdenken nicht mehr so gut hin heute."

„Mit ‚Zeit lassen' meinte ich einen größeren Zeitraum als die nächsten fünf Minuten."

Nun lächelte ich Matthis erleichtert an. Die Option ließ mich aufatmen.

„Das ist gut. Ich habe nämlich beschlossen, dass ich was ändern will. Als Erstes möchte ich eine bessere Führungskraft werden und habe es mit Yoga und so einem Kram versucht in den letzten zwei Wochen. Es ist grauenvoll, zumindest der Einstieg. Aufgeben kommt jetzt aber nicht mehr infrage, denn es muss sich echt was tun in meinem Leben. Außerdem will ich in dieser Bank ganz nach oben kommen, ohne dabei weiterhin über Leichen zu gehen."

Ich klang entschlossener als je zuvor. Konnte man wirklich so wichtige Ziele im Leben allein durch Planung erreichen? Doch selbst das sollte jetzt nebensächlich sein. Heute war St. Patrick's Day, und der sollte gefeiert werden! Also fasste ich mir ein Herz und sagte: „Weißt du, was, Matthis? Die schwierigen Dinge müssen jetzt mal warten. Du bist hergekommen, um mit mir in einen Pub zu gehen, und genau darauf habe ich jetzt richtig Lust."

*

Schon außerhalb des Pubs war erkennbar, dass hier ein besonderer Tag gefeiert wurde. Plakate und grün-weiß-orangefarbene Girlanden hießen die Gäste willkommen. Unverkennbar als Feierwütige outeten sich auch diejenigen, die mit ihren Guinness-Gläsern an der frischen Luft standen. Ich war hingegen froh, als wir die Stufen zu dem Kellergebäude hinter uns gebracht hatten, denn meine Jacke war definitiv zu dünn für einen so kühlen Abend. Ich hatte mich von dem milden Wetter täuschen lassen, welches tagsüber den Frühling ankündigte. Auch Matthis rieb kurz seine Hände aneinander. Bei den Klängen der irischen Musik, die aus dem Lautsprecher ertönte, war die Kälte jedoch schnell vergessen. Die Leute lachten, unterhielten sich, ein paar sangen, und einige versuchten zu tanzen. Die irische Dekoration im Pub erstreckte sich über bunte Aufkleber und Plastikgirlanden bis hin zu den mit Pannesamt bezogenen Schaumstoff-Hüten, die einige auf den Köpfen trugen.

Ich ließ meinen Blick über die Anwesenden schweifen. „Fünfundsechzig Prozent Touris, dreißig Prozent Hamburger, die in diesem Rahmen auch Touris sind, und fünf Prozent Iren. Diese irischen Jungs dahinten könnten einem leidtun." Ich lachte auf.

Der Pub war meilenweit von einem traditionellen Pub in Irland entfernt, auch wenn dunkelbraunes Holz, grüne Polster und goldene Buchstaben verschiedener Getränkemarken wohl einen anderen Eindruck vermitteln sollten. Hier vorne hatte jemand sogar einen Aperol Spritz bestellt. Das Zeug war nicht schlecht, vorausgesetzt man trank es außerhalb eines Irish Pubs. Offensichtlich waren bei einer Damengruppe mittleren Alters glitzernde Kleeblatt-Gesichtsbemalungen der absolute Renner. Die Atmosphäre machte diese halbherzige Deko wieder wett. Die Leute lachten, feierten, hatten gute Laune und großen Spaß daran, sich ein bisschen irisch zu fühlen. Es war die richtige Entscheidung gewesen herzukommen.

„Alles okay oder bist du traurig, weil dir ein grüner Glitzerstift für etwas Schminke fehlt?", witzelte Matthis, nachdem ich mich eine Weile umgesehen hatte.

„Es ist super! Völlig touristisch, nicht wirklich irisch traditionell, aber was soll's. Es ist toll, hier zu sein. Ich würde nur so unglaublich gern einmal einen authentischen alten Pub besuchen, am besten in irgendeinem Kaff in Irland."

„Dann wirst du das auch noch tun. Damit das klappt, brauchst du einen Glücksbringer. Kannst du mir mal kurz dein Handgelenk ausleihen?"

Schon hatte sich Matthis meine Hand geschnappt. Wenige Sekunden später war die mit einem Armband geschmückt, an dem ein Harfen-Anhänger baumelte. Sprachlos betrachtete ich das Band. Es war edel und durch die bronzene Farbe trotzdem unaufgeregt. Meine Augen füllten sich mit Tränen. Noch nie hatte mir jemand ein Schmuckstück geschenkt, geschweige denn etwas mit solch persönlicher Bedeutung.

„Nicht weinen, es ist nur ein Armband."

„Du hast es ausgesucht, und du weißt, dass es viel mehr ist als nur ein Armband. Es steht für meine Wurzeln und meine Träume."

„Und jetzt steht es für diesen Abend."

„Das ist der Wahnsinn, so schön ist das. Also du. Das Armband. Dass du an so was denkst, meine ich", druckste ich herum. Ganz schnell hauchte ich ihm einen Kuss auf die

Wange, um zu verdeutlichen, wie viel mir dieses Geschenk bedeutete. Damit es nicht zu sentimental wurde, nuschelte ich die Getränkeauswahl in mich hinein und ging zur Bar, um uns etwas zu trinken zu besorgen. Ein Wasser für mich und ein Glas Bier für Matthis wollte ich holen. Mit zwei großen und zwei kleinen Gläsern kehrte ich stattdessen zurück zu dem Tisch, an dem wir einen Eckplatz bekommen hatten. Matthis' fragendes Gesicht amüsierte mich.

„Das hier sind unsere Gläser mit Guinness, es ist noch etwas Platz darin."

„So viel erkenne ich noch."

„In diesen Schnapsgläsern ist eine Mischung aus Baileys und Whiskey. Die kippen wir jetzt in unsere Biergläser. Es nennt sich Irish Carbomb, obwohl das in Irland niemand anrühren würde. Ist 'ne Empfehlung des Hauses, und ich dachte, warum eigentlich nicht?"

„Es hört sich widerlich an, wenn man das Bier und den guten Whiskey mit Baileys verschandelt."

„Damit könntest du recht haben. Diese Kombi ist für mich übrigens auch eine Premiere."

Der Kellner hatte diesen Drink so gut angepriesen, dass ich davon überzeugt gewesen war. Matthis' Bedenken überzeugten mich mehr. Whiskey und Baileys klang wirklich komisch –genau deshalb fand ich es spannend. Kichernd versenkte ich den Inhalt der beiden Schnapsgläser in unseren Biergläsern und stieß mit Matthis auf den Abend an. Es schmeckte zwar wie erwartet eklig und war viel zu süß. Ein bisschen faszinierend war dieses Ritual trotzdem.

„Das haut ganz schön rein. Noch so ein Ding und ich fange an zu tanzen", sagte ich alarmiert und amüsiert zugleich.

„Ich werde sofort für Nachschub sorgen."

Wollte Matthis mich wirklich tanzen sehen?

„Das war nicht so ganz ernst gemeint, ich kann nämlich überhaupt nicht tanzen. Fast nicht."

„Dann genügt es, ein kleines bisschen zu tanzen. Wenn du dazu nicht unbedingt noch mal diesen komischen Mix brauchst, dann zieh ich das echt durch – und tanze mit. Glaube mir, ich bin da typisch Mann, du solltest also Sicherheitsschuhe anziehen, damit ich deine Füße nicht platttreten kann."

„Verflixt, ich wollte mich drücken. Jetzt will ich dich tanzen sehen. Hast du gut hinbekommen!"

Nun mischten sich ein paar andere Leute in die Unterhaltung ein, und es entstand ein Gespräch über irische Tänze, bei dem wir alle viel zu lachen hatten. Als die Iren vom Nachbartisch das mitbekamen, wurde es noch lebhafter, und alles schien sich zu verselbstständigen. Aus dem Nichts tauchten Gläser mit Whiskey auf und ganz viel Guinness. Es wurde gemeinsam angestoßen und herzhaft gelacht, wenn wieder jemand eine irische Story zum Besten gab. Ich redete fast gar nicht, sondern lehnte mich entspannt gegen Matthis und genoss alles, was um mich herum passierte. Immer wieder fiel ich in das Lachen der Leute mit ein, und als einige von ihnen auf einer improvisierten Tanzfläche standen und den Riverdance versuchten, war ich plötzlich mit von der Partie. Jetzt, wo wir standen, surrte mein Schädel gehörig. Daran war bestimmt dieser Whiskey schuld. Abgesehen davon war es großartig, auch wenn ich überzeugt davon war, dass niemand in Irland im Pub diesen Tanz aufführte.

„Alles okay?", kam besorgt von Matthis, nachdem ich ihm schon wieder unbeholfen auf die Füße gestolpert war.

Das letzte Guinness musste wohl schlecht gewesen sein, und die Luft hier war auch nicht die beste … Ehe ich mich's versah, hatte Matthis mich an der Taille gepackt und nach draußen geführt.

„Das tut gut. Gerade war die Luft unten etwas dünn geworden, hui."

„Verflixt, ich hätte besser auf dich aufpassen sollen."

„Blödsinn, ich bin erwachsen. Noch dreht sich nichts, und wenn du als Beweis für meine halbe Nüchternheit irgendwelche Finanzformeln hören willst – ich kann sie noch alle runterrattern. Mit welcher Formel legen wir los?"

„Wie wäre es mit der Formel zum Glück?"

Die kannte ich nicht, doch sie zu erforschen lohnte sich bestimmt. Eine Glücksformel beinhaltete sicherlich lauter Küsse als Parameter, und ich hatte große Lust, ihn zu küssen. Vermutlich war das in angetrunkenem Zustand nur eine mittelmäßig gute Idee. Mit zu viel Nachdenken konnte ohnehin nichts daraus werden. Dann wurde ich ruckartig von Matthis an seine Schulter gezogen, sodass mein Gesicht dort völlig versank. Seine Hand stützte meinen Hinterkopf. Dann hob er mich hoch, um ein paar Schritte mit mir zu gehen.

„Was um alles in der Welt ist jetzt los?", murrte ich.

Zappelnd beförderte ich mich wieder auf meine eigenen Beine, und dann tauchte plötzlich Sophia Baumann vor uns auf. Die letzte Begegnung, die ich mit dieser Mitarbeiterin außerhalb der Bank gehabt hatte, war vor meiner eigenen Wohnung gewesen. Es war unfassbar beschämend gewesen. Ausgerechnet jetzt musste diese Frau wieder auf der Bildfläche erscheinen und zu allem Überfluss sehen, dass Matthis mich durch die Gegend trug. Konnte es noch peinlicher werden? Die Aufmerksamkeit von Sophia Baumann war jedoch ganz auf Matthis gelenkt, und sie wetterte los:

„Wie konntest du es abstreiten, du Vollidiot! Ich habe sie gesehen, vor unserem Haus. Du warst mit ihr über Nacht weg! Es ist so erbärmlich. Was habe ich dir angetan, dass du dich von allen Frauen auf diesem Planeten ausgerechnet an diese Furie ranmachen musst?!"

Noch nie hatte ich sie mit einer solchen Gesichtsfarbe gesehen, die sekündlich zwischen knallrot und schneeweiß wechselte. So übertrieben hysterisch war die sonst nicht.

„Moment mal …"

„Sie halten sich jetzt zurück, wir sind hier nicht auf der Arbeit, hier haben Sie nichts zu sagen. Das ist eine Sache zwischen meinem Mann und mir. Halten Sie sich von ihm fern!"

Ihrem Mann?! Schlagartig fühlte ich mich wieder total nüchtern. Außerdem hieß Matthis nicht Baumann, sondern Hansen. Wobei das nichts bedeuten musste, denn heutzutage behielten in vielen Ehen ja beide Partner ihren eigenen Namen.

„Sophia, wir haben schon über die Scheidung gesprochen, und die beantrage ich bald, das weißt du. Kapier es endlich!"

Wieder ein neuer Tonfall. So düster hatte ich Matthis noch nicht erlebt, zugleich war in seiner Stimme Überforderung zu hören. Für einen Moment glaubte ich, mein Herz würde so schnell schlagen, dass es zerplatzte. Mir wurde abwechselnd kalt und heiß, ich rang nach frischer Luft, immer hektischer.

„Ganz ruhig, psssst."

Das war der Ton, der besser zu Matthis passte, ebenso wie seine sanften Streichelbewegungen über meinen Rücken.

Aber was passte schon richtig zu ihm? Er hatte mich angelogen, als er von seiner Ex-Frau gesprochen hatte. Es war offensichtlich, dass er längst gewusst hatte, wer ich war. Ich hatte davon erzählt, eine bessere Chefin werden zu wollen, während er demzufolge längst alle Details aus der Perspektive seiner Ehefrau kannte. Ich hatte ihm so viel anvertraut, ihm alles erzählt und geglaubt, dass er mich verstand und gernhatte.

„Als du an der Ostsee gesagt hast, du würdest mich verteidigen, solltest du mal jemanden aus meiner Bank treffen, da … – du hast es längst gewusst. Deshalb hast du gezögert, und ich war so irritiert. Ich hätte auf mein Gefühl hören sollen. Ich bin so eine Idiotin!“

„Wow, was für eine Selbsterkenntnis!“, warf Sophia Baumann ein.

Die Tränen, die ich mühsam hatte unterdrücken wollen, ließen sich nicht mehr verstecken.

„Sophia, du bist jetzt still! Jetzt gib uns einen Moment, ich muss etwas klären!“

„Ist nicht nötig, ich habe alles gehört, was ich wissen muss!“, schrie ich all meine unfassbare Enttäuschung heraus und drehte mich dann zu Sophia: „Und was Sie angeht: Ich will Sie in den nächsten Tagen nicht sehen in der Bank. Lassen Sie sich krankschreiben. Nein, feiern Sie Ihre Überstunden ab oder nehmen Sie bezahlten Urlaub – es ist mir vollkommen egal, wie wir das darstellen. Aber wagen Sie es ja nicht, mir unter die Augen zu treten!“

Voller Verzweiflung und Verachtung sah ich die beiden an.

„Genau deshalb sollte man sich niemals auf Menschen einlassen!“

Dann umklammerte ich meine Handtasche, verzichtete darauf, meine Jacke zu holen, und rannte, so schnell es möglich war, davon, bis ich nach einem kurzen Sprint Bekanntschaft mit einer Pfütze machte. Ein Schmerz durchzog mein Knie, als ich mich zittrig wieder hochrappelte. Innerlich verfluchte ich diesen Fehltritt, denn nun hatte Matthis mich eingeholt.

„Vergiss es, hau einfach ab. Genau aus solchen Gründen war es richtig, dass ich mich bislang nie auf Menschen eingelassen habe und es auch nie wieder tun werde. Wenn es keine grausamen Unfälle gibt, dann sind es die Menschen selbst, die einen zerstören und das Herz rausreißen, in Stücke schneiden und darauf herumtrampeln. Ich will dich nie wiedersehen!"

„Cate, ich ..."

„Nichts: du! Kennt Sophia längst meine Geschichte? Lachen die Kollegen schon alle über die Eisprinzessin, die es nicht anders verdient hat, als verarscht zu werden?", schrie ich schmerzerfüllt heraus. „Die ganze Zeit hast du es gewusst! Seitdem ich mich mit O'Reilly am Telefon gemeldet habe, stimmt's?! Du hast so getan, als hättest du keine Ahnung! Du bist verheiratet mit dieser Frau, die mich abgrundtief hasst und wer weiß was über mich erzählt, garantiert!"

„Cate, es ist anders, als du denkst. Bitte lass es mich erklären ..."

Bis vorhin wäre ich bei diesem Blick wohl dahingeschmolzen, innerlich jedenfalls. Jetzt gab es nur ein energisches Kopfschütteln. Als mein Versuch, das Armband am Verschluss zu öffnen, scheiterte, riss ich es mit Gewalt runter.

„Es gibt nichts mehr zu erklären!"

Im letzten Moment unterdrückte ich den Impuls, das Armband in die Pfütze oder Matthis vor die Füße zu werfen. Stattdessen drückte ich es ihm in die Hand. Ein letztes Mal schaute ich ihn dabei an. Seinen Blick verstand ich nicht. Tat ihm etwa leid, was er angerichtet hatte? Doch selbst wenn dem so war, so würde das diesen derart schlimmen Vertrauensbruch nicht mehr gutmachen. Vielleicht wären wir in einem anderen Leben füreinander bestimmt gewesen. In diesem Leben, in dem so viele negative Faktoren zwischen uns standen, sollte es nicht sein, und diese Erkenntnis schmerzte trotz der unbändigen Wut furchtbar.

„Mach's gut, und bring das mit deiner Familie in Ordnung!"

Ich war trotz allen Schmerzes so verliebt in diesen Mann, dass ich ihm zum Abschied einfach nichts Schlimmes an den Kopf werfen konnte. Immerhin schien er verstanden zu haben. Den Rest des Heimweges brachte ich allein hinter mich.

Kapitel 17

Zwei Blicke, die kälter als sämtliches Eis in der Antarktis waren, trafen sich am frühen Montagmorgen.

„Ich habe gesagt, Sie sollen sich die nächsten Tage krankschreiben lassen oder bezahlten Urlaub nehmen!"

„Freitag habe ich schon Überstunden abgebummelt, länger können Sie mich nicht dazu zwingen!"

„Kann ich sehr wohl! Wagen Sie es bloß nicht, in den nächsten Tagen auf meiner Bildfläche zu erscheinen!"

„Damit Sie mir dann etwas andrehen? Kommt nicht infrage, ich komme meinen vertraglichen Pflichten nach!"

„Es ist doch nicht zu fassen!", donnerte ich zurück, während ich um den Schreibtisch von Sophia Baumann schritt.

Mein Blick erhaschte dabei die Fotos, die sie an ihrem Arbeitsplatz verbreitet hatte. Tatsächlich befand sich eins dabei, auf welchem Nele zwischen ihren Eltern in die Luft sprang. Drei glückliche Gesichter lachten in die Kamera, auch wenn das Foto wohl nicht ganz aktuell war, denn das Mädchen sah darauf eher aus wie ein Grundschulkind als wie eine Fünfzehnjährige. Matthis konnte man hingegen sehr gut auf dem Foto erkennen. Hätte ich doch bloß zuvor mal genauer hingesehen. Dann hätte ich die Wahrheit längst erkannt, und mir wäre so einiges erspart geblieben. Bei allem Schmerz und bei aller Wut konnte ich trotzdem an nichts anderes als an diesen Teenager denken. Wahrscheinlich tat es Nele nicht sonderlich gut, mit zwei Elternteilen klarzukommen, die ständig stritten, aber dann sollten Matthis und Sophia ihr Happy End finden, ihrer Tochter zuliebe. Das musste ich Sophia Baumann gegenüber allerdings nicht zugeben.

„Großartig, dann darf ich auf die Meetings mit Ihnen eine Woche verzichten. Ein paar Tage ohne Diktatur zu arbeiten, finde ich super. Dann geht es für mich ja sowohl beruflich als auch privat bergauf."

Dieses dreiste Grinsen von Sophia Baumann war nicht länger zu ertragen.

„Noch ein Wort, und ich vergesse mich!"

Fast rannte ich gegen einen Mitarbeiter, der gerade durch die Tür reinkam, als ich zur Flucht ansetzte. Viele Ergebnisse würde dieses Team heute sicherlich nicht produzieren, schließlich gab es genug zu lästern. Was hatte ich mir neulich noch mal überlegt? Yoga, Meditationen und die Entwicklung eines neuen Führungsstils. Verächtlich schnaubte ich auf. Das hatten die nicht verdient. In diesem Stil weiterzumachen war ebenfalls keine Option, das würde mich selbst auf Dauer zerstören. Es musste eine Lösung her, die erstens beinhaltete, nicht mehr mit Sophia Baumann kooperieren zu müssen, und zweitens dafür sorgte, dass ich mich endlich rein fachlichen Themen widmen und das ganze zwischenmenschliche Chaos ignorieren konnte. Sollten sich doch andere Leute um diesen Hühnerhaufen kümmern. Energisch kehrte ich in mein Büro zurück, in dem ich mich für den Rest des Tages verschanzte, um ein perfekt geeignetes Konzept auszuarbeiten. Ich wollte nicht mehr so nah an den Menschen sein wie jetzt und trotzdem Verantwortung behalten, also schied eine reine Expertenrolle aus. Mich selbst in der Hierarchie zu degradieren kam nicht infrage. Als Abteilungsleiterin war ich jetzt schon unmittelbar den beiden Vorstandsmitgliedern unterstellt. Mein wichtigstes Ziel war auf lange Sicht eine Position direkt im Vorstand, auch wenn mir vor Presseterminen graute, bei denen ich ein nettes Lächeln aufsetzen musste. Für den Ritterschlag, als erste Frau der 127-jährigen Historie dieser Privatbank in den Vorstand zu gelangen – bestenfalls noch in meinen Dreißigern –, würde ich das jedoch in Kauf nehmen. Fürs Erste musste ein Zwischenschritt her, der zu meinen Plänen genauso gut passte wie zum Bedarf der Bank. Penibel genau arbeitete ich an dem entsprechenden Konzept. Mit vielen Zahlen und Grafiken stellte ich meine Ergebnisse visuell dar und fügte ein neues Organigramm bei. Es gab die perfekte Lösung. Zufrieden speicherte ich die Datei ab und druckte die Ausfertigungen in bunter Farbe aus, obwohl ich solche Folien grundsätzlich völlig überflüssig fand. Doch ich wusste, wie man mit diesen Dingen punkten konnte, und war zufrieden, als ich diese Bildchen in den Händen hielt, die meine Eintrittskarte in eine neue Ära werden sollten. Jetzt galt es, damit die beiden Vorstandsmitglieder davon zu überzeugen, dass man meine Stelle splitten sollte. Ich wollte eine Art Nachfolger haben, der die ganzen Führungsaufgaben übernahm, und mich dann selbst völlig auf die fachlichen Themen konzentrieren, die ich ausschließlich mit der oberen Führungsetage abstimmte. Im Idealfall würde man mich zur Generalbevollmächtigten erklären und mich somit noch näher an den Vorstand holen. Dann wäre ich dem neuen Finanzleiter weisungsbefugt, war in bester Position für die Anwartschaft auf einen Vorstandsposten und konnte mich endlich den entscheidenden Themen widmen, ohne ständig Diskussionen mit Amateuren wie Sophia Baumann und Co führen zu müssen. Meine offiziellen Argumente waren mehr von sachlicher Natur als diese Überlegungen. Leicht würde es nicht werden, diesen Plan durchzuboxen. Genug logische und emotionsbefreite Gründe gab es jedoch. Allein die ganzen neuen aufsichtsrechtlichen Anforderungen, die wir erfüllen mussten, rechtfertigten diesen Schritt. Wenn ich das alles gut genug verkaufte, konnte sich hier schon bald etwas tun. Später im Jour fixe mit dem Vorstand wollte ich den Vorschlag unterbreiten. Ich war bereit. Zuvor bekam ich auf dem Weg zur Toilette noch mit, wie einige meiner Mitarbeiter sich darüber empörten, dass ich mich an den Mann von Sophia Baumann heranmache. Konnten diese Menschen sich nicht wenigstens beim Lästern geschickter anstellen? Es tat weh, diese Worte mit anhören zu müssen. Fast wünschte ich mir, dass man mich bemerkte, doch es geschah nicht. Im Endeffekt bestärkte es mich umso mehr darin, meinen Plan in die Tat umzusetzen. Defensive war keine Option, jetzt galt es, in die Offensive zu gehen und für mich selbst zu kämpfen. Diese Einsicht machte mich schon ein bisschen zufriedener.

*

Ein lautes Klopfen ließ die Milchglastür meines Büros erschüttern, und unmittelbar darauf kam meine Assistentin unaufgefordert hereingestürmt.

„Frau O'Reilly, der Vorstand möchte mit Ihnen sprechen."

„Wir haben in einer halben Stunde Jour fixe, nicht jetzt. Du solltest unsere Termine besser im Blick haben!"

Julia zog hörbar die Luft zwischen ihren Zähnen ein. „Es geht nicht um den Jour fixe, es ist dringend."

„Du weißt ganz genau, dass ich gerade selbst die Monte-Carlo-Simulation untersuche, weil die Arbeit meiner *Experten* im Backtesting katastrophale Ergebnisse aufweist, und dass die Bankenaufsicht zudem ein Ad-hoc-Report benötigt, und zwar bis heute Abend. Außerdem fühlt sich hier keiner im Stande, die geforderte Auswertung unserer operationellen Verluste fehlerfrei zu programmieren. Dabei geht es ja nur um eine Anforderung der europäischen Bankenaufsicht, bei der ich mich auf niemanden meiner Mitarbeiter hier verlassen kann. Was also ist gerade so dringend, dass sowohl unser Modell als auch diese Anforderung hintanstehen sollen?", wurde ich ungeduldig.

„Ich weiß nicht genau. Ich glaube, es ist vertraulich."

„Hast du nachgefragt?"

„Nein. Es war eilig und ..."

„Musst selbst du mich jetzt mit deiner Arbeitsweise enttäuschen? Du weißt nicht, ob es vertraulich ist, und hast nicht nachgefragt? Ich muss aber in Kenntnis gesetzt werden, was so dringend ist, dass ..."

Inzwischen war ich zum Schreien übergegangen. Doch der letzte Nebensatz blieb mir im Hals stecken, als plötzlich Herr Sommer vor mir stand. Er war eins der beiden Vorstandsmitglieder.

„Frau O'Reilly, ich werde Ihnen persönlich die Dringlichkeit erläutern."

Herr Sommer würde dank seiner charismatischen Ader niemals schreien, doch sein Tonfall war unmissverständlich. Er war mehr als nur ein bisschen verärgert. Seine Mimik und Gestik sorgten dafür, dass ich mir plötzlich vorkam, als sei ich eine kleine Schülerin, dabei unterhielten wir uns sonst auf Augenhöhe. Diese Disbalance passte kein bisschen zu dem Konzept, das ich heute ausgearbeitet hatte.

„Sie haben keinen Fehler gemacht, Frau Weber."

Zack, schon war seine Stimme wieder, wie man sie sonst kannte, autoritär und höflich zugleich. Die Verärgerung galt also wirklich mir persönlich, und ich ahnte, dass es gleich ungemütlich werden würde. Vielleicht saß die Aufsicht dem Vorstand im Nacken, und es war ein Fehler gewesen, einige Tage auf die für das neue Reporting verantwortliche Teamleiter zu vertrauen, anstatt schneller selbst einzugreifen. Zumindest wäre das eine Situation, die man schnell in den Griff bekommen konnte. Schließlich hatte ich nun die Möglichkeit, um mich selbst dem Thema zu widmen, und war dazu in der Lage, die Auswertung innerhalb kurzer Zeit durchzuführen, selbst wenn ich ganz von vorn anfangen musste. So recht konnte ich meinen eigenen Gedanken allerdings keinen Glauben schenken. Hier lag etwas anderes in der Luft. Es ging um etwas Größeres. Der Stimmung von Sommer zufolge würde heute kein gutes Timing sein, um meine berufliche Zukunft zu diskutieren.

*

Meinen Plan konnte ich tatsächlich für den heutigen Tag vergessen. Schon beim Betreten des Raumes war ersichtlich, dass etwas bei diesem plötzlichen und dringenden Meeting nicht stimmte. Einige Plätze an dem ovalen Eichentisch waren mit den Teamleitern meines Bereichs besetzt. Am Kopf saß Herr Winter, seines Zeichens Vorstandsvorsitzender. Herr Sommer nahm neben ihm Platz. Sommer und Winter. Die beiden ergänzten sich perfekt in ihren Ämtern. Über die einfallslosen Witze dieses Namensduos hatte ich allerdings noch nie lachen können, denn billiger Humor war mir ebenso zuwider wie irgendwelche Comedians. Gerade würde ich jedoch lieber ein Comedy-Festival besuchen, anstatt auf dem mir zugedachten Stuhl Platz zu nehmen. Ein Meeting in dieser Konstellation war nicht geplant gewesen. Widerwillig setzte ich mich auf den freien Stuhl neben Sophia Baumann. Ich spürte, wie sich mein Hals zuschnürte und sich eine latente Übelkeit in meinem Magen ausbreitete. Bitte nicht jetzt. Die Blamage einer sich durchsetzenden Panikattacke, unter den Blicken der hier anwesenden Personen, wäre ein Grauen. Zitternd wischte ich mir mit dem Handrücken die kleinen Schweißperlen von meiner Stirn. Das war das einzige Zeichen, das ich äußerlich zuließ, während ich viel Konzentration aufbringen musste, um alle anderen Symptome zu unterdrücken. Das raubte mir das Zeitgefühl. Wie lange war ich schon in diesem Raum? Niemand redete. Ein Blick auf die Uhr verriet mir, dass erst eine halbe Minute vergangen war.

„Okay, könnte bitte jemand so freundlich sein und mir das Thema unseres Meetings mitteilen? Denn wenn es hier um die EBA-Anforderung in Bezug auf den Risikobericht geht, dann können wir gleich wieder an unsere Schreibtische zurückkehren, da ich das Problem in den nächsten zehn

Minuten lösen kann", setzte ich selbst an, um dieser Stille zu entgehen.

Für das triumphierende Lächeln, das ich aufsetzte, hätte man mir einen Oscar für gute Schauspielkunst verleihen sollen.

„In der Tat haben wir uns über diese Auswertung unterhalten. Die inhaltlichen Anforderungen sind allerdings nicht der Grund, weshalb wir hier zusammengekommen sind, Frau O'Reilly. Wir alle schätzen Ihre fachlichen Qualifikationen. Sie sind eine herausragende Physikerin, die ihre Themen nahezu in Perfektion beherrscht", machte Herr Winter den Anfang.

Für seine Verhältnisse war er ungewohnt zögerlich.

„Danke, es erfreut mich sehr, dass Sie mir dieses Lob zukommen lassen. Für ein Evaluationsgespräch hätten aber doch nicht meine Teamleiter erscheinen müssen, wenngleich ich der Auffassung bin, dass …"

Der Raum begann sich zu drehen, woraufhin ich meine Augen für einige Momente zukniff und meine Atmung kontrollierte. Ich hatte zu viel Luft in mich gepumpt, stand kurz vor der Hyperventilation. Allerdings bekam ich es so weit in den Griff, dass nur noch meine Hände und Füße kribbelten, dafür hörte das Drehen auf. Trotzdem kostete es größte Anstrengungen, diesen Hauch der Kontrolle aufrechtzuerhalten.

„Was haben Sie gesagt?"

Ich hatte Winter die ganze Zeit angestarrt, seine Mundbewegungen gesehen, aber kein Wort wahrgenommen. Jetzt war ich wieder in der Lage, ihm zuzuhören, doch alle starrten mich an, als sei ich ein besonders exotischer Fisch.

„Frau O'Reilly, ich bitte Sie. Es tut mir leid, dass diese Situation unangenehm ist für Sie. Im Grunde geht es uns allen hier aber um das Gleiche, denn wir alle wollen eine Lösung finden."

„Eine Lösung wofür? Bitte wiederholen Sie noch mal, was Sie gerade gesagt haben. Meinetwegen dürfen Sie alle hier wissen, dass mein Kreislauf heute Probleme mit dem Wetterumschwung hat und dass es mir schwerfällt, Ihren Worten zu folgen, wenn sich der Raum wie ein Karussell um mich dreht."

Es war ein Albtraum. Meine gute fachliche Arbeit war gelobt worden, und nun ging es um die Lösungsfindung. Auch wenn ich den offensichtlich entscheidenden Punkt nicht mitbekommen hatte, lag auf der Hand, dass hier jemand gejammert und sich dabei so geschickt angestellt hatte, dass er hinter meinem Rücken mit dem Vorstand geredet und andere Kollegen mit ins Boot gezogen hatte. Die Person, die ich als Drahtzieherin für diese ganze Aktion einschätzte, begann neben mir hektisch an ihren Ringen zu drehen.

„Ich kann es gerne wiederholen mit meinen Worten, vielleicht sind die deutlich genug!", äußerte sich Sophia Baumann, und nun musste ihre Kette unter der Nervosität leiden.

Dann legte sie beide Hände auf ihren Schoß und räusperte sich. War da auch ein kleiner Schluchzer zu hören?

„Frau O'Reilly, wir halten es nicht mehr aus. Morgens kommen wir mit Bauchschmerzen zur Arbeit, spät abends liegen wir heulend zu Hause und können nicht schlafen, weil Sie uns hier fertigmachen! Sie behandeln uns respektlos und vergreifen sich immer häufiger im Ton!"

„Sophia, bitte bleib ruhig", mischte sich einer der anderen Teamleiter ein, der nun das Wort übernahm. „Wir haben uns zusammengesetzt, weil es so nicht mehr weitergehen kann. Meine Kollegin wollte sagen, dass es schon immer Schwierigkeiten im Umgang mit Ihnen gab. In den letzten Wochen war es besonders extrem, uns fehlt Konstruktivität."

„Sie können sich hier nicht alles erlauben!"

„Bloß weil Ihr Leben aus dem Ruder läuft, dürfen wir nicht die Leidtragenden sein!"

Nun gingen die Stimmen durcheinander. Immer wieder wollte ich etwas sagen, doch ich bekam keinen einzigen Ton heraus, so überrumpelt war ich von diesem Wirbelsturm der Anschuldigungen. Sophia Baumann setzte alles daran, um mich öffentlich bloßzustellen, und tat das unter dem Deckmantel der Führungskultur. Dabei ging es dieser Frau doch einzig und allein um alles, was mit Matthis zu tun hatte. Doch jeder sprang auf das Theater an, das sie hier perfekt zur Schau stellte. Ja, ich war eine schlechte Führungskraft, die sich unwohl in dieser Rolle fühlte, doch deshalb hatte ich das passende Konzept doch ausgearbeitet, und ausgerechnet jetzt setzte Sophia Baumann alles daran, um mir zu schaden. Alle vier Teamleiter hatten sich gegen mich verschworen. Offene Anschuldigungen hagelte es, und das vor den Augen des Vorstandes! Ich wollte mir gar nicht ausmalen, was alles gesagt worden war, bevor ich den Raum betreten hatte. Unter Garantie hatte Sophia Baumann das Gerücht verbreitet, ich würde mich an ihren Mann heranmachen, und auf diese emotionale Tour die ganzen Kollegen erreicht. Nun schob man andere Gründe vor. Diese unprofessionelle und scheinheilige Art war mir zuwider. Die Sache mit Matthis war privat und gehörte nicht hierher. Ganz abgesehen davon tat all das sowieso schon unendlich weh.

„Er hat mir erzählt, dass er geschieden ist! Ich hatte keine Ahnung, dass Sie seine Ex-Frau sind oder Noch-Frau oder was weiß ich denn!", rief ich in Sophia Baumanns Richtung.

Das war unkontrolliert aus mir herausgepoltert. Ruckartig sprang ich danach auf. Keinen Moment länger konnte ich all die Blicke ertragen, die auf mir ruhten. Hier ging gerade sehr viel kaputt, und das ausgerechnet jetzt, wo mir wieder einmal bewusst geworden war, dass diese Arbeit mein Lebensmittelpunkt war. Heute hatte ich neue Ideen geschmiedet, und nun entwickelte sich ein Tsunami, der nicht mehr aufhaltbar war und die Macht hatte, sehr viel zu zerstören. Mit einem lauten Knall ließ ich die Tür von außen ins Schloss fallen, um die Flucht in mein Büro anzutreten.

Kapitel 18

„Wir haben uns eine professionellere Reaktion von Ihnen erhofft."

Die Tatsache, dass beide Vorstandsmitglieder mir unmittelbar ins Büro gefolgt waren, war ein einziger Albtraum.

„Sie haben … Sie wollten … – ich soll professionell auftreten, wenn meine Mitarbeiter dort sitzen, sich gegen mich verschworen haben, mich ins Visier nehmen und mir diese Dinge vorwerfen, nachdem sie Ihnen vermutlich Unwahrheiten erzählt haben und ich aus dem Nichts mit diesen Dingen konfrontiert werde? Wo bleibt die Professionalität, wenn man mich ohne Vorwarnung in ein Haifischbecken wirft?!", begehrte ich auf, weil ich meine Emotionen schlichtweg nicht mehr im Griff hatte.

„Sie sind nicht bekannt dafür, zimperlich mit den Kollegen umzugehen. Es ist zweifelsohne eine unangenehme Situation, doch sie ist unumgänglich. Wir haben einen Fehler gemacht, der darin bestand, dass wir Ihre mangelnden Kompetenzen im zwischenmenschlichen Bereich nicht stark genug hinterfragt und uns zu sehr auf Ihre fachlichen Fähigkeiten verlassen haben. Heute kamen Dinge ans Tageslicht, die zu gravierend sind und die ein solches Vorgehen rechtfertigen!", fand Herr Sommer sehr deutliche Worte.

Herr Winter ergänzte gleich: „Zudem ist die Opferrolle, die Sie gerade einnehmen, nicht angemessen. Sie bestrafen jeden Fehler härter, als man es sollte und als wir es gemäß unserem Führungsleitbild befürworten, und Sie sind nicht bereit, Selbstkritik zu üben."

Es überrollte mich wie eine Welle. Ich war sehr wohl ein Opfer. Ein Opfer des Lebens. Aber noch ehe ich etwas erwidern konnte, befanden sich beide Männer, die über mein Schicksal entscheiden konnten, einige Schritte weiter entfernt und fingen an zu flüstern wie zwei Waschweiber. Das verstanden sie also unter Professionalität? Immerhin dauerte dieses Getuschel nicht besonders lange.

„Frau O'Reilly, Sie sollten jetzt Feierabend machen. Wir erwarten Sie morgen früh um acht Uhr und werden bis dahin überlegen, inwiefern wir uns die Zukunft mit Ihnen vorstellen können."

Diese Blicke. Diese Ausdrucksweise. Diese Kälte. Dieses Unverständnis.

„Sie haben doch keine Ahnung! Sie wissen nicht, wie hart das Leben einem mitspielen kann, und Sie haben keine Vorstellung davon, was es heißt zu kämpfen! Ich kann nicht glauben, was man mir in dieser Bank antut, für die ich so hart gearbeitet habe. Wo bleibt der Dank für meinen Einsatz? Die Arbeit in der Bank ist alles für mich! Sie nehmen mir alles! Und hinterfragen sich dabei nicht einmal? Sie wollen mich brechen. Und das, obwohl das schon vor Jahrzehnten passiert ist … Mit so skrupellosen Menschen will ich nichts mehr zu tun haben!"

Es war zu viel gewesen, und in diesem Moment bereute ich kein Wort dieses Ausbruchs, auch wenn ich ganz genau spürte, dass ich mir soeben mein eigenes Grab geschaufelt hatte.

Tuscheln. Zwei zornige Männer. Ein entschlossener Sommer, ein nachdenklicher Winter.

Herr Sommer ergriff zuerst wieder das Wort: „Frau O'Reilly, Sie sind jetzt und in den letzten Wochen im Umgang mit Ihren Kollegen zu weit gegangen, und deshalb sind Sie gekündigt."

„Aufgrund von unüberbrückbaren Differenzen trennen wir uns mit sofortiger Wirkung von Ihnen."

„Die Formalitäten werden schnellstmöglich nachgeholt."

„Sie werden die Bank jetzt sofort verlassen."

„Ihre persönlichen Unterlagen lassen wir Ihnen zusenden."

Sommer – Winter – Sommer – Winter.

„Für Ihre berufliche und private Zukunft …", setzte Herr Winter dann noch an.

Er zögerte, doch es war klar, dass er keinen Rückzieher mehr machen würde, auch wenn es ihn vielleicht selbst schockierte. Dass er mit seiner Hand meinen Oberarm streifte, unterstützte diese These. War das Mitleid? Trotzig riss ich meinen Kopf hoch. Diese Männer hatten gerade alles zerstört, wofür ich lebte, doch das letzte bisschen Stolz verbot mir, ihnen diesen Triumph zu gönnen. Reflexartig riss ich meine Tasche vom Schreibtisch, alles andere blieb in den Schränken. Persönliche Dinge waren ohnehin keine hier. Ich würde mir nicht die Blöße geben, vor den Augen der beiden Herren die Dinge aus dem Schrank und Schreibtisch zu nehmen, die mit Geld zu ersetzen waren und zu denen ich ohnehin keinen persönlichen Bezug hatte. Bevor ich aus dem Büro hastete, blieb ich noch mal stehen und drehte mich ein letztes Mal um.

„Sie verlassen sich blind auf Teamleiter, bloß weil die in der Überzahl sind. Sie fragen gar nicht nach meiner Meinung, sondern suchen die kalte Konfrontation. Man kann mir vorwerfen, dass ich keine einfühlsame Führungskraft bin, aber ein solches Vorgehen von Ihnen, das ist das Allerletzte! Auch wenn die Kündigung bestimmt nicht rechtens ist, dürfen Sie wissen, dass ich für Sie nie wieder zur Verfügung stehe! Ich wünsche Ihnen viel Spaß und Ausdauer bei der Suche nach meinem Nachfolger. Abteilungsleiter, die ein derart gutes Know-how mitbringen, wie ich es tue, gibt es nicht wie Sand am Meer. Ich hoffe, dass Sie diese Aktion bitter bereuen, wenn Sie es als Menschen schon nicht tun, dann zumindest, weil Sie mit mir eine sehr wertvolle Fachkraft verlieren. Und eins noch: Fassen Sie mich nie wieder so scheinheilig an!"

Auch wenn mir zum Schreien und Heulen zumute war, so hatte ich diese Worte sehr bissig, aber auch sehr ruhig hervorgebracht, um meiner Verachtung genug Raum zu bieten. Es war das letzte bisschen Stolz, welches mir in diesem schwarzen Moment noch blieb. Als alles gesagt war, drehte ich mich auf dem Absatz herum und eilte zum Fahrstuhl. Es war mir nicht möglich, all die Verzweiflung länger zurückzuhalten. Bereits im Aufzug ergossen sich ganze Tränenbäche über meine Wangen. Fast blind suchte ich zunächst nach der Sonnenbrille, um meine Augen zu verstecken, und schottete mich zusätzlich mit den Kopfhörern meines Smartphones ab. Die Musik, die der Streaming-Anbieter heute Morgen per Zufallsprinzip begonnen hatte, wurde nun während der Fahrt nach unten fortgesetzt.

All deine Kräfte sind am Versagen.
All deine Hoffnungen willst du begraben?
Du denkst, im Innern brachst du entzwei?
Ich sag: Mach dich von den Zweifeln frei!

Hör auf dein Herz,
Aahhhhahhhhh,
Vergiss all den Schmerz.
Yeahhhheahhhh

Was für eine Ironie! Als hätte das Universum mir heute in aller Früh vor der Arbeit schon eine Warnung aussprechen wollen. Doch ich hatte es am Weg zur Arbeit ausgeschaltet und mich stattdessen über die mangelhaften Risikomodelle aufgeregt.

Sei das Nordlicht in tiefer Nacht,
Es schlummert in dir, spüre die Macht,
Spende dir und andren Licht
Und fühl, *wie das Eis zerbricht.*

Spür es!
Aahhhahhhh
Fühl es!
Yeahhheahh
Das Nordlicht brennt in dir!

Der Aufzug war unten angekommen. Wütend stoppte ich diese Zufallsplaylist des Grauens. Spüren? Fühlen? Ein Licht sein für mich und andere? Ich konnte mir dieses Gesülze nicht länger anhören. Eine lautstarke Dröhnung der Metal-Band Iron Maiden war jetzt die bessere Wahl. Mit großen Schritten rauschte ich an einer kleinen Personengruppe vorbei, die hier unten in der Eingangshalle stand. Mein Leben war zerstört worden. Von jetzt auf gleich. Von der einen Sekunde auf die andere. Erst hatte das Schicksal mir meine Familie genommen, dann Matthis und nun den restlichen Part meines Lebens. Im Job war es für mich immer bergauf gegangen. Es hatte harte Zeiten gegeben und unendlich viel Kraft gekostet, doch es war jede Anstrengung wert gewesen. Denn die Arbeit war meine Aufgabe, mein Sinn, der Ersatz für eine Familie und Beziehungen. Jetzt blieb mir nichts mehr. Ich hatte versagt und hatte versäumt, diese Gefahr rechtzeitig zu erkennen und Gegenmaßnahmen einzuleiten. Dabei hatte ich doch immer gedacht, in diesem Bereich der Analyse besonders gut zu sein. Und es war ausgerechnet Sophia Baumann gewesen, die gegen mich in den Kampf gezogen war. Es war eine persönliche Abrechnung gewesen, und ich hatte verloren in jeglicher Hinsicht. Sämtliche Kontrolle war mir abhandengekommen, ein ganz elementarer Bestandteil meines Lebens war verschwunden. Ausgelöst durch die Nachricht von Joanne war alles ins Wanken geraten. Ich fühlte mich wie ein Segelschiff, das von haushohen Wellen herumgeworfen und schließlich in die Tiefe des Meeres gezogen wurde, und das Schlimmste an alldem war, dass alles zusammenhing. Alles war miteinander …

Ein panischer Aufschrei ertönte. Auf der Straße blitzte ein feuerroter Wagen vor mir auf. Bremsen quietschten. Dann wurde alles schwarz.

Kapitel 19

Ungeduld gehörte zu mir wie ein geklautes Fischbrötchen zu einer Möwe. Das war auch hier im Krankenhaus so. Bereits zum dritten Mal hatte ich nachgefragt, wann die letzte Untersuchung endlich stattfinden würde, damit ich hier rauskonnte, dabei war ich erst vor zwei Stunden eingeliefert worden. Man hatte mich mit dem Rettungswagen hergefahren, obwohl das Auto im letzten Moment bremsen konnte und mich überhaupt nicht erfasst hatte. Von den Rettungssanitätern hatte ich erfahren, dass ich einfach vor diesem Auto zusammengebrochen war. Garantiert wusste die halbe Bank darüber Bescheid, wenn das mal reichte. Cate O'Reilly, die Eisprinzessin, die sich an den Mann einer Mitarbeiterin herangeschmissen hatte, hochkant gefeuert worden war, fast einen Unfall verursacht hätte und dann in Ohnmacht gefallen war. Da hatten die Kollegen eine Menge zu reden. Ex-Kollegen war der richtige Ausdruck. Nervös starrte ich auf die Kanüle in meiner Armbeuge. Ich hatte das Gefühl, meinen Arm nicht einen Millimeter bewegen zu dürfen, auch wenn ich über die Flexibilität dieses ekligen Teils informiert worden war.

„Sie machen mich ganz krank hier“, versuchte ich die Krankenschwester anzumaulen, brachte jedoch nur ein klägliches Wimmern zustande.

„Gleich sind Sie dran, und wenn der Arzt danach sein Okay gibt, können Sie nach Hause. Doch diese Untersuchungen sind wichtig, denn niemand konnte uns genau sagen, wie lange Sie ohnmächtig waren, und deshalb checken wir sicherheitshalber alles durch.“

Geduld und Mitleidslächeln taten nicht gut.

„Schon in Ordnung!“, unterbrach ich. „Ich habe es gar nicht so eilig, nach Hause zu kommen, bloß ist dieses Ding in meinem Arm nicht so besonders angenehm.“

Dann flossen Tränen. Ich weinte und schluchzte wie ein Kind. Dabei wollte ich mich zusammenreißen. Niemand dieser Schwestern oder Ärzte musste wissen, in welcher Lage ich steckte, sonst würde man mir noch einen Psychologen empfehlen, und darauf hatte ich überhaupt keine Lust. Es war grauenvoll, diesen Menschen ausgeliefert zu sein. Am schlimmsten wurde es trotzdem erst, als die ärztliche Untersuchung zufriedenstellend abgeschlossen war.

„Es ist alles in Ordnung, und Ihr Kreislauf ist stabil, Frau O’Reilly. Ich lasse Sie bloß ungern so gehen. Sind Sie ganz sicher, dass wir niemanden für Sie anrufen sollen?“

„Ja.“

Es ging den Arzt nichts an, dass es völlig egal war, ob ich mir diesbezüglich sicher war. Ich hatte niemanden, der kommen und mich abholen könnte. Deshalb ging es mit dem Taxi zurück nach Hause. Wie gut, dass alle Fenster meiner Wohnung in Richtung Hafen zeigten, während das Bankgebäude in der entgegengesetzten Richtung lag und ich somit von dessen Anblick verschont blieb. Abgesehen davon war es ohnehin dunkel, denn mein Aufenthalt in der Notaufnahme hatte sich fast bis Mitternacht hingezogen. An Schlaf war trotzdem nicht zu denken. Morgen wollte ich meinen Anwalt anrufen und ihn anweisen, eine saftige Abfindung auszuhandeln, auch wenn das nur ein schwacher Trost sein würde. Richtiger Trost würde anders aussehen, irgendwie menschlicher. Tatsächlich wünschte ich mir jemanden herbei, der für mich da war. Ob Matthis wohl schon wusste, was heute passiert war? Zögernd griff ich nach meinem Handy, doch das zeigte weder einen eingegangenen Anruf noch eine Nachricht an. Ich wusste, dass es so besser für uns beide war, doch mein Herz wollte diese Tatsache schlichtweg nicht akzeptieren. Mit einem Schluchzer verschwand ich im Bad, zog mich um und verkroch mich in meinem Bett. Nach ein paar Minuten stand ich wieder auf. Eingekuschelt in einen Bademantel und zwei Decken konnte ich es auf dem Balkon aushalten, wo ich mich gerade etwas wohler fühlte. Eine Kerze spendete mir ein spärliches Licht. Ich brauchte einige To-dos, wenn ich die nächsten Tage überstehen wollte, ohne durchzudrehen. Auf dem Notizblock, den ich mit rausgenommen hatte, machte ich ein paar Vermerke. Obwohl ich sonst Meisterin von Planung und Kontrolle war, funktionierte diese Methode jetzt nicht mehr. Vermutlich würde mir jeder Mensch empfehlen, mir ein paar Tage Zeit zu geben nach einem so herben Rückschlag und dann irgendwann neu Anlauf zu nehmen. Solche Gedanken widerstrebten mir, doch ich hatte keine andere Wahl, als all das Erlebte sacken zu lassen. Zumindest an diesem späten Abend fand ich keinen Weg aus diesem schwarzen Loch heraus. Am liebsten würde ich mich ans Geländer stellen und alles herausschreien. Aber das wäre viel zu peinlich. Stattdessen blickte ich auf den Kugelschreiber, der noch immer in meiner Hand verweilte, und fing an, einige Zeilen zu schreiben. Es war der Versuch, einen Brief an Matthis zu verfassen. Einige Male setzte ich an, bis sich all die Versuche in winzigen Schnipseln auf dem Balkonboden befanden. Doch ich blieb dran, ohne zu wissen, wieso ausgerechnet Worte helfen sollten, wo doch Zahlen mein Element waren.

In mir ist das Gefühl, allein zu sein
Der Druck, immer stark zu sein
Die Fesseln der Angst
Und der große Wunsch, frei zu sein.

Ich will frei sein
Die Dinge nutzen und leben
Ich bin gut, wann versteht es mein Herz?
Wann fesselt das Alte nicht mehr?
Wann kann er befreit sein,
Mein Anker der Erinnerung?
Wann können die Zweifel gehen?
Zweifel und Schmerz sind das Tor
Wo liegt der Schlüssel
Es zu durchschreiten
Nicht nur einen Schritt durchs Tor
Sondern die Welt dahinter richtig entdecken?

Ich will etwas bewegen
Und die Fesseln lösen.
Ich will frei sein
Nicht allein sein
So sehr.

Kopfschüttelnd blickte ich auf das Papier. Was war denn jetzt plötzlich in mich gefahren? Immer wieder las ich meine eigenen Zeilen, die wie von Zauberhand auf dem Papier gelandet waren. Wenn ich meinen Worten Glauben schenkte, dann war da nicht nur diese Leere in mir, sondern es gab etwas hinter dem riesigen Loch, welches heute in mein Leben gerissen worden war. Ja, es stimmte. Ich wollte frei sein und etwas bewegen. Bloß was und wie? Das mit dem Alleinsein stand wohl gar nicht erst zur Diskussion. Die in diesen Zeilen verborgenen Wünsche konnten unmöglich Realität werden. Was waren das nur für plötzliche Gedanken?

Kapitel 20

Bereits zum wiederholten Male klingelte mein Handy. Wer immer am anderen Ende der Leitung war, musste es besonders eilig haben oder war extrem hartnäckig. Ich wollte nur mit niemandem sprechen, auch wenn mir so langsam dämmerte, dass es lächerlich war, wenn ich mich noch länger von der Außenwelt abschottete. Es hatte weder geholfen, dieses merkwürdige Gedicht zu verbrennen, noch hatte das gelieferte Fast Food den gewünschten Effekt gebracht. Nach drei Tagen sollte Schluss sein mit dem ziellosen Herumhängen, das mir nicht guttat, doch es mangelte mir an einer Alternative, und so war mein einziger Erfolg der letzten Tage, dass ich nun wusste, wie es sich anfühlte, zwischen leeren Pizzakartons und Colaflaschen zu sitzen. Während ich überlegte, ob ich diesen Unrat endlich entsorgen sollte, klingelte mein Handy erneut. Verflixt, das hörte ja nie auf, wenn ich dieses Teil nicht bald auf lautlos stellte. Doch dann stockte ich. Das Display zeigte „Joanne" an.

„Ist was passiert?!", meldete ich mich hektisch.

„Hi, Cousinchen. Ja und nein. Also könntest du mich mal vom Flughafen abholen, bitte? Ich wollte dich überraschen, aber hier ist das Chaos ausgebrochen. Dabei denkt man immer, in Deutschland sei alles so super organisiert. Weeeeeit gefehlt!"

Vom Flughafen abholen? Hier in Hamburg?

„Okay, ich verstehe zwar grad nur Bahnhof, aber …"

„Flughafen! Nicht Bahnhof!"

Das brachte mich zum Schmunzeln. Joanne sprach zwar hervorragend Deutsch, aber diese Redewendung kannte sie wohl nicht, und das war jetzt nicht der richtige Zeitpunkt für einen Exkurs in die deutschen Sprichwörter.

„Klar, du bist am Flughafen, und etwas ist chaotisch, und ich soll dich abholen kommen, ja?"

„Ganz genau. Bahnstreik, Busstreik, alles streikt oder so, und kein Taxi ist zu kriegen. Deshalb wäre es leichter, wenn du mich abholen könntest. Ich teile einfach meinen Standort und warte hier irgendwo, wo es praktisch sein könnte."

„Klar hole ich dich ab. Ich fahre in ein paar Minuten los."

Ich hatte mit Joanne seit dem St. Patrick's Day telefonieren wollen, und nun war in den letzten Tagen so viel passiert, dass ich es einfach hintangestellt hatte. Eigentlich war gut, dass Joanne jetzt hier war, auch wenn das nun sehr überraschend kam und es ein komischer Zufall war zu diesem Zeitpunkt. Doch jetzt war keine Zeit, darüber nachzudenken. In Windeseile sorgte ich im Bad dafür, dass ich ansehnlich aussah, ehe ich mich auf den Weg machte. Trotz des geteilten Standorts dauerte es eine Weile, bis ich mit dem Auto am Flughafen durchkam. Suchend schaute ich mich um. Dann wurde die Beifahrertür stürmisch aufgerissen, und Joanne versuchte, zeitgleich einzusteigen und ihre große Reisetasche unterzubekommen. Lachend taumelte sie ein Stück zurück, warf ihre Tasche nun doch in den Kofferraum und stieg dann schwungvoll ein. Ebenso lebhaft war die Umarmung, in die sie mich zog, so gut das im Auto möglich war.

„Danke, dass du mich holst. Du rettest mich. Eigentlich wollte ich dich retten, aber so passt es auch ganz gut!", sagte sie strahlend, als wir losfuhren.

„Also dann, willkommen zurück in Deutschland. Warum auch immer du mich retten willst. Aber es ist schön, dich zu sehen."

Das war es wirklich. So kam wieder Leben in meine Wohnung oder erst einmal in dieses Auto, denn Joanne redete und gestikulierte die ganze Zeit, bis wir zu Hause waren.

„Wow, das ist ja mal was ganz Neues", kommentierte sie belustigt, als sie in meinem Wohnzimmer die Pizzakartons und den restlichen Müll entdeckte. „Es war mir schon klar, dass dich die ganze Sache total mitnimmt. Aber dass ausgerechnet du so viel Fast Food isst, hätte ich echt nicht gedacht."

„Die ganze Sache …?"

„Mit deinem Job. Ist scheiße gelaufen, keine Frage. Aber uns fällt schon was ein, deshalb bin ich ja da."

„Du hast also davon gehört …"

Der Zeitpunkt für Joannes überraschenden Besuch war also kein Zufall. Das ließ mich aufhorchen. Denn von mir hatte Joanne nichts von der Kündigung erfahren. Am Vortag hatte ich mich selbst gegoogelt, was eine lächerliche Idee gewesen war. Für die Welt da draußen war ich selbst in meiner Position so unwichtig, dass es keinerlei Information über meinen Abgang bei der Bank gab. Hätte es ein Vorstandsmitglied erwischt, dann wäre das eine Meldung wert gewesen, für die zweite Reihe interessierte man sich schon nicht mehr. Immerhin waren so auch keinerlei Informationen über meinen Zusammenbruch online. Der Buschfunk unter meinen – ehemaligen – Mitarbeitern war immer schnell und laut gewesen, doch bis nach Irland konnte er seine Kreise nicht gezogen haben. Folglich musste Joanne diese Informationen aus einer anderen Quelle bekommen haben.

„Puh", stöhnte Joanne auf. „Der Flug war zu früh, der Kaffee nicht stark genug. Ich bin nicht ganz auf der Höhe. Eigentlich wollte ich später mit dir darüber reden."

Es gab nur eine Konstellation, die mir in diesem Moment einfiel.

„Matthis?"

Das würde erklären, warum jegliche Reaktion von ihm ausgeblieben war, obwohl der mit großer Sicherheit von den Geschehnissen erfahren hatte. Er musste Joanne kontaktiert haben. Wieso war er nicht selbst gekommen? Wütend wischte ich mir die Tränen von der Wange, die sich selbstständig gemacht hatten. Natürlich hatte er sich nicht gemeldet, er hatte mit Sicherheit genug mit Sophia Baumann zu tun, und eine Freundschaft ergab auf dieser Basis auch keinen Sinn.

„Ich brauche einen Kaffee, bevor ich noch mehr Unheil anrichte. Ich wollte das anders erklären, ich wollte …"

„Schon okay, du kannst ja nichts für das ganze Schlamassel. Matthis hingegen …", grollte ich, während ich zwei Tassen Kaffee zubereitete und dann nach dem Connemara griff, um jeweils einen großzügigen Schluck hinzuzugeben.

Mit einem Klecks Sahne war der Irish Coffee perfekt.

„Immerhin hat Matthis dir diesen Whiskey geschenkt, sodass wir das mit dem Irish Coffee endlich nachholen können."

„Na, vielen Dank für die sensible Überleitung."

„Ach, komm schon, Cate. Als würdest du sensible Themenwechsel brauchen."

„Punkt für dich", lenkte ich ein. „Trotzdem ist das doch jetzt egal. Ich wollte dich neulich anrufen, am St. Patrick's Day, aber ich habe dich nicht erreicht. Es gibt so vieles, über das ich mit dir reden wollte. Was unsere Familie angeht. Und das alles ist mir gerade viel wichtiger als dieser Blödmann von Lügner von ..."

„Dann muss der Blödmann von Matthis und der Mist namens Job noch ein bisschen warten, auch wenn ich alles hören möchte."

Joanne zog mich von meinem Stuhl hoch und führte mich raus auf den Balkon. Dann holte sie eine Decke aus dem Wohnzimmer, setzte sich direkt neben mich und legte diese um unsere Schultern. Das fühlte sich gut an, obwohl es gar nicht so kalt war und die Sonnenstrahlen anfingen, Wärme zu spenden. Nachdenklich ließ ich meinen Blick über den Hafen kreisen.

„Als du neulich da warst, habe ich mich nicht gerade toll benommen. Alles hat mich überfordert, und als wir dann noch mal gesprochen hatten, war so wenig Zeit. Ich weiß fast gar nichts über deine Eltern und über die Suche nach deiner Mum und warum du nichts von mir wusstest", setzte ich an, weil ich Joanne wirklich verstehen wollte.

Anders als ich es bislang von ihr kannte, wurde Joanne plötzlich sehr ernst. Hatte ich schon wieder etwas Falsches gesagt? Doch sie hielt mich weiterhin fest im Arm und fing an zu reden:

„Dad hat mir nie etwas von dir erzählt, und erst als ich ihn konfrontiert habe und er nicht länger lügen konnte, ist er mit der Wahrheit rausgerückt. Es fällt ihm so schwer, darüber zu reden, was damals passiert ist. Ich dachte bis vor wenigen Wochen, dass meine Mum gestorben ist, als ich noch ein Winzling war. Und dann … ich wollte doch nur ein paar alte Spielsachen von mir suchen, um sie Kindern zu spenden. Da war diese Kiste. Als ich sie öffnete, war ich erst total irritiert, und dann habe ich es plötzlich kapiert. Mein ganzes Leben war voller Lügen. Deshalb ist Dad mit mir weggezogen, als ich ganz klein war. All die Menschen, die mir hätten verraten können, dass meine Mutter gar nicht tot, sondern verschwunden ist, die waren durch den Umzug weit genug weg, sodass mir nie jemand etwas gesagt hat", stammelte Joanne mit zitternder Stimme.

Ein dicker Kloß bildete sich in meinem Hals.

„Du hast also wirklich so lange gar nichts gewusst …?"

„Nein. Nichts über dich. Nichts über deine Eltern. Nichts über Mum. Manchmal will ich meinen Dad dafür hassen. Ich habe die Wahrheit selbst rausgefunden. Mit diesen alten Sachen. Danach haben wir gestritten wie nie zuvor. Tagelang. Dann bin ich zurück in meine WG nach Dublin gefahren, weil ich ihn nicht mehr ertragen konnte. Nach einem Tag musste ich zurück zu ihm fahren, weil ich plötzlich ganz furchtbare Angst hatte, dass er etwas Dummes tut. Wenn man seine Tochter so lange anlügt, dann muss es ja einen Grund haben, dachte ich mir. Er tut mir ganz furchtbar leid. Manchmal war er traurig. Ich mache mir solche Vorwürfe, dass ich nie auch nur den Hauch einer Ahnung hatte, was ihn beschäftigt. Mein Leben war gut. Ich war daran gewöhnt, ohne Mum aufzuwachsen. Sein Leben muss beschissen gewesen sein. Wie kann man den Menschen, der einem am nächsten steht, so wenig kennen? Das ist es, was mich so richtig fertigmacht und weshalb … ach, keine Ahnung. Er lässt sich jetzt helfen von Profis, dazu konnte ich ihn überreden. Das ist zu wenig. Ich sollte doch diejenige sein, die ihrem Dad hilft.“

Ich konnte meine Tränen nur zurückhalten, weil ich bemerkte, wie Joanne innerlich mit sich kämpfte. Meine kleine Cousine hatte all die schrecklichen Dinge erst vor so kurzer Zeit erfahren. Die war überhaupt nicht routiniert darin, irgendwie damit umgehen zu können. Die Energie, die sonst so sichtbar bei ihr war, war aus ihr gewichen, als würde sie erst jetzt so richtig verstehen, was sie eben erzählt hatte. Nur deshalb konnte ich stark bleiben. Der Wille, Joanne zu helfen, war in diesem Moment stärker als alles andere. Minutenlang war nur Joannes tiefes Schluchzen zu hören, während ich sie im Arm hielt wie ein Kind und abwechselnd über ihren Kopf und ihren Rücken streichelte.

„Danke … weißt du, ich bin hart im Nehmen … Dad wird geholfen, und ich werde mit meiner neuen Vergangenheit klarkommen. Ich will nur wissen, was mit meiner Mum los war, warum sie abgehauen ist. Ob sie noch lebt. Cold Cases. Jemand muss doch etwas wissen“, sagte Joanne nach einiger Zeit leise.

„Und deshalb bist du auf mich gestoßen und kamst in der Hoffnung her, dass ich dir helfen kann.“

„Ja, und weil ich natürlich neugierig auf dich war. Ist ja nicht alle Tage so, dass man von einer Cousine erfährt, von der man jahrzehntelang nichts wusste.“

„Und ich habe es so richtig vergeigt …“

„Du hast dir zumindest die größte Mühe gegeben, aber glücklicherweise bist du dann doch daran gescheitert, es so komplett zu versauen!", kommentierte Joanne das. Für einen kurzen Moment lachte sie auf.

„Ich habe nie gewusst, warum dein Dad mich nicht nach Irland geholt hat. Und ich war nie stark genug, Kontakt aufzunehmen, als ich dann älter war. Es muss furchtbar sein, all diese Dinge nach so langer Zeit zu erfahren …"

„Das war es und alles, was sich nach Schuld anfühlt, ganz besonders. Diese Frage habe ich mir gestellt, nachdem ich alles rausgefunden habe. Ich wurde geboren, und deshalb sind zwei Menschen gestorben und einer verschwunden oder ebenfalls gestorben. Und dann hast du mir das ausgerechnet auch noch vorgeworfen. Aber ich habe verstanden, dass du das nicht so meintest. Ist halt auch alles echt eine beschissene Story."

Joanne versuchte, tapfer zu sein, aber ich spürte doch, dass ihr das sehr nahe ging. Ich musste mit aller Macht verhindern, dass diese junge Frau, die vor Energie und Lebensfreude eigentlich übersprudelte, an diesen Gedanken zerbrach. Sich selbst schuldig zu fühlen für all das, was in unseren Familien geschehen war, konnte niemand aushalten. Ich kam mir vor wie ein Monster, weil ich das auch noch verstärkt hatte. So viele Fehler hatte ich in meinem Leben gemacht und Menschen verletzt, doch das hier ging gegen meine eigene Familie. Gegen den Menschen, den ich noch immer im Arm hielt. Der einzige Rettungsring in diesem tobenden Meer von Gefühlen war, dass selbst ich erkannt hatte, dass diese Gedanken, die mich all die Jahre begleitet hatten, völlig falsch waren. Trotzdem fühlte ich mich so schäbig und grässlich.

„Ich weiß nicht, wie ich das jemals wiedergutmachen kann, dass ich all diese Dinge gedacht habe und dass ich dir so was an den Kopf werfen konnte. Es tut mir so leid", versuchte ich hilflos.

Was sagte man, um das wirklich zu erklären?

„Das habe ich doch längst verstanden. Sonst wäre ich schließlich nicht noch mal nach Hamburg gekommen. Ich bin hier, weil wir jetzt zusammen nach vorn schauen und an einem Strang ziehen sollten. Du kannst ein bisschen Hilfe gebrauchen momentan, und vielleicht hast du ja doch noch eine Idee, wie ich nach Mum suchen kann."

„Du bist großartig, und ich bin froh, dass du in mein Leben gestolpert bist. Wirklich."

Ja, das fühlte sich richtig an so. Mit einem Lächeln musterte ich meine Cousine. Was hatte ich neulich doch abschätzig über diese individuelle Frau gedacht. Dabei war sie bewundernswert. Sie versprühte Energie und war eine Kämpferin. Diese Power durfte nicht verloren gehen.

„Das ist lieb von dir. Ich bin auch froh darüber, ich habe jetzt schon gewonnen, was auch immer bei der Suche nach Mum passiert", gab sich Joanne kämpferisch.

„Ich werde dir helfen, dieses Rätsel zu lösen."

„Vermutlich ist es sinnlos. Aber ich muss es versuchen. Ich will wissen, was passiert ist. Die haben ja alles vertuscht, und wie soll es da Spuren geben? Ich konnte immerhin aus Dad rausbekommen, dass der Pfarrer meines erzkatholischen Dorfes die Idee hatte, meine Mum für tot zu erklären. Macht sich besser als eine abgehauene Ehefrau. Ist ja auch einfacher, als nachzuvollziehen, warum eine Frau so weit geht, dass sie alles hinter sich lässt." Joanne lachte bitter auf. „Weißt du, Cate, ich bin niemand, der den Kopf in den Sand steckt. Dass ich eben geweint habe, war, weil ... – ach, keine Ahnung, es ist peinlich."

Meine Cousine fand öffentliches Weinen also genauso unangenehm wie ich. Da merkte man uns die Verwandtschaft doch an. Schmunzelnd sagte ich:

„Ich verstehe das so gut, dabei ist es so vollkommener Blödsinn. Wir zwei haben verdammt viel gekämpft, also darf das auch mal sein."

„Hast recht. Vor dir war's mir jedenfalls nicht so peinlich wie sonst. – Trotzdem reicht es jetzt mit Trübsal blasen."

Die Decke flog auf den Boden, und Joanne zupfte an meiner anthrazitfarbenen Bluse.

„Weißt du Cate, es gibt diese Frauen, die nur in Designerfummeln schön aussehen. Aber du kannst dich locker auch mal in einem Hoodie blicken lassen. Verstehst du? – Das heißt, dass du deine Schönheit eigentlich versteckst in dem zugeknöpften Kram. Dabei bist du megahübsch. Also lass deine traumhafte blonde Mähne mal aus diesem strengen Business-Zopf heraus."

Warum ich dieser Aufforderung von Joanne folgte, war mir selbst nicht so ganz klar. Überhaupt kam dieser Themenwechsel recht plötzlich. Daran würde ich mich bei meiner Cousine wohl gewöhnen müssen. Die ließ alles zu, nahm die Themen ernst und schaute dann direkt nach vorn. Das waren schöne Eigenschaften, und ansteckend war das auch. So waren wir wieder reingegangen, und innerhalb weniger Minuten flogen Joannes Klamotten quer durchs Wohnzimmer. Der Versuch, mich in diese Sachen zu packen, gelang allerdings nicht ganz.

„Du hast eine Topfigur, aber deshalb kann das nicht klappen. Die Ärmel sind zu kurz, alles ist zu kurz", stellte Joanne kopfschüttelnd fest.

Obwohl diese Aktion lustig war, fand ich das Größenproblem ganz praktisch. Auch wenn ich bereit war, Joannes Idee zu folgen, und ein gewagteres Outfit testen wollte, so wären diese Klamotten ein zu extremer Umbruch. Als Nächstes durchforsteten wir deshalb meinen Kleiderschrank, in dem eindeutig Schwarz dominierte. Diese Vielfalt wurde im Wesentlichen ergänzt durch Marineblau, Anthrazit und Weiß. Eine seltene Ausnahme hielt Joanne triumphierend in die Luft. Es war ein roter Kapuzenpullover mit der Aufschrift „Küstenmädchen", dazu suchte sie eine Jeans raus.

„Na bitte, es geht doch. Das kannst du anziehen. Mein Stil wäre nichts für dich, aber das hier ist schon ein Fortschritt, und dann wirst du auch irgendwie entspannter", befand Joanne.

Ich tat ihr den Gefallen. So kam zumindest mal der Pulli zum Einsatz, den ich aus irgendeiner Laune heraus auf Sylt gekauft hatte. Es war ja nicht so, dass ich immer nur schick angezogen war, aber tatsächlich stellte das hier eine Ausnahme dar. Die Freiheit, die dieser Look versprühte, war schön. Deshalb hatte Joanne das ganze Theater also veranstaltet. Ich sollte locker werden zwischen all den ersten Themen.

„Du tust mir ziemlich gut", sagte ich nach der Verwandlung lächelnd.

„Das war Sinn und Zweck der Sache, meine Liebe. Ich bin bald fertig mit der Uni, und dann will ich mit Menschen arbeiten, die mich brauchen. Scheint so, als hätte ich ein Händchen dafür."

„Das hast du – und einen Mangel an Selbstbewusstsein kann ich auch nicht feststellen."

Kapitel 21

„Reden wir jetzt endlich über Matthis?" Neugierig wie ein Kind zappelte Joanne herum. Ich hatte ihre Fragen zu meinem nun ehemaligen Job und meiner Kündigung beantwortet und eigentlich noch gar nicht so richtig angefangen, all diese Details auszuführen, doch das hatte ihr schon gereicht. Ein Job sei ein Job, ich habe ja nun auch andere Themen in meinem Leben und sei intelligent genug, um jederzeit einen neuen Job zu finden. Es hatte mich irritiert und für einen kurzen Moment etwas verletzt, dass wir nur so kurz über diese wichtigen Dinge sprachen. Doch es war gleichzeitig erfrischend, einen so klaren Blick darauf zu bekommen. Außerdem hatte Joanne recht. Wenn ich einen solchen Job wollte, würde ich ihn bekommen. Die Sache mit Matthis war hingegen äußerst kompliziert.

„Erde an Cate. Was hat Matthis also so Schlimmes getan?"

„Kannst du mir erst sagen, was du überhaupt alles weißt? Das macht's mir leichter."

„Ich weiß kaum was. Er hat sich kurz vorgestellt und gesagt, dass er ein Freund von dir ist. Was ich ja schon wusste, du hast mir schließlich geschrieben, dass ihr euch geküsst habt. Klang nicht so nach dem großen Ding. Dann hat er ein bisschen rumgeeiert von wegen St. Patrick's Day. Das ist alles, was ich *weiß*. Es gibt da natürlich noch ein paar Dinge, die ich *vermute* – aber er hat nur gesagt, dass ich mir deine Story anhören soll, und ich soll dir ausrichten, dass er dich sehr vermisst."

„Ich vermisse ihn auch … – und ich bin eine Vollidiotin, die ständig austeilt, wenn ich das Gefühl habe, die Kontrolle zu verlieren."

„Deshalb bist du noch lange keine Vollidiotin. Ich mag dich jedenfalls gern, und den ganzen Mist kriegen wir schon in den Griff, ich helfe dir. Also erzähl mir erst mal, was da alles los war."

Ich nickte, versuchte, mich zu sammeln. Zuerst öffnete ich ein Fenster, um die frische Frühlingsluft reinzulassen, und trank ein großes Glas Wasser, ehe ich beginnen konnte.

„Zum Glück lief alles ein bisschen anders als gedacht, denn ohne das ganze Chaos, das du unbewusst angerichtet hast, wäre ich nicht nach Sylt gefahren und hätte mich nie von Matthis am Strand aufsammeln lassen und … ups …"

„Okay, jetzt wird's interessant. Leg los, ich bin ganz Ohr für die glückliche Wendung deiner Geschichte. Wobei, warte kurz hier."

Amüsiert blickte ich ihr hinterher. Joanne war in die Küche gegangen, nach einer Weile gab es erst Geräusche aus der Mikrowelle, und dann verbreitete sich ein süßlicher Geruch. Wie ein kleines Kind strahlte Joanne, als sie mit einer großen Schüssel Popcorn zurück auf die Couch kam.

„Wenn du schon eine Geschichte erzählst, die Stoff für einen tollen Hollywoodfilm bietet, ist etwas Popcorn angemessen, finde ich."

„Hollywoodfilm? Dafür fehlt ein Happy End. Überhaupt ist das alles eher wie eine schlechte Soap, also …“

„Wenn das Happy End fehlt, ist die Geschichte noch nicht fertig. Also los jetzt, ich bin ganz Ohr.“

Etwas Popcorn war gerade wirklich ganz nett, zumal es noch warm war. Wie gut, dass ich einen kleinen Vorrat von solchem ungesunden Zeug angehäuft hatte. Ich schloss die Augen, als ich mir ein paar Stücke auf der Zunge zergehen ließ, und malte mir aus, wie …

„Du liebst den Kerl, wusste ich es doch!“, kam es triumphierend von Joanne.

„Ich habe noch nicht einmal angefangen zu erzählen.“ Irritiert schüttelte ich den Kopf. Bevor Joanne jedoch weitere Annahmen treffen konnte, sollte ich wohl aufhören zu träumen und stattdessen endlich von den Geschehnissen der letzten Zeit berichten. Unzählige Male hatte ich in der letzten Zeit über alles nachgedacht. Doch jetzt, wo ich mich selbst reden hörte, bekam ich noch mal einen ganz neuen Blick auf die Dinge. So oft hatte ich mich abweisend verhalten, doch Matthis hatte offenbar immer an mich als Menschen geglaubt und es letztendlich geschafft, mich aus der Reserve zu locken. Mit ihm hatte ich die großartigsten Stunden seit sehr langer Zeit erlebt. Er hatte meine ganze Geschichte gehört und mich getröstet. Auch wenn seine Aktionen mich überrumpelt hatten und er durchaus ein bisschen zu selbstsicher war, so hatte all das genau zu dem geführt, was mir gutgetan hatte. Das Biikebrennen hatte so schöne Bilder gezaubert – währenddessen hatte ich mich aus dem Staub gemacht. Das winterliche Grillen an der Ostsee war ein Traum gewesen – danach hatte ich gemeckert, weil es nur eine Schlafgelegenheit gab. Der Abend im Irish Pub hatte meine Sehnsucht nach dem Land meiner Wurzeln geweckt, welches ich kaum kannte – und danach war der Abend so jäh geendet, weil ich davongelaufen war, anstatt mit ihm zu reden. Ständig hatte ich es vermasselt, obwohl ich das doch gar nicht gewollt hatte. Und dann hatte man mich auf der Arbeit so in die Enge gedrängt, dass ich ausgerastet und schließlich gefeuert worden war. Auch das war nur passiert, weil ich zuvor zu viele Fehler gemacht hatte. Puh, was für eine miese Bilanz!

„Vor dir sitzt also eine Frau, die zwar sehr intelligent und fachlich auf hohem Niveau ist, aber die ihren Platz in dieser Welt noch nicht gefunden hat und gerade ziemlich am Arsch ist", beendete ich diesen Monolog. „Und trotzdem ist da was … irgendetwas wurde geweckt in dieser letzten Zeit. Weißt du … – ich habe viele Dinge über mich verstanden, die ich zuvor immer wieder aus meinem Bewusstsein geschoben habe."

„Hast du gehört, was du eben gesagt hast?"

„Jedes Wort … – was meinst du genau?"

Joanne, die während all der Erzählungen sämtliche Emotionen mitgelebt hatte, lächelte nun zufrieden. „Du hast gesagt, dass du deinen Platz noch nicht gefunden hast – die Betonung liegt auf noch. Und dass etwas in dir geweckt wurde. Das, was diese Sophia da abgezogen hat mit dir, ist unter aller Sau. Aber ganz ehrlich, scheiß auf die blöde Bank. Diese Branche kann doch sowieso keiner mehr leiden. Vor mir sitzt nämlich keine Frau, die ziemlich am Arsch ist. Vor mir sitzt eine Frau, die in den letzten Wochen ziemlich viel über sich selbst gelernt hat und die verdammt noch mal das

Recht dazu hat, die ganze Traurigkeit und Einsamkeit so vieler Jahre erst mal in Ruhe zu verdauen und dann so richtig durchzustarten!", verkündete Joanne energisch. „Ich studiere Soziale Arbeit, weil ich etwas bewegen will bei den Menschen, und du bist ein wundervolles Vorbild dafür, dass man etwas erreichen kann, egal wie schlimm der Background ist. Dir fehlten Bezugspersonen in deinem Leben, die für dich da gewesen wären. Aber jetzt gibt es sie, und du bist großartig. Auf dich wartet irgendeine Aufgabe da draußen, die viel wichtiger ist als dieser komische Bankenkram!"

Fasziniert von dieser kleinen Rede und der fast übersprudelnden Energie schaute ich in Joannes Augen. Meine Cousine meinte all das ganz genau so, wie sie es gesagt hatte. Es war bewundernswert, wie jemand aus einem Scherbenhaufen plötzlich so viel Gutes ziehen konnte.

„Vielleicht – nein, ganz sicher hast du recht. Einmal hat Matthis mich gefragt, ob ich in dieser Bank glücklich werden kann. Ich habe nur mit der Logik argumentiert, was kein so richtiges Ja war. Das heißt also, dieser Rauswurf musste sein, damit ich nicht immer vor mir selbst fliehe und stattdessen den Weg finde, bei dem ich nicht erst zögern muss, wenn man mich fragt, ob ich dabei glücklich werde?"

Das war kein besonders leichter Stoff. Glücklicherweise stand ich finanziell gut da und würde zusätzlich durch meinen Anwalt eine Abfindung aushandeln lassen, die sich würde sehen lassen können. Das war allerdings gar nicht so wichtig, wenn man die anderen Themen ansah, doch diese finanzielle Unabhängigkeit bedeutete eben auch Zeit. Somit war ich nicht darauf angewiesen, möglichst schnell einen neuen Job zu finden, sondern konnte mich ganz in Ruhe selbst finden. Vielleicht gab es sogar eine Möglichkeit, mich ehrenamtlich zu engagieren oder noch größer zu denken.

„Möchtest du einen Moment allein sein?", fragte Joanne behutsam.

„Nein … ich möchte nur wissen, ob man … nein, warte. Das ist ganz komisch. Aus irgendeinem Grund hast du es geschafft, mir lauter verrückte Flausen in den Kopf zu setzen. Wie um alles in der Welt hast du das denn angestellt?"

„Ich habe ein Händchen für verrückte Ideen. Also raus mit der Sprache, wir sind doch unter uns."

Ich zögerte. Tausend Sachen jagten durch meinen Kopf, und ein Einfall war ganz dominant dabei, obwohl ich nie zuvor an so etwas gedacht hatte.

„Ohne die Mathematik und Physik wäre ich vermutlich versumpft. Die Naturwissenschaften haben mir eine Aufgabe gegeben und mich gerettet, während ich nie das Gefühl hatte, dass die Erwachsenen mich verstehen. Zu sehr wurde ich herumgereicht. Vielleicht waren fähige Leute dabei, aber sie haben mich nicht erreicht. Jetzt frage ich mich, ob man das alles nicht kombinieren kann. Bestimmt gibt es auch heutzutage noch Kinder, denen es guttut, wenn man ihr Talent fördert. Ich weiß nicht, was man da genau draus machen könnte und ob es nicht doch eine Schnapsidee ist. Viel wahrscheinlicher ist, dass es längst ganz viele Möglichkeiten gibt und …"

Nun legte Joanne ihren Zeigefinger auf meinen Mund und grinste mich an. „Hör mal auf, klein zu denken. Genau das meinte ich eben. Vergiss die Bank, es warten viel wichtigere Sachen auf dich, und du solltest dir ganz viel Zeit lassen, um nach und nach über Details nachzudenken, auch wenn mir völlig klar ist, dass du am liebsten sofort irgendetwas organisieren würdest. Erst mal bist du selbst an der Reihe. Du und vielleicht noch jemand. Jemand, der dich sehr vermisst und in den du ziemlich verliebt bist."

Ich spürte, wie ich rot anlief. „Ich kann's wohl nicht abstreiten. Der Punkt ist nur, dass ich nicht weiß, was mit seiner Frau, Ex-Frau, wie auch immer, und seiner Tochter ist. Ich will mich nicht verrennen. Er hat sich nicht scheiden lassen, aus welchen Gründen auch immer, und ehrlich war er auch nicht! Dabei hätte er mir das alles sagen können, er kennt doch auch meinen ganzen Mist!"

„Cate, ich glaube, der Kerl liebt dich. Alles andere kann man klären, echt jetzt. Versuch einfach mal, dich darauf einzulassen. Euch steht doch nichts im Weg."

„Außer mir selbst", ergänzte ich sie, musste darüber aber grinsen.

„Das gehört jetzt der Vergangenheit an, meine Liebe."

„Du hast keine Ahnung, wie froh ich darüber bin, dass du hergekommen bist." Ich drückte Joanne einen Kuss auf die Stirn und wuschelte ihr durch die Haare, als wäre sie ein Kind.

„Na, sieh an. Und jetzt, wo wir das Sentimentale geklärt haben, musst du mir nur noch einen Schlüssel geben. Da du kein Gästezimmer hast, ist diese Couch für mich völlig okay. Ich will in die Stadt gehen und mal checken, ob noch jemand von neulich für eine Party zu haben ist. Vor morgen früh bin ich sowieso nicht zurück, ich kann nämlich echt gut feiern. Lass dir also alle Zeit der Welt."

Kapitel 22

Normalerweise plante ich alles durch, doch dieses Mal ließ ich es auf einen Versuch ankommen. Matthis musste zu Hause sein, er durfte jetzt nicht weg sein. Auf dem Weg zu ihm hielt ich an einem Hofladen an, um den Einkauf von zuvor aufzustocken. Bestes Wildfleisch, einige Beilagen und eine gute Flasche Wein ließ ich zu einem Präsentkorb zusammenpacken und ignorierte die Information, dass frisches Fleisch sich nicht für einen solchen eignete. Sinn und Zweck des Korbs war schließlich nicht, dass der lange stehen blieb. Bei dem Gedanken stöhnte ich auf. Ein Korb war eigentlich nicht das Symbol, das der Situation gerecht war. Andererseits war die Sache mit dem Korb auch nur eine blöde Redewendung. Jetzt war es ohnehin zu spät, meinen Plan umzuswitchen, denn meine Ungeduld wurde minütlich größer. Immerhin war eine Schwierigkeit gemeistert, als ich bei ihm vorfuhr. Sein Auto war da, während sonst kein Wagen zu sehen war. Sophia war also hoffentlich weit genug weg. Trotzdem war ich nervös, als ich bei Matthis klingelte. Wie brachte man eine solche Entschuldigung bloß hinter sich, und was sollte ich überhaupt sagen, und was war, wenn er sich nicht darauf einlassen wollte? Mein Herz schlug bis zum Anschlag, als sich die Tür öffnete und ich als Erstes Matthis' faszinierend blaue Augen erblickte. Warum um alles in der Welt hatte ich nach einem so tollen Abend so unglaublich blöd reagieren müssen? Wegen Sophia Reißaus zu nehmen war noch vertretbar. Mir das Armband abzureißen und ihn stehen zu lassen, ohne mich danach noch mal zu melden, war aber mit meiner neuen Erkenntnis betrachtet einfach unmöglich gewesen.

Also nahm ich all meinen Mut zusammen und machte meinem Herzen Luft: „Ich habe die ganze Lage wohl völlig falsch eingeschätzt. Ganz sicher ist das Missverständnis mit deiner Ex-Frau oder Noch-Frau – am Ende sind das ja nur Begrifflichkeiten, etwas auf dem Papier – kein Grund dazu, nach allem, was du für mich getan hast, so dermaßen auszuflippen, anstatt Fragen zu stellen und Antworten abzuwarten. Es ist nicht zu entschuldigen. Ich will es trotzdem versuchen. Mir tut das alles soooo …", setzte ich aufgeregt eine unkoordinierte Rede an.

Ich war mir ganz sicher, es jetzt richtig zu vermasseln, weil Matthis gar nichts sagte. Doch wie sollte er bei diesem wasserfallartigen Gerede auch zu Wort kommen? Stattdessen nahm er den Präsentkorb an sich, stellte ihn zur Seite und bremste meinen Redeschwall mit einem kurzen, aber bestimmten Kuss. Möglicherweise hatte ich es doch nicht gänzlich vermasselt.

„Ach, Cate, ich freue mich, dass du hergekommen bist. Ich war überfordert …"

„Völlig zu Recht!"

„… und die letzten Tage waren – sagen wir mal ereignisreich. Ich wusste nicht, ob ich einfach auftauchen und dich überrumpeln soll oder …"

„Du hast Joanne geschickt, und sie ist großartig!"

„… oder ob ich in der Bank auftauche. – Hey, du musst nicht so nervös herumzappeln. Ich bin's doch nur", sagte Matthis nun und hielt mich an den Händen fest, sodass ich über mich selbst lachen musste.

„Ach, ich bin ja froh, dass du nicht zu mir gekommen bist. Denn ich weiß, wie hysterisch ich am St. Patrick's Day reagiert habe, und danach war ich auch noch beleidigt, weil du nichts von dir hast hören lassen. So blöde Frauenklischees wollte ich nie erfüllen. Jedenfalls war es an der Zeit, dass ich es erst mal selbst kapiere und dann auf dich zugehe und mich nicht ausschließlich mitschleifen lasse. Oh Mann, das klingt so bescheuert."

Noch während ich überlegte, wie ich das alles besser beschreiben konnte, verkündete Matthis, es längst verstanden zu haben. Dann schaute er sich in aller Ruhe den Präsentkorb an. Dieser Mann konnte so herrlich relaxt sein. Ein bisschen verfressen war er auch, obwohl sich seine Figur durchaus sehen lassen konnte.

„Matthis … wenn du mir die Leviten lesen willst, dann tu es bitte jetzt direkt. Ich weiß, dass ich mehr als unfair war, und ich würde das gern schnell hinter mich bringen."

„Ach, Cate. Bist du schon mal auf die Idee gekommen, dass ich das gar nicht möchte?" Vorsichtig stupste Matthis mich an.

„Aber wieso? Ich habe es doch ständig vergeigt und mich völlig danebenbenommen. So als würde ich das, was du für mich getan hast, kein Stück weit schätzen."

„Ich weiß doch, dass du das tust, und das reicht mir eben", entgegnete Matthis.

„Hmm, stimmt und abgesehen davon hast du ja auch ein paar Sachen verbockt", ging ich darauf ein. „Du hättest zumindest klarer formulieren müssen, was zwischen dir und Sophia ist oder war. Als ich mich mit O'Reilly am Telefon gemeldet habe, wusstest du doch, dass ich ihre Chefin bin, und ich wette, dass du tausendfach Sophias Ansichten angehört hast. Wie soll ich mich denn da fühlen, bitte?"

Ich hatte mir fest vorgenommen, mich nur für meine Fehler zu entschuldigen und Matthis keine Vorwürfe zu machen, doch so wollte es mir nicht gelingen. Es blieb eben verletzend, was er da gespielt hatte, allen Gefühlen zum Trotz.

„Weißt du, für mich war das nicht wichtig, was meine Ex über dich denkt. Ich bin ja schon groß. Trotzdem hätte ich dir natürlich alles erzählen müssen, anstatt dich eiskalt und durch Zufall mit allem zu konfrontieren. Wir sind dann wohl quitt, also Schwamm drüber. Es sind genug Dinge passiert, die mehr Kopfzerbrechen wert sind als ein paar doofe Missverständnisse. Einverstanden?"

Eigentlich war ich das nicht. Schließlich hatte ich Matthis nie angelogen. Fast nie. Wenn man mal von meiner anfänglichen Notlüge absah, als ich ihm am Strand etwas von wegen verstauchtem Knöchel erzählt hatte, aber was waren schon solche Notlügen? Andererseits hatte ich mir eine Versöhnung gewünscht, und Matthis bekam das verbal besser auf die Reihe als ich.

„Ich glaube schon", nuschelte ich deshalb und bestätigte es mit einem kräftigen Nicken, denn diesen tiefblauen Augen konnte ich eben nicht widerstehen.

„Da wir das also so großartig geklärt haben, solltest du dir eine Jacke holen und diesen Korb unter den Arm packen und dich dieses Mal von mir entführen lassen", druckste ich herum. „Ich wollte mich entschuldigen, du musstest das auch, also haben wir hier was in flüssiger und fester Form, und bis der Wildbraten nachher durch ist, dauert es ein Weilchen. Wir sollten uns also besser beeilen, bevor der Hunger zu groß wird. Schätzungsweise bringst du davon genug mit."

„Das Fleisch soll für uns beide reichen?", ging Matthis gespielt entsetzt darauf ein.

„Oh, ich vergaß, dass anderthalb Portionen Irish Stew bei dir nur eine Probiergröße darstellen. Wir sollten auf dem Rückweg also noch mal bei dem Laden anhalten und die Portion aufstocken."

Mein Kichern, das ich mir nicht verkneifen konnte, musste ziemlich bescheuert wirken. Doch ich sollte da wohl weniger verklemmt sein. Schließlich war ich hergekommen, um reinen Tisch mit Matthis zu machen, und das hatte irgendwie geklappt, denn sein Lächeln sah so aus, als käme das nicht ausschließlich von der Vorfreude auf den Braten, und es steckte an. Deshalb gelang es mir auf der Fahrt auch zu entspannen. Selbst als ich in meinem Wohnzimmer das Chaos entdeckte, das Joanne hinterlassen hatte, blieb ich gelassen und legte die herumfliegenden Kleidungsstücke mit einem Grinsen im Gesicht auf einen Stapel an der Seite des Sofas.

„Hör auf, mich auszulachen. Ich mag sie ja. Aber es soll auch gemütlich sein."

„Du willst es dir mit mir gemütlich machen?"

„Eigentlich wollte ich für dich kochen."

„Oh, und von dem wichtigen Tagesordnungspunkt werde ich dich nicht abhalten."

Lachend ging es also weiter in die Küche. Ich war großzügig und ließ Matthis helfen, ohne dabei Kommandos zu erteilen, und das, obwohl er die Gurken für den Beilagensalat in kleine Würfel schnitt, anstatt sie in feine Scheiben zu reiben! Sicherheitshalber kümmerte ich mich selbst um das Anbraten des Fleischs und sorgte dafür, dass es fachmännisch im Ofen landete. Nachdem alle Vorbereitungen getroffen waren, der Wein dekantierte und der Braten fröhlich vor sich hin brutzelte, fing der Himmel an, sich bunt zu färben.

„Das ist meine Lieblingsfarbe."

„Welche davon?", hakte Matthis nach.

„Na alle, der komplette Sonnenuntergang. Vor allen Dingen, wenn sich all das dahinten in der Elbe spiegelt. Findest du mich jetzt kitschig oder so?"

„Etwas kitschig und sehr niedlich, du Küstenmädchen."

Erst jetzt fiel mir wieder auf, dass ich noch den roten Hoodie trug, den Joanne für mich rausgesucht hatte. Gerade als ich überlegte, ob ich mich schnell umziehen gehen sollte, kam der Kommentar von Matthis, wie gut ihm dieses heutige Outfit gefiel. Dann schnappte er mich an der Hand, ging mit mir auf den Balkon und hielt mich fest umarmt, während die Sonne weit hinten in der Elbe versank. Ich war dankbar über den Pulli und Matthis' wärmende Umarmung, denn es war schön, von hier draußen aus zu beobachten, wie der Himmel sich in kräftiges Abendblau färbte und die Lichter der Stadt erleuchteten, als es dunkler wurde. Das tiefe Tuten eines Schiffes, welches sich auf den Weg in die weite Welt machte, war bis hier oben hin zu hören.

„Weißt du, was wir tun können?", flüsterte Matthis mir ins Ohr, während er in die Richtung des Schiffes zeigte. „Wir fahren mit. Vielleicht nicht genau mit diesem Schiff, aber irgendeins wird uns nach Irland bringen."

„Und dann?"

„Dann machen wir dort Urlaub, so lange wie du möchtest. Du hast jetzt genug Zeit, um das nachzuholen, was dir so lange verwehrt war, und ich kriege das auch organisiert."

Ich nickte nachdenklich. Die Organisation würde leicht sein. Die Idee, mit dem Schiff anzureisen und Flugzeuge zu ignorieren, war mir früher auch schon gekommen. Umgesetzt hatte ich sie jedoch nie, denn die Angst, dass der Schmerz dort ins Unermessliche stieg und ich jegliche Kontrolle verlor, war zu groß gewesen. Doch in den letzten Wochen hatte sich vieles verändert, auch wenn diese Zeit extrem turbulent gewesen war.

„Denkst du, dass ich jetzt bereit bin und das schaffe?"

Mit seinem „Vielleicht nicht ganz allein, aber mit mir an deiner Seite …" brachte Matthis mich zum Lachen. Aber er hatte damit ja tatsächlich recht. Mit Joanne und ihm zusammen konnte ich mir diesen Schritt vorstellen. Vermutlich musste ich es jetzt in die Tat umsetzen, anstatt zu warten, bis ich mich zu einhundert Prozent bereit fühlte. Selbst in meinem Job, in dem ich so sattelfest gewesen war, hatte ich mich vor neuen Herausforderungen nie völlig sicher gefühlt. Die Kunst war wohl, zu erkennen, wann man sich etwas zumuten konnte, und dann loszulegen.

„Wir können uns ja mal informieren, welche Schiffe so nach Irland fahren", wagte ich einen zaghaften Vorstoß in diese Richtung. „Bevor wir das planen, muss ich aber verstehen, was mit Sophia und dir ist. Weil geschieden bist du scheinbar nicht, und außerdem habt ihr eine gemeinsame Tochter, also wird es ja nie richtig vorbei sein."

So viele Gefühle in mir hofften, dass es endgültig aus und vorbei war bei den beiden. Trotzdem wohnten sie nun mal im selben Haus und waren nach wie vor verheiratet.

„Das mit Sophia und mir ist schon so lange aus. Es war schon aus, längst bevor sie dich kannte. Erst nach der Trennung wollte sie das Karriereding durchziehen und ist zu euch in die Bank gekommen", setzte Matthis an.

Dann fing er an zu erzählen, wie er schon vor Jahren in die Einliegerwohnung des Wohnhauses gezogen war, weil Nele zu dem Zeitpunkt noch so jung gewesen war, und wie nervenaufreibend diese Konstellation oftmals war. Einige Details hatte ich schon zuvor von ihm gehört, doch erst jetzt bekam ich einen vollständigen Eindruck über die gesamte Situation. So hatten sich Matthis und Sophia für diese Lösung entschieden, damit Nele mit beiden Elternteilen aufwuchs, nachdem das Zusammenleben und ihre Ehe nicht nur aufgrund des Fremdgehens von Sophia gescheitert waren. Keiner hatte jedoch gewagt, die Scheidung einzureichen, denn es hatte immer noch ein winziges bisschen Hoffnung gegeben, und Sophia hatte mehrfach versucht, ihn wieder für sich zu gewinnen – erfolglos.

„Es ging ihr nie um mich, sie ist nur krankhaft eifersüchtig. Ich habe ja auch Fehler gemacht. Fakt ist jedenfalls, dass es mit Sophia und mir nicht mehr klappt. Ich wollte mich nur nicht von der Mutter meiner Tochter scheiden lassen, irgendwie wollte ich nach außen hin doch den Schein einer intakten Familie wahren. Aber jetzt muss ich das neu überdenken."

Nun drehte ich mich aus der Umarmung, rutschte hinter Matthis und fing an, seine Schulterblätter zu massieren.

„Du hast getan, was du damals für Nele als gut erachtet hast", murmelte ich.

Es wurmte mich, dass er das Thema Scheidung nur überdenken wollte. Da sollten schon klarere Verhältnisse her, fand ich, sprach das aber nicht aus, weil ich mich ja eben erst mit Matthis versöhnt hatte und keinen Streit riskieren wollte.

„Schon, doch jetzt ist sie älter und findet inzwischen Jungs ganz gut, soweit ich das interpretiere. Irgendwann werde ich dort wohl ausziehen, Sophia strengt auf Dauer einfach an", grollte Matthis.

Die Wut gegenüber Sophia war zu gut hörbar. So hatte er beim letzten Mal nicht geklungen, als er von seiner Familienkonstellation gesprochen hatte. Da war die Distanz auch hörbar gewesen, doch jetzt war die Wut größer. Ob das an mir lag? An dem, was seit dem Aufeinandertreffen beim Irish Pub passiert war?

„Bist du wegen dem, was sie mit mir veranstaltet hat, wütend auf sie?"

„Unter anderem. Mit der Nummer hat sie dem Ganzen ein i-Tüpfelchen aufgesetzt! Wir streiten seit Tagen. Wie konnte sie dir all das antun in der Bank? Aber ich sage dir eins. Sie hat dich aus der Bank geekelt, doch sie wird es niemals schaffen, dass ich anders über dich denke! Weil ich dich sehr mag, egal was sie redet!"

Diese Ansage gefiel mir. Außerdem klang das so vertraut, so eng. So als ob Matthis mich wirklich gernhatte. Als ob? Und wie er das hatte. So viel hatte ich inzwischen verstanden, und es machte mich mehr als glücklich, obwohl das Thema

„Sophia" ungefähr so angenehm war, wie ich mir eine Wurzelbehandlung vorstellte.

„Ich war nie eine gute Führungskraft, und nun bin ich mit der Idee, das Ganze zu umschiffen, gescheitert. Diesen Plan hatte ich zu spät gemacht. Das wäre in der Bank so oder so nicht lange gut gegangen, so viel ist mir inzwischen klar. Es musste sich etwas verändern, und so unsympathisch mir Sophia ist – wenn sie mir nicht in den Rücken gefallen wäre, hätten es andere getan."

„Das klingt ziemlich besonnen. Dabei hat dir dieser Job so viel bedeutet …", erwiderte Matthis nachdenklich.

„Du hast mir Joanne geschickt, und die hat es irgendwie geschafft, mir noch mal ein paar Dinge klarzumachen. Als ich ihr alles erzählt habe, sind mir wohl die Schuppen von den Augen gefallen. Weißt du noch, wie du mich gefragt hast, ob mich der Job glücklich macht? – Er hat mich nicht glücklich gemacht. Er hat mir nur eine Scheinsicherheit vorgegaukelt. Wenn ich diesen Job lieben würde, dann würde ich ihn wieder antreten, es gibt genug andere Banken."

Nun lächelten wir beide, als hätte der Wind all die Wut weggeblasen.

„Das höre ich gern, denn ich glaube, dass du woanders viel besser aufgehoben bist."

Dem konnte ich zustimmen: „Das denke ich inzwischen auch, auch inhaltlich. Es gibt ein Leben nach der Bank."

Ich wusste nicht genau, wie es beruflich für mich weitergehen sollte, doch das musste nicht in den nächsten Tagen entschieden werden. Eine Reise nach Irland war ganz bestimmt gut, um mich selbst besser kennenzulernen. Ich brauchte Zeit, um konkrete Pläne zu schmieden. Und kurzfristig betrachtet brauchte ich jetzt etwas zu essen. Der Braten musste bald fertig sein. Deshalb gingen wir wieder rein und teilten uns die restliche Arbeit auf. Während Matthis sich um Kartoffeln und Rotkohl kümmerte, machte ich die Soße fertig und deckte den Tisch. Mit einigen Kerzen als Deko wurde das gemeinsame Essen richtig gemütlich. Dabei lüftete sich auch das Geheimnis, warum der Gurkensalat in Würfelform geschnitten war – denn laut Matthis eignete sich diese Form besser, um mich damit zu füttern, und das setzte er auch erfolgreich in die Praxis um. Dass ich vergessen hatte, den Nachtisch in Glasschälchen abzufüllen, entpuppte sich als äußerst praktisch. Es machte viel mehr Spaß, sich auf der Couch an Matthis zu kuscheln und die Mousse au Chocolat gemeinsam aus einer Plastikschüssel zu löffeln. Als Matthis sich über meinen Fernseher in seinen Netflix-Account wählte und mir die Filmauswahl überließ, strengte ich mich erst an, um einen Actionfilm zu finden.

„Nimm einfach deinen Lieblingsfilm", kommentierte Matthis die Suche schmunzelnd.

„Wall Street mochte ich mal sehr und die Serie Bad Banks. Mir ist dieser Abend aber zu schade für Banken. Was Kuschliges ist mir echt lieber."

Kuscheln auf der Mattscheibe und kuscheln mit Matthis auf dem Sofa, das wäre perfekt. Deshalb schaltete ich einem Impuls folgend *SMS für dich* ein, denn da gab es neben der Romantik auch ganz viel zu lachen.

Alle Szenen bekamen wir nicht mit, und als es am Schluss in einem Lied hieß, dass Liebe kein Jein kenne, hatte ich „nur was im Auge".

„Du bist süß, Cate."

„Das, was sie da singt, ist richtig. Mit einem ‚Jein' kann man nicht immer viel anfangen."

Es hatte einige Umwege gebraucht, doch jetzt war ich mir meiner Gefühle für Matthis sicher. Die Angst, ihn verlieren zu können, würde mich wohl für immer begleiten. Aber aus lauter Angst allein zu bleiben war keine Option mehr.

„Für den Anfang ist ein ‚Jein' in Ordnung. Dieser Abend war wunderschön – und soll dich keinesfalls unter Druck setzen."

Konnte man noch enger aneinanderrutschen? Zumindest versuchte ich es. Durch die fast weggeblinzelten Tränen schaute ich Matthis tief in die Augen.

„Ich weiß noch nicht, wie ich diese verdammte Angst in den Griff kriegen soll. Die Frage ist aber nur noch das ‚Wie' und nicht mehr das ‚Ob'. Und ich werde alles daransetzen, um den Weg zu finden, um nicht panisch durchzudrehen. Schaffen muss ich das allein, aber ich weiß, dass du hinter mir stehst, und so werde ich den Anker, der mich an den schmerzhaften Erinnerungen festhält, loswerden." Bevor er etwas erwidern konnte, legte ich den Zeigefinger auf seine Lippen und sprach weiter: „Matthis, vergiss dieses Jein. Alles andere als ein Ja ist völlig ausgeschlossen. Ich brauche nicht eine Sekunde länger, um zu wissen, dass ich vollkommen verliebt in dich bin."

Nun hatten wir wohl beide „was im Auge", doch das spielte bei dem darauffolgenden Kuss auch keine Rolle mehr. Matthis' Nähe hatte sich zuvor schon großartig angefühlt, und jetzt fehlten mir sämtliche Worte für dieses Feuerwerk. Weiter küssen war eine hervorragende Alternative.

„Wusstest du schon, dass Joanne auf der Reeperbahn ist?", hauchte ich während einer Atempause. „Um zu feiern." Noch ein Kuss. „Sie sagt, sie kann gut und lang feiern", ergänzte ich.

„Du willst mir damit sagen, dass wir sturmfrei haben?"

Ich stimmte in Matthis' Grinsen ein. „Oh ja!"

„Du weißt, dass es eine gewisse Wirkung auf einen Mann hat, wenn eine so grandiose Frau wie du …"

„Das mit dem grandios mag übertrieben sein, aber ich kann mich nur wiederholen: Oh ja!"

Die ersten Klamotten landeten zusammen mit der Decke zusammengeknuddelt in der Sofaecke, weitere fielen auf dem Weg ins Schlafzimmer auf den Boden.

Kapitel 23

„Suchst du den hier?“

Ich schreckte auf, als Joanne am frühen Morgen im Flur vor mir stand und mit meinem BH wedelte, wobei ein breites Grinsen unübersehbar war.

„Oh, Shit … was … was … machst du … hier …“, stammelte ich, während ich knallrot anlief.

„Deine, also eure Sachen aufräumen. Offensichtlich hattest du nur Zeit, meinen Kram zusammenzulegen.“

„Ich dachte, du kommst später. Genau genommen habe ich gar nicht nachgedacht.“

Hilfe, was war das peinlich. Wieso hatten wir uns nicht einfach im Schlafzimmer ausgezogen? Hastig band ich den Bademantel noch fester um mich, ehe ich Joanne die Klamotten abnahm. Dabei fiel mir auf, dass meine Cousine frisch geduscht und ausgeschlafen war. Die Partynacht konnte nicht so wild gewesen sein, oder aber Joanne war völlig abgebrüht.

Die Antwort auf die Überlegung ergab sich von selbst, als Joanne kopfschüttelnd sagte: „Man könnte ja meinen, du bist völlig prüde, so rot, wie du anlässlich ein paar Klamotten wirst. Ich bin nur erleichtert, dass sich das gestern Abend etwas lebhafter angehört hat ..."

„Gestern, was?!"

Das war doch jetzt hoffentlich ein Bluff. Joanne konnte uns unmöglich in flagranti erwischt haben. Die Vorstellung war ein Grauen.

„Entspann dich, Cate. Normalerweise halte ich es länger aus beim Feiern, aber der frühe Flug und ... – ich wollte euch nicht belauschen, okay? Ich hab's auch nicht getan."

Offensichtlich hatte sie aber auch nicht so ganz weggehört. Trotzdem wich meine rote Gesichtsfarbe nun einem zufriedenen Grinsen. Mit so einem Ausgang des Abends hatte ich schließlich niemals gerechnet, doch es war wunderschön gewesen. Nie hätte ich gedacht, dass ich mich einmal so fallen lassen konnte.

„Träumerin", meinte Joanne und schmunzelte. „Ich hätte vielleicht so tun sollen, als hätte ich alles überhört. Aber nach allem, was du mir erzählt hast, ist das so ..."

„So wow. Einfach wow."

„Ja, und ich freu mich so für dich. Und ich habe sofort wieder meine Ohrstöpsel reingemacht und Musik gehört, als ich durch den Flur gehuscht bin. Also mach dir keine Sorgen. Niemand hat euch den Moment geklaut."

Tatsächlich war es eine Erleichterung, das zu hören.

„Gott sei Dank sind wir rechtzeitig ins Schlafzimmer abgehauen", sagte ich. „Matthis ist ein Traum. Ich hätte all das nie für möglich gehalten. Kannst du das glauben? Der Kerl, der da in meinem Bett liegt – und übrigens sehr niedlich aussieht, wenn er schläft –, der ist so ... einfach toll und ..."

„Dann solltest du zu diesem Traummann zurückgehen, anstatt die Küche aufzusuchen, damit er dich als Erstes sieht, wenn er wach wird."

Das leuchtete ein. Das hatte ich im Prinzip auch vorgehabt und gehofft, schnell genug zurück bei ihm zu sein.

„Ich dachte mir, es ist ganz nett, wenn das Frühstück schon fertig ist, wenn er aufwacht", erklärte ich zaghaft.

„Das wird es sein. Weißt du, wir machen Arbeitsteilung: Du gehst kuscheln, und ich bereite das Frühstück vor. Und lasst euch um Himmels willen alle Zeit der Welt."

„Du bist ein Schatz!"

*

Matthis beim Schlafen zuzusehen hatte eine sehr beruhigende Wirkung auf mich, auch wenn ich ihn am liebsten schon geweckt hätte. Zu neugierig war ich darauf, wie er heute auf mich reagierte, nachdem das am Vortag alles so schnell gegangen war. Hoffentlich bereute er nichts. Eine ganze Weile blieb ich im Schneidersitz neben ihm sitzen. Ob er wohl die ganze Nacht genauso fest durchgeschlafen hatte wie ich selbst? Konnte es sein, dass es entgegen allen Vorurteilen tatsächlich möglich war, einen Mann und eine Frau für eine ganze Nacht auf einem ein Meter vierzig breiten Bett zu platzieren, ohne Beschwerden über weggenommenen Platz zu riskieren? Und das mit nur einer Decke! Oder hatte Matthis mir großzügigerweise ganz viel Extraplatz gelassen? Diese Überlegungen gefielen mir. Die waren viel schöner als alle anderen Themen, die mich für gewöhnlich beschäftigten und mir gerade wirklich nur kurz durch den Kopf huschten. Wenn Matthis sich also wirklich für eine Beziehung mit mir entschied, dann würde das große Auswirkungen auf sein Leben haben. Schließlich hatte er mehr soziale Kontakte als ich, und die Scheidung würde dann wirklich sein müssen. Mein eigenes Leben stand momentan sowieso kopf, und ich fand plötzlich Gefallen daran, im Geiste einige Veränderungen zu planen. Kurz legte ich eine Hand auf meine Stirn. Fieber hatte ich keins. Es mussten die Hormone sein, es gab diese Endorphine also wirklich. Als Matthis sich langsam umdrehte, etwas ins Kissen brummelte und im Halbschlaf nach mir tastete, machte mein Herz ein paar Extrafreudensprünge. Die letzten Wahrscheinlichkeiten von Zweifeln verrauchten in dem Moment, in dem er mich in völlig wachem Zustand behutsam küsste und dann knuffig brummte: „Du siehst so glücklich aus."

„Ich sehe nicht nur so aus, ich bin glücklich. Schmetterlinge und so ein Kram."

„Da drinnen?"

Grinsend legte Matthis seine Hand auf meinen Bauch. Ich nickte kräftig, und schon startete seine Kitzel-Attacke. Hilfe, ich war sehr viel kitzliger, als ich angenommen hatte. Vermutlich sahen meine Versuche, zum Gegenangriff überzugehen, wie eine Mischung aus einem winkenden Pinguin und einer Babyrobbe im Sand aus. Ich quietschte, lachte und japste, bis Matthis sich selbst zum Sieger ernannte und seinen Sieg mit einer zärtlichen Massage feierte.

„Du überlegst bestimmt schon, wie die nächste Attacke aussieht."

„Das würde ich niemals tun", beteuerte er lachend.

Den Moment nutzte ich aus, um selbst einen Kitzel-Angriff auf ihn zu starten. Für ein paar Sekunden schaffte ich es.

„Eins zu eins!"

„Dann bist du jetzt dran mit der Massage, meine Liebe."

„Meinen Sieg feiere ich mit Frühstück, das ich vorbereitet habe. Habe vorbereiten lassen, besser gesagt."

Ich hielt kurz inne. Ja, es duftete bereits nach frischem Kaffee.

„Ganz ohne Delegieren ist auch nichts für dich, hm?"

„Korrekt erkannt. Dafür habe ich heute meinen großzügigen Tag und überlasse dir zuerst das Bad und somit auch den ersten Kaffee."

Zum Glück fand ich noch eine eingeschweißte Zahnbürste für ihn. Beim Duschgel würde er irgendwie mit meiner Handseife improvisieren müssen, denn mein eigenes roch eindeutig zu sehr nach frischen Blumen. Weil er trotz Improvisation so schnell fertig geworden war, gab ich auch Gas. Zeit für ein ganz dezentes Tages-Make-up, das meine grünen Augen heute richtig zum Strahlen brachte, musste trotzdem sein. Die Kleiderfrage kostete auch einen Moment. Ich musste dringend mal shoppen gehen, um diesem schwarz-dunkelblau-anthrazit-farbenen Einheitslook zu entkommen. Eine Jeans, ein rotes eng anliegendes T-Shirt und ein legerer Blazer waren fürs Erste okay.

In der Küche herrschte das Chaos, welches ich erwartet hatte. Auf der Arbeitsfläche häuften sich Töpfe und Schüsseln, der Esstisch quoll über mit leckeren Dingen, und Joanne gestikulierte wild, als käme sie aus Italien und nicht aus Irland. Ihr ansteckendes Lachen hallte durch die halbe Wohnung.

„Dein Freund ist der Meinung, dass wir Whiskey retten müssen, falls die Polizei ihn neulich in ein Tierheim gebracht hat! Wir haben uns übrigens schon mal gegenseitig vorgestellt, und ich habe ihm von diesem niedlichen Kater berichtet!“, verkündete sie, sobald ich Platz nahm.

Bei den Worten „dein Freund“ lächelte ich schüchtern. Das klang so offiziell. So surreal. Dabei lief so was heutzutage doch alles viel komplizierter ab. Ich kannte all die Kuppelseiten und Apps zwar nicht aus persönlichen Erfahrungen, lebte aber auch nicht hinterm Mond. Deshalb wusste ich, dass Dates und Sex nicht automatisch Beziehung und „Freund“ oder „Freundin“ hießen. Andererseits war ich wohl auch nicht das, was man gemeinhin als Mainstream bezeichnete. Ich hatte genug Schwierigkeiten gehabt und mich so lange hinter einer Schutzmauer versteckt, doch oberflächlich war ich noch nie gewesen. War Matthis nun also so richtig mein Freund? Konnte ich wirklich ein solches Glück haben? Bei Joanne klang das so sicher. So selbstverständlich. So normal. Das alles hier war zugleich so fremd, weil es neu war, und fühlte sich auf magische Art und Weise trotzdem vertraut an. Vielleicht, weil ich solche Momente aus der Kindheit kannte. Möglicherweise lag es schlicht und ergreifend daran, dass diese beiden Menschen es geschafft hatten, meine harte Schale zu knacken und bis zu der echten Cate durchzudringen. Und ja, auch die hatte einen weichen Kern. Belustigt über all diese Gedanken, die mir in Sekundenbruchteilen durch den Kopf schossen, fing ich an zu kichern. Vermutlich gab es nicht so viele Menschen, die in solchen Situationen so viele Dinge analysierten. Wie gut, dass ich trotz der Veränderungen, die gerade passierten, noch schnell genug denken konnte, um mich zeitgleich mit sämtlichen weltbewegenden Fragestellungen meines Lebens und der nach dem geeigneten Zuhause für einen liebevoll-verrückten Kater widmen zu können.

„Ich bin mir völlig sicher, dass er zu diesem Entschluss gekommen ist, ganz ohne einen Hauch von Überzeugungsarbeit deinerseits", zog ich meine Cousine auf.

Matthis zwinkerte Joanne zu und nickte: „Sie musste mir das Bild nur eine Millisekunde hinhalten, da stand fest, dass wir das Tier retten müssen."

„Es gibt ein Bild von ihm?"

„Klar, auf meinem Handy."

Als Joanne das Foto öffnete, schmolz ich augenblicklich dahin.

„Er ist echt süß. Aber wir wissen doch gar nicht, ob er ins Tierheim kam und wenn, ob er noch da ist und …"

„Das kann man ja easy rausfinden!"

Da hatte Joanne natürlich recht.

Innerhalb kurzer Zeit entbrannte eine lebhafte Diskussion, in der vor allen Dingen Joanne über Tierschutz und die Vorteile von Katzen philosophierte und großzügig verkündete, dass ich in der Lage sei, mir alles aneignen zu können, was eine zukünftige Katzenmutter so wissen musste.

„Und dann? Das hier ist keine schöne Umgebung für eine Katze, die ihren Freigang braucht."

Bei all den Spinnereien durften wir nicht vergessen, dass ich eine Katze ohnehin nicht artgerecht halten konnte. Für einen Freigänger war diese Wohnung in diesem riesigen hohen Haus in der HafenCity keine Option. Der Kater war einer, der seine Freiheiten und seinen Auslauf brauchte, davon waren wir alle drei überzeugt.

„Es ist schon eine nette Idee, diesen Kater zu retten, falls er wirklich im Tierheim ist. Aber hier passt er nicht hin. Da wäre es doch viel besser, wenn er zu dir geht oder zu Nele, und ich könnte ihn besuchen. Denn ich denke, ich werde ja zukünftig sowieso häufiger mal am Allermöher Deich bei dir auftauchen …"

„Oder du ziehst direkt um!", warf Joanne ein.

Direkt zu Matthis ziehen?! So zauberhaft das alles war, doch das ging zu schnell. Außerdem lebte neben seiner Tochter auch Sophia in diesem Haus. So deutlich wollte ich das nicht sagen. Es wäre auch überflüssig, denn Joanne korrigierte ihre Idee direkt:

„Du hast von dem Haus in der niedlichen Gegend erzählt, das dir gehört. Ein Haus direkt am Strand, mitten in Hamburg, das klingt irre cool. Das kalte Ding hier sollte Geschichte sein."

Das wäre tatsächlich ein guter Ort, sollte ich mich wirklich entscheiden, eine Katze zu adoptieren, denn es gab dort genug Auslaufmöglichkeiten. So schnell war das Thema von der zugelaufenen Katze zu meinem Haus in Oevelgönne geswitcht. Es war unverantwortlich, sich ewig vor der Entscheidung zu drücken, was aus dem Haus werden sollte, das schon so lange leer stand, und nun war ausgerechnet eine Spinnerei aufgrund einer zugelaufenen Katze verantwortlich dafür, dass ich mich damit auseinandersetzte. Dabei war ich schon völlig überfordert von all den Veränderungen, auch wenn die sehr positiv waren. Ein leichtes Kribbeln durchzog mein Knie, als ich Matthis' Hand darauf spürte. Dankbar legte ich meine Hand auf seine, um mich daran festzuhalten.

Seine Worte waren beruhigend: „Lass dir Zeit. Noch wissen wir ja gar nicht, was aus Whiskey geworden ist. Erst mal solltest du in Ruhe überlegen, wohin deine Reise geht."

„Ich habe mir viel zu lange Zeit gelassen, weil ich nie fähig zu einer Entscheidung war, wie ich mit der Vergangenheit umgehen soll. Das hier geht mir zu schnell, doch wir gehen nur Optionen durch, und die Theorie ist einfacher, als mental hinterherzukommen."

Mit seiner freien Hand drehte Matthis meinen Kopf vorsichtig in seine Richtung, bis wir uns in die Augen schauen konnten.

„Die Optionen und Theorien durchzugehen ist ein Anfang. Was meinst du konkret damit?"

„Kommst du damit zurecht, wenn ich mein Leben – in dem du nun auch so ein bisschen involviert bist – mal kurz wie ein Projekt angehe?"

Ein bisschen verwirrt sah Matthis schon aus. „Klingt etwas … sagen wir außergewöhnlich. Aber es könnte einen Versuch wert sein."

Joanne hatte bislang zugehört, nun platzte ein Lachen aus ihr heraus. „Außergewöhnlich? Das klingt so typisch deutsch. Was braucht man dazu? Excel oder PowerPoint?"

Wie herrlich konnte es sein, bei so wichtigen Themen zum Lachen gebracht zu werden. Ich zählte einige Programmiersprachen auf, mit denen ich am besten modellieren konnte, entschied mich freundlicherweise – wie ich betonte – nach einigen Erläuterungen für Papier und Kugelschreiber. Aus der Projektplanung wurden einige simple Notizen. Daraus wurde ein Ja-Nein-Vielleicht-Spiel. Normalerweise bevorzugte ich klare Entscheidungen, die nur aus Ja und Nein bestanden oder eben aus Zahlen. Mit drei Größen zu kalkulieren hatte hingegen auch seine Vorzüge. Es war faszinierend, was sich nach den ersten Kritzeleien auf dem Papier ergab.

Mit der Umsetzung würde ich so lange warten können, bis sie wirklich so weit war. Doch ganz eindeutig stand fest, dass sich meine Zeit in dieser Eigentumswohnung definitiv dem Ende zuneigte.

„Entweder vermiete ich sie. Oder ich verkaufe sie, tilge den noch offenen Kredit nach einer Sonderkündigung und stecke den Rest in …“, setzte ich professionell an.

„Zu technisch. Du bist ja sowieso Profi bei dem ganzen Bankenkram, da blicken wir gar nicht erst durch“, warf Joanne ein.

Erst wollte ich widersprechen, dann nickte ich. „Die Finanzen sind tatsächlich ein Kinderspiel, das jeder Azubi beherrschen sollte. Vermieten oder verkaufen kommt in die Vielleicht-Kategorie.“

„Verkauf das Ding, hier hängen zu viele schlechte Vibes drin.“

Auch wenn das mit überhaupt keinen Fakten unterlegt war, war das ein interessanter Ansatzpunkt meiner Cousine, der Zustimmung bei Matthis fand. Normalerweise waren ein paar Marktanalysen und Kalkulationen die Grundlage für solche Entscheidungen. Eine grobe Hochrechnung ging natürlich auch im Kopf. Ganz dominierend war das Gefühl, sich ganz von der HafenCity lösen zu wollen. Aus dem Vielleicht wurde ein Ja. Fest stand also, dass ich diese Wohnung verkaufen und zumindest mal herausfinden wollte, ob Whiskey noch nach einem neuen Zuhause suchte. Schwieriger einzuschätzen war die Auswahl einer neuen Bleibe.

„Vielleicht ist diese schriftliche Projektplanung, wie du sie nennst, gerade zu trocken“, sprach Matthis leise, während er mir sanft den Stift aus der Hand zog und auf die Seite legte.

„So was gehört doch dazu. Es ist sicher. Es …“, rechtfertigte ich mich.

Er hatte ja recht. Wenn es irgendwann um Details ging, konnte ich die nach Lust und Laune mit sämtlichen trockenen Fakten planen. Für eine grundsätzliche Entscheidung waren meine eigenen Wünsche wichtig, abseits von Tabellen und Modellen.

„Fest steht, dass ich diese Wohnung verkaufe, wenn ich weiß, wo ich wirklich hingehöre. Dieser Punkt ist jetzt wirklich viel zu schnell. Was ich möchte, ist, dass du mich dort gut erreichen und mich ganz oft besuchen kannst. So viel und lange du möchtest. Alles andere überfordert mich.“

Ich schloss die Augen. Warum waren wir nur wegen einer Katze auf all diese Themen gekommen? Eben hatte ich auch noch mein Berufsleben eingeworfen, doch das war Randthema geblieben. Wichtiger waren irgendwie die Wohnung und deren Alternative. Bloß war das eben auch ein Thema, bei dem in Beziehungen wohl zwei Menschen etwas zu sagen hatten, und so was besprach man doch nicht so früh. Ganz egal, wie magisch, zauberhaft und besonders das alles war. Auch wenn ich trotz aller Ängste, die mein Leben derart dominierten, in Bezug auf Matthis eine unerklärbare Sicherheit fühlte.

„Das hier war hilfreich. Ich möchte über all das erst wieder nachdenken, wenn wir mehr Zeit miteinander hatten und so.“

Matthis deutete auf das schwarze Display von Joannes Handy, auf dem vorhin das Katzenfoto zu sehen gewesen war. „Wenn das kleine Tier wüsste, was es alles ausgelöst hat. Aber ein Punkt fehlt noch. Wieso gehst du es nicht von einer ganz anderen Perspektive an, Cate? Du hast eine Wohnung hier und ein Haus in Oevelgönne. Du weißt, dass du langfristig nicht hierbleiben möchtest. Die Suche nach etwas Neuem braucht wirklich etwas Zeit. Aber was ist mit deinem Haus? Kannst du dir vorstellen, zurück an den Elbstrand zu ziehen?"

Wie ein Fisch starrte ich ihn an, weil ich die Antwort darauf nicht kannte. Ich hatte die Frage viel zu schnell verdrängt. Nun arbeitete es auffällig langsam in meinem Kopf. Bis ich volljährig geworden war, hatten sich andere Menschen um das Haus gekümmert. Seitdem ich erwachsen war, oblag die Verwaltung und Instandhaltung einem Dienstleister, und es stand weiterhin leer. Seit Jahren war mir klar, dass das keine dauerhafte Option war. In ein Haus gehörten Menschen, vor allem, wenn es an einem so wunderschönen Ort stand. Doch niemand wohnte darin, weil die Bindung zu eng war und ich es trotzdem bis heute nicht geschafft hatte, meine persönlichen Dinge dort durchzusehen. An dieser ursprünglichen Interimslösung musste sich etwas ändern. Ein Verkauf würde mir – im Gegenzug zu dieser Wohnung hier – das Herz brechen. Vermieten wäre ebenfalls ganz komisch. Aber konnte und wollte ich selbst zurückgehen?

„Ich denke noch …", gab ich einen Zwischenstand bekannt, weil die beiden anderen nun die ganze Zeit still geworden waren. Wenn Joanne Gedanken lesen könnte, würde sie diese wohl als „zu technisch" bezeichnen. Tatsächlich war all der Verwaltungskram völlig nebensächlich. Das Haus war gepflegt worden, auch wenn ich wusste, dass sehr viel Arbeit darin anstand. Neue Fenster, neue Technik und all so was. Doch das stand ohnehin auf der Agenda, ganz egal wer dort einzog. Dass der Zeitpunkt gekommen war, an dem ich die alten Erinnerungen durchsehen musste, war mir inzwischen bewusst. Es ging also einzig und allein um die Überlegung, ob ich selbst dorthin zurückwollte.

„Was denkst du denn darüber?“, fragte ich Matthis’ Hilfe suchend, weil ich zu gar keinem Entschluss kam.

„Ich mag den Ort sehr, auch wenn ich in den letzten Jahren nur ein paar Mal dort war. Ich würde dort immer gern hinfahren, um zu dir zu kommen … und so weiter. Bloß geht es jetzt einzig und allein darum, wie du dich dort fühlst.“

„Wenn ich das doch nur wüsste. Ich war fast nie mehr da, weil ich es nicht ausgehalten habe. Wenn mir jemand versprechen könnte, dass es nicht wehtut, dann …“, grübelte ich weiter.

Die Sehnsucht war da, doch die würde nicht ausreichen.

Letztendlich war Joanne es, die den entscheidenden Ball ins Rennen warf: „Okay, okay, wegen Whiskey habe ich so was Kompliziertes angefangen, und von so viel Theorie bekomme ich Kopfschmerzen. Wieso fahren wir nicht einfach dorthin? Ich möchte diesen Ort sehen, von dem ihr redet, ich platze sonst vor Neugier!“

Kapitel 24

Joanne war sichtlich fasziniert von dem kleinen Museumshafen und dem niedlichen roten Leuchtturm, der sie fröhlich in der Sonne anfunkelte. Wie ein kleines Kind erfreute sie sich an den historischen Schiffen, die hier wenige Kilometer flussabwärts der Landungsbrücken an der Elbe lagen, und blickte ehrfürchtig auf die gegenüberliegende Elbseite, an der große Containerschiffe von riesigen Hafenkränen beladen wurden. Diese Begeisterung war gut, denn sie lenkte mich damit auch ab.

„Liebe Joanne O'Reilly, du wohnst auf einer Insel. Auf unserer Insel. Du kennst doch Wasser und Schiffe."

„Durchaus, ja. Aber das hier ist so besonders. Dieser Mini-Museumshafen ist total süß, und dahinten der echte Hafen ist gigantisch. Sieh mal, da kommen Leute mit der Fähre herbei. Damit möchte ich auch mal fahren, ja?"

„Na, das lässt sich bestimmt mal einrichten. Willst du dich noch ein bisschen umschauen?"

Das wäre mir ganz recht, denn dann konnte ich schon mit Matthis vorgehen bis zu meinem Haus und mir etwas Zeit nehmen, um alle Eindrücke auf mich wirken zu lassen. So gut ich Joannes Begeisterung verstand, wollte ich doch jetzt den emotionalen Part hinter mich bringen. Als Joanne zustimmte, erklärte ich ihr den kurzen Weg und ging dann mit Matthis vor. Die Bäume, die den Weg säumten, waren noch kahl, doch die Frühlingsvorboten waren schon zu erkennen. Erste tapfere Blümchen hatten den Weg ins Freie gewagt, und die Vögel waren aus dem Winterschlaf erwacht. Cafés mit Elbblick wurden für die Saison gerüstet, und spätestens am Nachmittag würde es hier vor Spaziergängern nur so wimmeln. Glücklicherweise war es jetzt noch überschaubar, insbesondere als wir in den alten Kapitänsweg bogen und diesen Fußgängerweg parallel zur Elbe und zum Strand entlanggingen. Ich hatte die Magie dieses Ortes immer geliebt, doch nun fühlte es sich an, als könnte jeder entgegenkommende Mensch meine ganzen Gefühle lesen, dabei wusste ich doch, dass die meisten Menschen heutzutage sowieso nur mit sich selbst beschäftigt waren und ich quasi unbeobachtet war. Mit Ausnahme von Matthis natürlich. Der durfte alle Emotionen mitbekommen. Schon jetzt auf dem Weg zum Haus half er allein durch das Händchenhalten enorm. Nichtsdestotrotz war ich mächtig aufgeregt, weil alles so greifbar und nah war. Fast waren wir am Grundstück angekommen, als ein Hund auf uns zugestürmt kam. Kniehoch war der Mischling, der ein Mix aus Schäferhund, Collie und irgendetwas Undefinierbarem sein musste. Das Fell hinter den Öhrchen sah aus, als hätte es jemand mit einem winzigen Lockenwickler bearbeitet. Beim Anblick dieses Details erstarrte ich. Das musste Matthis als Angst interpretiert haben, denn er stellte sich schützend zwischen den Hund und mich. Der Besitzer, der nach einer halben Minute angetrottet kam, bekam seinen Ärger ab:

„Nehmen Sie bitte Ihren Hund an die Leine!"

Kopfschüttelnd und ohne Kommentar zog der Hundehalter von dannen, das Tier folgte. Ich war immer noch fest auf der Stelle verankert.

„Fina", flüsterte ich.

„Wie jetzt? Du kanntest den Hund?"

Sonderlich überzeugt klang die Frage nicht.

„Nein."

„Shit, okay. Was ist los. Rede doch bitte mit mir!"

Irritiert blickte ich ihn an. Wieso war er jetzt sauer? Wobei, richtig sauer hatte sich das gar nicht angehört. Eher verzweifelt. Nachdenklich. So als täte es ihm schon wieder leid, deutlich geworden zu sein. Zumindest interpretierte ich seine Streicheleinheiten über meine Wangen so.

„Fina. Der Hund sah aus wie Fina. Ich schaffe das hier nicht. Bring mich zurück. Ich möchte nicht mehr weitergehen!"

„Ganz ruhig, mein Liebling. Fina war ein Hund, den du von früher kanntest?", schlussfolgerte Matthis nun korrekt.

„Hmm. Sie gehörte unseren Nachbarn, und ich habe damals so gern mit ihr gespielt."

Wie sollte ich meine Emotionen bitte im Griff behalten, wenn ein Hund mich schon so aus dem Konzept brachte? Etwas Ablenkung brachte die Bezeichnung „Liebling". Noch nie hatte es jemanden gegeben, der mich so genannt hatte. Es war surreal, machte mich aber zugleich stolz und glücklich. Das winzige Lächeln sackte jedoch schnell wieder zusammen.

„Du hast Besseres verdient, als diesen Tag mit einer heulenden Freundin zu verbringen. Das alles war ein Fehler hier. Ich will nicht, ich kann nicht. Ich sehe sie hier an jeder Ecke, ich höre, wie Mum mich zum Essen reinruft und wie Dad fröhlich lacht. Es ist so ironisch. Und sie sehen aus wie früher. Ich kann mir nicht vorstellen, wie sie jetzt aussehen würden. In meiner Vorstellung sind sie nicht viel älter, als ich es inzwischen bin. Es gibt keine Hoffnung, je darüber hinwegzukommen."

Den Versuch, tapfer zu bleiben, gab ich in diesem Moment endgültig auf. Dicke Tränen bahnten sich den Weg über mein Gesicht. Hier in Oevelgönne tat es am meisten weh. Dabei hatte ich innerlich auf einen anderen Ausgang dieses Besuchs gehofft.

„Wein dich aus, aber gib nicht auf. Ich würde dich gern sofort wegführen, weil ich gar nicht will, dass du so traurig bist, doch es wäre verkehrt. Irgendwann müssen wir da durch und sollten es nicht vor uns herschieben. Wir packen das jetzt zusammen."

Im Kopf wusste ich, dass es richtig war, bloß fühlte sich das alles so verkehrt an. Allerdings war ich kein Feigling. Oder doch? Zumindest wollte ich keiner mehr sein. Es kostete sehr viel Überwindung weiterzugehen, dabei lagen nur noch hundert Meter vor uns. Als die geschafft waren, zog ich Matthis mit mir auf die linke Seite des Weges. Hinter einer Hecke war eine einfache kleine Wiese verborgen. Hier konnten wir uns vor Passanten verstecken und Luft holen. Nun standen wir unmittelbar oberhalb des Elbstrandes.

„An dieser Mauer hing früher meine Kletterleiter, damit ich direkt zum Strand klettern konnte. Und hier stand mal eine Gartenhütte mit Veranda. Die könnte man wieder neu bauen mit einer Glaswand vorn, damit man bei jedem Wetter darin sitzen und auf den Hafen schauen kann."

Der Ausblick auf diesen Teil des Hafens und das beruhigende Wasser der Elbe taten so gut. Als ich Matthis' Lächeln erblickte, wurde mir bewusst, dass ich gerade ein kleines bisschen in die Zukunft schaute.

„Matthis? Kannst du mich noch mal Liebling nennen? Vielleicht bin ich dann stark genug, um hoch zum Haus zu gehen. Das hat sich nämlich schön angehört."

„Na, wenn du so niedlich fragst – Liebling."

Einen Kuss gab es gratis dazu. Ebenfalls war einmal Huckepacktragen mit inklusive. Auf diese Art und Weise überquerten wir wieder den Weg, um auf den größeren Teil des Grundstücks zu kommen. Matthis' Nähe nahm dieser Aktion den Schrecken. Eben hatte ich noch geglaubt, das Haus nicht betreten zu können, nun fühlte ich mich stärker. Vor allem zögerten wir nicht, was alles nur unnötig schwer gemacht hätte, weil Matthis behutsam, aber stetig die Meter bis zum Eingang zurücklegte. Das Grundstück war auch von einer Hecke umrandet. Man konnte auf den ersten Blick sehen, dass hier auch jede Menge Potenzial für einen schönen Vorgarten mit einer gemütlichen Sitzgruppe bestand. Jetzt war alles karg, aber gepflegt, so wie ich es angekündigt hatte. Der Eingangsbereich des Hauses bestand aus einem kleinen Wintergarten. Dahinter verbargen sich die Erinnerungen. Als der dritte Versuch aufzuschließen an meinen zitternden Händen scheiterte, ließ ich Matthis den Vortritt. Dann passierte zunächst alles ganz mechanisch. Die abgestandene Luft wurde ausgetauscht. Langsam, fast betäubt durchstreifte ich die Räume. Es war alles so vertraut und zugleich so fremd. Früher war mir das Wohnzimmer größer vorgekommen und das Büro meines Vaters kleiner. Der Künstlerraum meiner Mutter war bunter gewesen. Meine Erinnerung war verzerrt. Kein Wunder, dass Details im Laufe so vieler Jahre verschwommen waren. Als Kind nahm man die Dinge zudem anders wahr. Außerdem war all das, was wir hier sahen, eben im Stil der Neunzigerjahre eingerichtet. Zaghaft ließ ich meine Finger über ein Pinsel-Set streifen, mit dem meine Mutter gearbeitet hatte. Dann zog es mich nach oben. In meinem Kinderzimmer war am meisten verändert worden. Hatte ich es nach der Tragödie noch mal betreten? Ich wusste es nicht. Da waren bis heute zu viele Lücken in meinem Kopf, was die erste Zeit betraf. Irgendjemand hatte jedenfalls viele Dinge herausgeholt. Der Kleiderschrank war leer, meine Schulsachen waren auch nicht mehr da. Natürlich, denn das alles hatte ich ja wiederbekommen.

„Das ist so seltsam."

Die Betäubung verschwand langsam, das ziellose Grübeln wurde stärker, insbesondere weil noch ein Raum fehlte. Aus einigen Metern Entfernung fixierte ich die Schlafzimmertür. Zögernd ging ich darauf zu, um sie dann mit einem Ruck aufzureißen. Wenn man Pflaster entfernte, sollte man es ja auch schnell machen, um unnötige Schmerzen zu vermeiden. Diese Taktik versagte völlig. Als die Tür auf war, zerplatzten Betäubung und Grübeln blitzartig. Bilder von damals wirbelten durch meinen Kopf. Der Schalter war umgelegt. Ich schrie schmerzerfüllt auf, riss mich von Matthis' Hand los und warf mich auf das Ehebett. Die Matratze war staubig, weshalb ich kräftig husten musste und dann nur noch heulen konnte. So viele Bilder waren in mir geweckt worden, dabei war das bislang nur ein ganz grober und flüchtiger Blick auf das Haus gewesen. Wie sollte das erst werden, wenn ich die persönlichen Dinge sortieren musste? Ganz am Rande bekam ich noch mit, dass ich von Matthis im Arm gehalten wurde, alles andere verschwamm. In den letzten Wochen hatte ich so häufig geweint, doch das alles war nichts im Vergleich zu diesem Ausbruch. Ich tauchte ab in meine Vergangenheit. Erinnerungen rasten an mir vorbei. Ich war gefangen in den alten Momenten, als wäre ich wieder das Kind, das gerade die grausame Nachricht vom Tod seiner Eltern erfahren hatte, dessen Welt wieder zusammenbrach. Ich weinte bitterlich. Bis all diese Energie irgendwann aus mir herausgeflohen war. Meine Augen mussten extrem verquollen sein, das Gesicht bleich. Ich war völlig erschöpft, als kein Ton mehr aus mir herauskam. Ab und zu flüsterte ich ein „Warum“ in die Matratze, bis ich irgendwann regungslos dalag. Dann spürte ich, wie ich von Matthis auf seinen Schoß gezogen wurde und wie Joanne, die neben ihm saß, sanft über meine Hände streichelte. Sie musste also während meines Heulkrampfs reingekommen sein. Ob die beiden mit mir gesprochen oder gewartet hatten, konnte ich nicht sagen. Vermutlich hatten beide mir stumm Halt gegeben, weil ich das am meisten gebraucht hatte. Jetzt spürte ich den Trost der beiden. Es verging eine Weile, bis ich mich richtig beruhigen ließ, und erst dann bemerkte ich, wie ergriffen die beiden waren. Joanne sah selbst verheult aus. Matthis hatte zwar keine nassen Augen, doch es war mehr als ersichtlich, wie nah ihm das alles ging.

„Ich wollte euch nicht traurig machen", war das Erste, das ich wieder sagen konnte.

„Hast du aber."

Diese typische Joanne-Antwort erfüllte ihren Sinn, denn ich schmunzelte zaghaft und lachte dann. Es war ein leises Lachen. Ein Lachen, das ein erstes nach einer ganz schlimmen Traurigkeit war. Hoffnung schwang mit. Erleichterung. Mut und Veränderung. Ein Lachen, das für so vieles stand.

Matthis fand auch wieder die richtigen Worte. „Es ist gut, dass du es zugelassen hast, und du kennst doch den Spruch mit dem geteilten Leid." Zärtlich fuhr Matthis mit seinen Händen über meine Unterarme.

„Ich kannte den Spruch. Bis eben hatte ich keine Ahnung, wie wahr er ist. Ihr wisst gar nicht, wie gut ihr mir tut."

Um das zu untermauern, bekam Joanne eine innige Umarmung und Matthis einen liebevollen Kuss. Dann klopfte ich mir entschlossen den Staub von den Klamotten und ging ans Fenster, um Luft zu holen und mich zu sortieren. Mit der Elbe im Hintergrund fiel es mir leichter. Ich schaute raus, während ich alle Eindrücke auf mich wirken ließ und gedankenverloren über die alten Fensterrahmen strich. Ein riesiges Containerschiff lenkte meine Aufmerksamkeit auf sich. Es musste zu einem der größten weltweit gehören und wurde von drei Schleppern um die eigene Achse gedreht, um bereit für das Anlegemanöver im Hafenbecken gemacht zu werden.

„Jetzt weiß ich …"

Das war der Moment, in dem es klick machte. Ich hatte schon so oft in meinem Leben Schiffe beobachtet und konnte davon einfach nie genug bekommen. Ich wollte nicht mehr auf diese Anblicke verzichten und noch länger davonlaufen. Manchmal musste man den Geistern der Vergangenheit wohl erst ins Gesicht schauen, bevor sie verschwinden konnten. In meinem Fall war es das Betreten des Hauses und insbesondere dieses Zimmers, das eine so riesige Hürde dargestellt hatte und sich plötzlich gar nicht mehr so furchterregend anfühlte. Meine Augen taten noch weh vom Weinen, trotzdem war das wohl wichtig gewesen. Erst nachdem ich meine Gedanken noch mal sortiert und Köpfchen mit Intuition in Einklang gebracht hatte, drehte ich mich wieder in den Raum zurück.

„Dir gefällt es hier, oder?“, fragte ich Matthis zuerst.

„Tut es, aber das ist ganz egal. Das hier ist eine Entscheidung, die du fällen musst, wann immer du bereit dazu bist.“

„Ich weiß, und sie ist gefallen. Ich dachte nur, das ist ganz nett, wenn ich dich mit einbeziehe. So macht man das doch, wenn man jemanden liebt“, murmelte ich, ging zurück, um Matthis und Joanne gleichzeitig zu umarmen. „Ich möchte hierher zurückkommen. Das ist der Ort, an den ich gehöre. Es steht jetzt und hier für mich fest. Es muss nur ganz viel getan werden.“

Genau genommen musste so ziemlich alles erneuert werden. Fenster, Badezimmer, bestimmt auch die Heizung und sowieso die Elektrik waren fällig. In einem zweiten Schritt konnte eine optische Grunderneuerung folgen. Mit neuen Tapeten, Deko und Möbeln würde es hier komplett frisch aussehen. Dazu kam alles, was es ums Haus herum und im Garten zu erneuern gab. Das war nötig, wenn ich mich hier zu Hause wieder richtig wohlfühlen und zugleich ein neues Kapitel beginnen wollte.

Von Joanne gab es einen dicken Schmatzer auf die Wange.

„Gute Entscheidung, Cousinchen. Hier ist es wunderschön, und in dem komischen Klotz ist es viel zu kaltherzig. Und wenn Whiskey einzieht – mein Gefühl sagt mir nämlich, dass er auf dich wartet –, wird er es auch mögen."

Nun verkündete auch Matthis, wie gut es ihm selbst hier gefiel und dass er diesen Weg auch für den richtigen hielt. Dann ging er auf praktische Überlegungen ein, wofür ich ihm sehr dankbar war, denn ein bisschen Aktionismus war perfekt, um Vorfreude wachsen zu lassen und diese wichtige Entscheidung innerlich zu bestätigen. In beeindruckender Geschwindigkeit hatte Matthis eine Liste mit Aufgaben geschrieben und notierte jeweils die Handwerker dazu, die er gut kannte und denen er vertraute.

„Und wen deiner Kollegen schlägst du für die Elektrik vor? Ich verstehe zwar auch was von Schaltkreisläufen, aber ich habe noch nie selbst Leitungen verlegt."

„Als würde ich bei dem Punkt einen Kollegen an dein Haus lassen. Irgendwie muss ich mir meine Untermiete bei dir ja auch verdienen."

Grinsend schaute ich ihn an. „Ich darf also häufiger mit deinen Besuchen rechnen, ja?"

„Lass mich kurz überlegen – sieht ganz danach aus."

Das gefiel mir. Vielleicht war das ein kleiner Anstoß in Bezug auf ein gemeinsames Zusammenleben. So genau wollte ich das allerdings nicht aussprechen, denn das Tempo war gerade ja sowieso schon unglaublich hoch. Trotz aller Neugier auf die Verwandlung des Hauses war ich froh, dass einige Monate ins Land streichen würden, bevor es bezugsfertig sein würde. Die Zeit würde ich auch brauchen, um mich so richtig daran zu gewöhnen, dass ich Matthis nun komplett an meiner Seite hatte. Dann brauchte ich einen neuen Job, und überhaupt war es an der Zeit, sich den ganzen Ängsten mal richtig zu stellen.

„Mir raucht der Kopf", sagte ich erschöpft.

Ein grober Überblick der To-dos für das Haus und die kreativen Ideen zur Inneneinrichtung, die Joanne beigetragen hatte, kosteten mich nicht die meiste Kraft. Es waren all die essenziellen Themen, die mir eine Pause abverlangten.

„Endlich raucht dir auch mal der Kopf, das ist gut, denn ich habe Hunger, und wir sollten mal eine Pause einlegen. Vorhin habe ich ein Stückchen weiter hinten am Strand eine Art Pizza-Kiosk entdeckt, und vorn, wo die Fähren anlegen, da war eine Fischbrötchenbude. Ich liebe Pizza, aber nichts geht jetzt über ein gutes Fischbrötchen", warf Joanne ein.

Das war der Anlass, um langsam aufzubrechen. Hier gab es noch so viele Dinge zu entdecken. Es würde kein Kinderspiel werden, wenn ich später die persönlichen Sachen meiner Eltern und meiner Kindheit durchsehen musste. Doch ich wusste jetzt, dass ich bereit dazu war, und das allein zählte. Ein weiterer Punkt war, dass man sich hier kannte wie in einem kleinen Dorf. Natürlich waren die Leute älter und die Kinder erwachsen geworden, und es hatte mit Sicherheit viel Veränderung gegeben. Doch ich würde mich neu einleben müssen in die Gemeinschaft und den Menschen, die ich noch von früher kannte, irgendwie erklären, dass ich kein mitleidiges Lächeln bekommen wollte. Aber auch das würde sich geben, denn für alle war eine lange Zeit vergangen, nicht nur für mich selbst. Mit einem Lächeln zog ich die Haustür hinter uns zu. Irritiert blickte ich auf die Sonnenbrille, die Joanne mir in die Hand drückte.

„Na ja, du bist eine echte Schönheit. Aber deine Augen brauchen wohl noch ein paar Stündchen, bis sie wieder frisch sind."

Dankbar setzte ich die Brille auf. Wenn ich mein äußeres Erscheinungsbild in der Öffentlichkeit vergaß, dann war das wohl ein gutes Zeichen. Entgegen erster Einschätzung war auch der Appetit da, sobald wir mit den wirklich leckeren Fischbrötchen am Ponton in der Sonne saßen.

Joanne war offensichtlich ziemlich hungrig gewesen trotz des reichhaltigen Frühstücks. Als Erste hatte sie ihr Brötchen verputzt und war schon wieder voll Energie: „Eine Aufgabe ist noch offen."

„Eine? Hunderte, mindestens. Jetzt geht's erst richtig los", warf ich ein.

„Eine für heute. Whiskey. Jetzt ruf schon im Tierheim an, und frag nach ihm."

Eigentlich wollte ich heute überhaupt keine Aufgabe mehr haben, sondern alle wichtigen Dinge in den nächsten Tagen angehen. Doch neben allen organisatorischen Dingen und letztendlich auch der Vorbereitung für eine Reise nach Irland leuchtete das ein. Bloß gab es da ein logistisches Problem.

„Wenn er wirklich da ist und man ihn mir vermittelt, dann hat er doch noch gar nichts von dieser Umgebung hier. Bis mein Haus wieder bezugsfertig ist, werden Monate vergehen", gab ich zu bedenken.

Matthis hatte eine Idee für dieses Problem. „Wenn wir ihn finden, dann haben wir nicht monatelang Zeit. Umziehen muss er ohnehin einmal. Er könnte also zuerst bei mir wohnen. Glaube mir, niemand wird ihn besser versorgen, wenn wir nach Irland fahren, als Nele.“

Das Argument war gut genug, sodass mir kein Grund mehr einfiel, der gegen diese Aktion sprach.

„Okay. Aber wir rufen nicht an, sondern fahren hin. Hier gibt es nur ein großes Tierheim. Entweder Whiskey wurde dorthin gebracht und braucht ein neues Zuhause, und wir retten ihn. Oder wir sehen ein, dass die Idee niedlich war, aber dass es jetzt nicht sein soll …“

Vor lauter Aufregung darüber, ob wir dieses Fellbündel finden und retten konnten, konnte ich den Rest meines Brötchens gar nicht mehr essen. Glücklicherweise war Matthis ja Vielfraß genug, um das auch noch aufzuessen, und kaum war es verspeist, machten wir uns auf den Weg.

Kapitel 25

„Bist du völlig übergeschnappt?! Es ist unsere gemeinsame Tochter! Du kannst ihr nicht einfach eine Katze kaufen, ohne das mit mir abzustimmen!“

Ich rutschte tiefer hinter dem Lenkrad meines Wagens runter. Diese Vorsichtsmaßnahme war allerdings unnötig, denn so wie Sophia schrie und tobte, achtete sie weder auf das Auto noch auf die Person auf dem Fahrersitz. Allerdings wurde es mir nun zu bunt. Matthis war zuerst ausgestiegen, mit Whiskey auf dem Arm. Ich hatte ihm folgen wollen, doch dann war Sophia plötzlich vor ihm aufgetaucht. Deshalb saß ich noch im Auto, während er sich die Standpauke seiner Leider-noch-Ehefrau anhören musste. Das war absolut nicht fair. Whiskey schien sich dabei auch nicht wohlzufühlen, denn er fauchte wild. Wie tapfer Matthis doch war! Er hielt das Tier trotzdem sicher am Arm. Dabei hatte Whiskey ihn vorhin im Tierheim nicht gerade nett begrüßt, nachdem wir den Kater tatsächlich dort gefunden hatten. Überhaupt war er zu niemandem nett gewesen, bis er Joanne und mich entdeckt hatte, und seine Verwandlung von der Wildkatze zur Schmusekatze war wie auf Knopfdruck geschehen.

„Es gefällt mir, dass er auf tough macht, aber eigentlich eine Schmusekatze ist. Da kenne ich noch jemanden", hatte Matthis schmunzelnd gesagt, und dann war das Eis zwischen ihm und Whiskey auch gebrochen. Was für ein Vergleich! Als Matthis mich auf Sylt so verletzlich aufgegabelt hatte, musste er gesehen haben, dass ich in Wirklichkeit gar nicht so kratzbürstig war, wie alle anderen immer gedacht hatten, und hatte nicht aufgegeben, sondern um mich gekämpft. Das war verflixt süß.

Ganz anders war das, was sich noch immer auf dem Bürgersteig abspielte. Nun reichte es mir. Eigentlich wollten wir unbemerkt in die Einliegerwohnung gelangen, um in Ruhe einen schönen Platz für Whiskey herrichten zu können. Dank des Großeinkaufs aus dem Tierbedarfsgeschäft hatten wir genug Material für eine katzenfreundliche Umgebung. Insbesondere Joanne hatte zahlreiche Katzenspielzeuge gekauft, weil die „soooo süß" waren. Nun war sie nicht mehr mit von der Partie, weil sie ihre Reeperbahn-Tour später nachholen wollte, während ich mit Matthis und Whiskey an den Allermöher Deich gefahren war. Alle Pläne für diesen Ort waren nun durchkreuzt. Aus dem gewünschten ruhigen Gespräch mit Sophia, das Matthis natürlich auch hatte führen wollen, war nichts geworden. Also konnte ich mich jetzt auch auf der Bildfläche sehen lassen. Hastig sprang ich aus dem Auto, besann mich kurz noch mal und ging, so ruhig es möglich war, auf Sophia zu. Allen Ärger über das, was in der Bank gelaufen war, versuchte ich runterzuschlucken.

„Hallo, Sophia – ich denke, jetzt wo ich nicht mehr deine Vorgesetzte bin, können wir uns duzen. Das hier ist meine

Katze, sie ist mir zugelaufen. Niemand hat heimlich ein Tier für Nele gekauft", sagte ich mit zittriger Stimme.

Dann wartete ich auf das nächste Donnerwetter, doch anscheinend war Sophia zu perplex, um zu reagieren. Also sprach ich weiter:

„Abgesehen davon sollten wir uns in Ruhe zusammensetzen und wie erwachsene Menschen miteinander reden. Denn leider können wir beide uns wohl nicht komplett aus dem Weg gehen. Bloß hat dieser kleine Kater heute genug Aufregung hinter sich, weshalb ich ihn gerne zuerst reinbringen möchte."

Mein Herz raste. Diese Frau war mir vor lauter Eifersucht in den Rücken gefallen und hatte vor noch wenigen Tagen so viel kaputt gemacht. Dass im Anschluss daran so viele gute Dinge geschehen waren, hatte Sophia mit ihrer Aktion garantiert nicht beabsichtigt. Aber ich erinnerte mich zu gut, wie ich es vorher immer besonders auf Sophia abgesehen hatte, aus Neid. Ich legte keinen besonderen Wert auf eine Freundschaft mit dieser Frau, doch dass wir uns nicht aus dem Weg gehen konnten, war logisch. Also wäre es ein Anfang, diese alten Jobgeschichten zu begraben. Vor allen Dingen wollte ich das klären, bevor ich Nele kennenlernte. Eine solche Geschichte musste man einem Teenie bestimmt nicht liefern, denn ein verspäteter Bitchfight half niemandem.

„Kaum bist du raus aus der Bank, willst du normal mit mir reden? Lächerlich! Das alles ist hier lächerlich. Schlag dir meinen Mann aus dem Kopf und verschwinde!"

Mit dem Satz ging Sophia zurück zum Haus.

„Das tut mir leid …", flüsterte Matthis auf dem Weg in seine Wohnung.

„Das sollte es auch. Scheiße, so kann das doch nichts werden! Ich dachte, du hast klare Verhältnisse geschaffen – aber es ist kein bisschen geklärt!", stieß ich verletzt aus. „Weißt du Matthis, ich riskiere viel mit dem allem hier. Weil es für mich nicht selbstverständlich ist und weil es mir schwerfällt, genug Vertrauen aufzubringen, um nicht panisch davonzulaufen und die Angst wieder gewinnen zu lassen. Wenn du nicht bereit bist, endlich einen Cut zu machen bei Sophia, dann weiß ich auch nicht …"

Die ganze Zeit hatte ich versucht, ihn nicht zu früh damit zu konfrontieren, doch jetzt war es passiert. Zu einem selten dämlichen Augenblick, weil Whiskey unsere Aufmerksamkeit brauchte. Vorsichtig setzte ich ihn ab und wischte mir hastig über die Augen, während der Kater Matthis' Wohnung erkundete. Anschließend holte ich all die Sachen, die Joanne ausgesucht hatte, und richtete ihm eine Ecke neben dem Sofa ein, wobei ich mich demonstrativ von Matthis wegdrehte, weil ich sein Schweigen nicht ertragen konnte. Neugierig beschnupperte Whiskey seinen neuen Platz, schmiegte sich dann jedoch an mein Bein, bis ich ihn auf meinen Schoß hob, den er als geeignet für ein Schläfchen hielt.

„Wenigstens für dich gibt es ein Happy End", flüsterte ich zittrig, und zwar noch in einer Lautstärke, die Matthis durchaus hören und verstehen konnte.

„Kannst du jetzt mal aufhören damit?!"

„Was denn bitte?! Ja verdammt, ich habe Sophia schlecht behandelt. Ich dachte, sie lebt in der perfekten Welt als super Mum und hat die heile Familie, die es für mich nicht gab, und ich habe das alles nicht verstehen können. Und ja, ich bin eine beschissene Führungskraft gewesen. Deshalb wollte ich mich bei ihr entschuldigen. Am meisten dir zuliebe. Und weil ich nicht will, dass Nele uns als Rivalinnen sieht. Es ist so viel schiefgelaufen, und das soll Vergangenheit sein. Wie soll ich das denn alles schaffen, wenn Sophia mich so anblafft und wenn du nichts tust, um es besser zu machen?"

„Es gibt Gründe, weshalb das alles nicht so leicht ist. Aber ich werde mit ihr reden, versprochen."

Dass Matthis mit einer sanften Massage begann, tat mir gut. Trotzdem blieb ein gewisses Maß Anspannung zurück.

„Okay."

Es fühlte sich keinesfalls „okay" an. Aber ich spürte, dass ich momentan keine Chance hatte bei dieser Diskussion, und außerdem war es ein langer und emotionaler Tag gewesen. Deshalb musste ich das tun, was mir ganz besonders schwerfiel, nämlich abwarten und hoffen, dass alles gut lief. Es war einzig Whiskey zu verdanken, dass mir das gelang und ich nicht noch mal anfing zu diskutieren. Denn der Kater war aufgewacht, und es lenkte hervorragend ab, ihn zu füttern und ihn vorsichtig zu streicheln. Müde machte es auch …

*

„Liebling, hey, Cate, wach auf!", hörte ich dumpf.

Etwas wackelte. Jemand rüttelte an meinem Körper, bis ich hochschreckte und mich direkt danach in Matthis' Umarmung wiederfand. Lauter Bilder waren noch in meinem Kopf, während ich langsam realisierte, dass alles nur ein Traum gewesen war.

„Was ist los?"

„Du hast plötzlich geschrien."

Der Traum. Ein kalter Schauer überkam mich. Es war alles durcheinander gewesen.

„Das Flugzeug war kaputt. Ich wusste es, aber ich konnte euch nicht warnen. Joanne und dich. Ihr wolltet einsteigen, und ich war gelähmt. Aber ich wusste es …“, versuchte ich hektisch den Albtraum zusammenzufassen.

„Pssst. Ganz ruhig. Es war nur ein Traum. Ein schlimmer Traum, aber ich sitze hier neben dir, und Joanne ist sicherlich vom Feiern in deine Wohnung zurückgekehrt“, redete Matthis leise auf mich ein.

„Es war ein Traum, der mir zeigt, dass längst nicht alles gut ist! Wir beide … Joanne … das Haus … Whiskey … – ja. Das mit einem Job wird sich auch finden. Vielleicht kann ich das, was damals passiert ist, wirklich verarbeiten. Aber diese Angst … – ich halte nicht aus, wenn dir etwas passiert. Oder Joanne. Ich weiß nicht, ob das jemals gut werden kann“, stammelte ich.

Matthis musste lange auf mich einreden, bis ich mich wieder etwas entspannen konnte. Letztlich war es die Erschöpfung, dank der ich wieder einschlief. Trotzdem hallte dieser Traum am nächsten Tag nach. War all das, was ich geglaubt hatte aufzubauen, doch nur eine Illusion? Waren all die Grundsteine, die gerade gelegt worden waren, zum Abriss verdammt?

*

Die nächsten Tage rasten nur so dahin, gaben jedoch auch Freiraum für unbeschwerte Momente. Es machte Spaß, Joanne die Stadt zu zeigen und Hamburg dabei selbst neu zu entdecken. Wann immer ich anfangen wollte, die ernsten Themen anzugehen, lenkte Joanne mich ab. Selbst die Frage, wie ich nun mit Matthis' Familiensituation umgehen sollte, umschiffte sie geschickt. Es würde schon alles gut werden, Männer bräuchten manchmal ein paar Momente länger, das war ihre simple Antwort darauf. Auch wenn ich am liebsten sofort alles mit ihm und auch mit Sophia geklärt hätte, so verstand ich das Prinzip. Mein Kopf sollte Abstand gewinnen, um einen Neustart zu bekommen, wenn ich bereit dazu war. So genoss ich die Zeit, die ich mit meiner Cousine hier in Hamburg verbrachte, und ließ mich von ihrer Energie anstecken. Wir nahmen eine Schnupperstunde im Segelverein und versuchten uns als Jollenskipperinnen auf der Alster, besuchten das Musical *König der Löwen*, weil Joanne das schon immer mal hatte sehen wollen, und gingen täglich woanders essen. Dazu kamen ein paar Shoppingtrips, bei denen Joanne dafür sorgte, dass die Auswahl in meinem Kleiderschrank etwas farbenfroher wurde. Knapp eine Woche verflog, und dank meiner lebenslustigen Cousine und dieser vielen Unternehmungen war ich konsequent geblieben. Sämtliche Planungen für die Renovierung meines Hauses sowie Überlegungen, was ich zukünftig beruflich anstellen wollte, waren in den Hintergrund gerückt, wenn man von zwei Telefonaten absah. Ich hatte mit meinem Anwalt wegen der Kündigung gesprochen, den Rest überließ ich ihm. Außerdem hatte ich heimlich einen Termin mit einem Privatermittler vereinbart. Schließlich hatte Joanne mich gefunden, weil sie auf der Suche nach ihrer Mutter war. Wie hoch die Wahrscheinlichkeit war, sie wirklich aufzuspüren, wusste ich nicht. Vermutlich war sie gering, und ich weihte Joanne vorerst lieber nicht in diese Idee mit ein, weil ich ihr mögliche Enttäuschungen ersparen wollte. Den Versuch, einen Beitrag zu ihrer Suche zu leisten, wollte ich jedoch starten. Dass der Ermittler ein paar Wochen Vorlauf hatte für solche Geschichten, sprach bestimmt für seine Qualitäten. Das würde ich dann ganz in Ruhe später mal angehen. Zunächst stand ohnehin der vorläufige Abschied von Joanne an, und der forderte mich heraus. Trotz aller Bemühungen, mich zusammenzureißen, als Matthis und ich Joanne zum Flughafen brachten, erlebte ich grausame Stunden. In dem Moment, in welchem Joanne hinter der Absperrung verschwunden war, wurde mir kotzübel. Ich konnte von Glück reden, dass wir uns in der Nähe eines Mülleimers befanden. Matthis zog noch rechtzeitig meine Haare aus der Schusslinie, führte mich nach diesem unangenehmen Zwischenfall zu den Toiletten und danach zum Auto.

„Scheiße. Diesen Nachmittag hast du dir bestimmt anders vorgestellt."

Ständig starrte ich auf mein Handy, um zu prüfen, ob eine Nachricht eingegangen war. Dabei dauerte es noch, bis Joanne überhaupt losfliegen würde.

„Das tut jetzt gar nichts zur Sache. Ich halte dich zu Hause so lange im Arm, bis Joannes Flieger sicher gelandet ist, und das wird er. Danach haben wir noch den ganzen Abend Zeit, um unsere Reise zu planen. Und wenn du dich nicht wohlfühlst, ist morgen auch noch ein Tag, sobald ich von der Arbeit komme", beruhigte Matthis mich.

Bei ihm zu Hause angekommen schien selbst Whiskey zu spüren, wie elend es mir ging. Doch nicht einmal von dem Kater wollte ich mich ablenken lassen. Die Sekunden schlichen im Schneckentempo dahin. In den zwei Stunden, in denen das Flugzeug in der Luft war, war es am schlimmsten. Irgendwann klingelte mein Handy.

„Ich kann nicht rangehen. Bestimmt ist etwas passiert."

„Es ist Joannes Nummer, sie muss gerade gelandet sein."

Ganz fest umarmte Matthis mich, während er den Anruf entgegennahm und die lang ersehnte Entwarnung gab. Joanne war gut gelandet, das musste ich erst einmal realisieren. Ich war so erleichtert, und zugleich vermisste ich meine Cousine, die mich die letzten Tage so gut abgelenkt hatte. Schlagartig kamen alle Zweifel und Fragezeichen zurück. Meine Zukunft war so ungewiss, und auch wenn Matthis mich gerade im Arm hielt, war so vieles nicht geklärt. Schließlich war er bislang nicht bereit, sich von Sophia scheiden zu lassen. Ich hatte versucht das Thema so gut es ging zu vermeiden, doch es fiel mir schwer, noch länger zu warten. Wenn Matthis sich nicht festlegen wollte, dann musste es wohl an mir liegen. Wie so oft. Obwohl ich angefangen hatte zu glauben, dass sich alles änderte.

„Matthis … – ich weiß nicht, wie groß meine Chance bei dir ist. Bist du dir sicher mit allem? Ich weiß ja, dass ich keine einfache Vergangenheit hinter mir habe und dass es so viele Frauen gibt, mit denen es unkomplizierter sein könnte. Vermutlich mit fast jeder Frau. Ich will das alles hier aber nicht aufgeben, weil ich für das, was ich mit dir habe, kämpfen will. Aber wie denn bloß? Was muss ich tun, damit ich gut genug bin?"

„Hey, hör auf damit. Es tut mir fast weh, das zu hören", entgegnete Matthis, bevor er seine Hände über meine Augen legte und mich bat, an meine Kindheit zu denken. „Beschreib mir, wie du gewesen bist, als du klein warst. Wie hast du dich gegenüber anderen Menschen verhalten? Was hast du gern getan?"

Was das jetzt sollte, wusste ich nicht. Er kannte doch meine Geschichte. Trotzdem schloss ich meine Augen unter seinen Händen und ließ mich darauf ein.

„Ich war sehr lebhaft, man konnte mich schnell begeistern für neue Sachen, und ich hatte viele Freunde. Manchmal konnte ich ein bisschen bestimmend sein, weil ich schnell den Durchblick hatte, aber ich habe die anderen nie übersehen oder abgehängt. Ich würde sagen, dass ich ein aufgewecktes und liebes Mädchen war, das anderen gern geholfen hat."

Ich merkte, wie Matthis seine Hände von meinen Augen zurückzog, um mir damit über die Arme zu streicheln. „Na bitte, da haben wir es doch."

„Was meinst du damit?"

Langsam öffnete ich meine Augen wieder, um ihn anzusehen.

„Das Mädchen, das du gerade beschrieben hast, das bist du. Liebenswert, lebhaft und schlau. Vielleicht hast du manches versteckt, aber du bist wie damals. Umwerfend, faszinierend und außerdem bist du auch noch wahnsinnig attraktiv. Willst du jetzt noch mal fragen, was du tun musst, um gut genug zu sein? Das ist doch kompletter Blödsinn. Welche Frau da draußen kann es bitte mit dir aufnehmen?"

Damit machte er mich sprachlos. Matthis war nicht geizig, was Komplimente betraf, doch so eindeutig hatte er mir seine Perspektive noch nie vor Augen geführt. Bloß blieb immer noch eine Frage offen.

„Das ist süß von dir. Aber wenn das alles so eindeutig ist, dann verstehe ich nicht, warum …“, setzte ich an und biss mir auf die Lippen. Ich wollte es nicht aussprechen und ihm die Pistole auf die Brust setzen. Doch es musste wohl sein. „… warum du nicht endgültig für klare Verhältnisse sorgst?“

Mein Herz raste, weil Matthis überhaupt nichts sagte und schließlich sogar aufstand und wie ein Tiger durch den Raum schritt.

„Ich werde mich darum kümmern. Gib mir ein bisschen Zeit, ja?“

Wie viel Zeit war ein bisschen Zeit? Worum genau würde er sich kümmern? Wie sicher war das alles? Diese Fragen schossen mir direkt in den Kopf. Doch weil ich schon erleichtert war, weil er irgendetwas in diese Richtung tun wollte, nickte ich nur.

„Okay, geht klar …“

„Na läuft doch.“

„Total.“

„Na also, dann können wir doch jetzt den Abend nutzen, um unsere gemeinsame Reise nach Irland zu planen, was meinst du?“

„Coole Idee. Klar. Dann mal los.“

Kapitel 26

Unter mir wackelte es. Leute lachten. Die Sonne wärmte mein Gesicht. Es roch nach Meer. Wir waren nicht in meinem Haus in Oevelgönne, von dem ich geträumt hatte, sondern auf der Irischen See, irgendwo zwischen Holyhead und Dublin. Aufgeregt riss ich meine Augen auf, blinzelte gegen die Sonne an und nahm dankbar die Sonnenbrille entgegen, die Matthis mir reichte.

„Sind wir schon da?"

„Lass mich kurz überlegen. Vor uns ist Wasser, links von uns ist Wasser, rechts von uns ist Wasser, und hinter uns ist Wasser. Ich denke, nein", witzelte Matthis.

„Das heißt Steuerbord und Backbord, du Leichtmatrose."

„Aye, aye, Frau Kapitän."

Lachend kletterte ich auf seinen Schoß, nachdem ich die Uhrzeit geprüft hatte. In ungefähr einer Stunde würden wir nach dieser langen Reise endlich in Dublin ankommen. Wir waren am Vortag mittags aufgebrochen und mit meinem Wagen bis an die holländische Küste gefahren. Die ganze Nacht hatte die Überfahrt von Hoek nach Harwich gedauert. Trotz der guten Ausstattung der Fähre war meine Nacht eindeutig zu kurz und die Aufregung zu groß gewesen. Zum Glück hatte Matthis den größten Teil der Strecke hinterm Steuer verbracht und uns sicher quer durch England kutschiert. Die jetzige Überfahrt bis nach Irland war das letzte Etappenstück der 27-stündigen Anreise. Ich war Matthis so unendlich dankbar dafür, dass er mit mir über eintausend Kilometer an Land und viele Seemeilen auf der Fähre zurücklegte, mit denen wir den zweistündigen Flug umgingen.

Glücklicherweise zeigte sich der April von seiner vorbildlichen Seite. So war die Reise angenehm, und es war schön, auf dem Sonnendeck der Fähre zu sitzen und das tiefblaue Wasser anzuschauen, das in der Sonne glitzerte.

Gedankenverloren beobachtete ich die kleinen Wellen und die Spur, die das Schiff hinterließ und die sich in der Ferne auflöste. Das war es, was mich an meinen Traum erinnerte. Allzu lange konnte ich gar nicht hier an Deck geschlafen haben, doch ganz eindeutig blitzten die Bilder nun wieder vor meinen Augen auf.

„Ich muss dir was …“, setzte ich an.

Doch gerade als ich Matthis von meinem Traum erzählen wollte, kam er mir zuvor.

„Bevor wir gleich ankommen und Joanne garantiert für viel Action sorgen wird, möchte ich dir noch was erzählen“, kündigte er an. „Als du neulich gesagt hast, dass ich für klare Verhältnisse sorgen sollte, da habe ich mir Sorgen um Nele gemacht. Sie ist der Grund, warum ich die Scheidung erst einreichen wollte, wenn sie achtzehn ist. Damit Sophia nicht auf die Idee kommen kann, mir das Sorgerecht für meine

Tochter zu entziehen. Das ist der einzige Grund, warum ich das nicht längst gemacht habe, aber ich werde es tun. Es ist so, dass ich …"

„Nein!", unterbrach ich Matthis. „Das wusste ich nicht. Die ganze Zeit habe ich nur gedacht, dass es um Sophia geht. Es ging um Nele, das ist völlig anders. Das ist … – oh Gott, ich würde doch so was nie von dir verlangen."

„Das wusste ich doch eigentlich die ganze Zeit. Trotzdem habe ich ein Weilchen gebraucht, um zu verstehen, dass du ja recht hast, was Sophia angeht. Und ich habe mit ihr geredet. Sie hat überhaupt nicht vor, mir das Sorgerecht wegzunehmen, und sieht ein, dass eine offizielle Scheidung für uns alle das Beste ist."

Ich nickte langsam. Das waren die klaren Verhältnisse, von denen ich gesprochen hatte.

„Wenn ich gewusst hätte, was wirklich dahintersteckt, dann wäre ich trotzdem ein bisschen dezenter mit dem Thema umgegangen."

„Ganz zurückhaltend und dezent, garantiert", zog Matthis mich auf.

„Oh ja, das ist meine große Stärke. Immer schön diplomatisch und so", stimmte ich mit ein. „Aber jetzt mal ohne Witz … – ich verspreche dir, dass ich mich zusammenreißen werde bei Sophia. Wenn sie es zulässt, dann werde ich mal in Ruhe mit ihr reden und mich entschuldigen für den ganzen Mist aus der Bank, und sollte sie – anders als ich – dieser Branche treu bleiben, dann kann ich ihr auch ein paar Tipps geben als Ausgleich, also nur wenn sie mag. Wir werden sehen." Wieder schaute ich auf die Wellen hinter dem Heck der Fähre.

„Das wird schon klappen, sie hat sich beruhigt. Was wolltest du mir eigentlich eben erzählen, als du so süß verpennt aufgewacht bist?“

„Das war nur etwas wegen des Hauses in Oevelgönne. Einige Planungen, da waren Ideen in meinem Traum. Was daraus wird, meine ich.“

Meine Worte überschlugen sich. Währenddessen drehte ich mich so auf seinem Schoß, damit wir uns in die Augen sehen konnten. Vermutlich konnte Matthis mir beim Denken zusehen, denn jetzt musste ich mich erst einmal neu sortieren. Seit Joannes Abreise waren die Pläne für den Umzug nach Oevelgönne konkreter geworden. Die ersten Handwerker hatten bereits mit der Modernisierung begonnen.

„Wir haben uns so viele Gedanken zu dem Haus gemacht und zum Verkauf meiner Wohnung und um Whiskey.“

Matthis nickte und ergänzte: „Außerdem sind wir diese Reise angetreten, du hast endgültig mit der Bank abgeschlossen, und ich habe endlich für klare Verhältnisse gesorgt.“

„Das hört sich produktiv an, wenn man das so zusammenfasst. Aber schau mal ganz weit nach dort hinten.“

Ich schaute wieder auf die Wasserspur des Schiffes und dann zurück in Matthis’ irritiertes Gesicht. Dass er sich noch keinen Reim darauf machen konnte, war nicht besonders verwunderlich, denn dieser Vergleich hinkte etwas, und ganz selbsterklärend war das alles auch nicht. Normalerweise war ich strukturierter und fokussierter, doch jetzt war die Aufregung größer.

„Ich habe eben geträumt. Von etwas, das ich Joanne erzählt und fast vergessen habe zwischen all den Themen. Bloß weiß ich nicht recht, wie ich das erklären soll, weil meine Idee möglicherweise ziemlich vermessen klingt", gab ich zerknirscht zu.

„Erzähl es mir irgendwie, und wenn es völlig vermessen ist, dann behaupte einfach, dass es nur dieser Traum einer müden Cate war", witzelte Matthis. „Aber im Ernst jetzt. Es ist etwas, das dir wichtig ist, und ich werde den Teufel tun und es als vermessen abtun, was auch immer es ist. Erst wird geträumt und dann organisiert."

Das klang gut, damit konnte ich mich arrangieren. Mit dieser Sicherheit schaffte ich auch wieder, meine Idee und diesen Traum zu sortieren. Dass ich mir keinen Job mehr in einer Bank suchen wollte, hatte schon zuvor festgestanden. Über die Alternative wollte ich mir eigentlich nach der Irlandreise Gedanken machen, doch jetzt war es so präsent. „Weißt du. Ich bin mir jetzt sicher, dass ich beruflich zurück in die Forschung möchte, weil mir das wirklich Spaß macht. Aber nach allem, was ich in meinen vierunddreißig Jahren durchlebt habe, will ich nicht so werden wie dieses Schiff hier, das nicht fähig ist, eine Spur zu hinterlassen", setzte ich an. „Ein Job in der Forschung reicht mir nicht. Der ist was für halbtags oder so. Was mir wirklich wichtig ist, das sind Kinder, die traumatische Erlebnisse hinter sich haben. Ich habe mich damals nie verstanden gefühlt und mich selbst mit Mathe abgelenkt und mit Physik. Wenn jemand traumatisierte Kinder verstehen kann und genau weiß, wie unglaublich wichtig es ist, an ihren Talenten festzuhalten, bin ich das. Ich will etwas daraus machen. Wir haben den Platz in meinem Haus, und zwar in Mums Atelier. Ich stelle mir vor, wie wir ein Labor einrichten, in dem Kinder nach Herzenslust experimentieren und forschen dürfen." Ich drehte meinen Blick weg, um wieder das Wasserspiel hinter dem Schiff zu beobachten.

„Wow, Cate. Das ist eine wunderschöne Idee. Rede weiter", munterte Matthis mich mit einem Lächeln in seiner Stimme auf.

Ich wusste nicht, welche Voraussetzungen man für eine solche Arbeit erfüllen musste und wann ich selbst sattelfest genug war, um meine Ängste fest genug im Griff zu haben und mit Kindern arbeiten zu können. Doch ich konnte mir Kooperationen mit Fachleuten vorstellen. Wenn man es richtig anpackte, konnte ein Netzwerk daraus entstehen. Ich musste nicht diejenige sein, die alles allein anging. Meine Rolle war die fachliche Expertise und die Gewissheit, die Kinder und deren Traurigkeit zu verstehen. All diese Gedanken teilte ich in aller Ausführlichkeit mit Matthis und ging darauf ein, wie ich mir das Labor vorstellte. Zuerst schilderte ich ganz sachlich, welche Ausstattung wichtig war, dann wurden meine Vorschläge immer bunter und detaillierter. Ich ging völlig auf in dieser Vorstellung, und je mehr Gestalt meine Ideen annahmen, umso sicherer fühlte ich mich dabei. In der Bank hatte ich sehr gute Arbeit geleistet, doch die war ersetzbar gewesen. Diese Vision war hingegen ein Projekt, mit dem ich etwas bewegen konnte.

„Liebling?", machte Matthis auf sich aufmerksam und sprach weiter, als er tief in meine funkelnden Augen blickte: „Das ist nicht vermessen, sondern wunderbar, und du kannst dir sicher sein, dass du sämtliche Unterstützung von mir bekommst. Mit dieser Idee kannst … – nein, wirst du eine unglaublich wertvolle Spur hinterlassen, und ich bin mir sicher, dass deine Eltern wahnsinnig stolz auf dich wären. Du bist nicht nur eine großartige Frau, sondern du wirst etwas Großartiges bewegen."

Diese Worte sorgten für eine Gänsehaut und rührten mich zu Tränen, denn da steckte so viel Liebe und so viel Glaube an mich drin. Zugleich gab es enorme Kraft, mir seiner Unterstützung sicher zu sein. Dieses warme Gefühl breitete sich in meinem ganzen Körper aus. Dankbar küsste ich ihn immer wieder und wieder. Fast hätten wir dadurch den Moment verpasst, in dem Irland in Sichtweite kam, doch die Lautsprecheransage kam gerade noch rechtzeitig, um Hand in Hand in Richtung des Schiffsbugs zu laufen. Dort hatten wir die beste Aussicht und konnten sehen, wie das Grün in der Ferne auftauchte und immer mehr Fläche einnahm. Die berühmten Cliffs würden wir später auf unserer Reise besuchen. Doch auch dieser Eindruck war für mich gigantisch. So viele Jahre hatte ich Angst vor einem Zusammenbruch gehabt, doch jetzt fühlte sich alles genau richtig an.

„Bereit, deine irische Seite zu entdecken?"

„Mehr als bereit!"

*

Die knallrot gefärbte Haarpracht und die energische laute Stimme waren unverkennbar. Joannes Wiedersehensfreude war mindestens genauso groß wie die von Matthis und mir.

„Endlich seid ihr da! Meine Freunde freuen sich schon mega darauf, euch kennenzulernen, und zwar in Murphys

Pub. Der ist total authentisch, kein Tourist hat ihn jemals gefunden. Eine Überraschung habe ich auch für euch vorbereitet. Ich freue mich so sehr! Wie war die Anreise?!", fiel Joanne direkt über uns her.

Dann redeten wir alle drei durcheinander, während wir die letzten Kilometer bis zu Joannes WG fuhren. Eine besonders lange Pause legten wir dort nicht ein. Genau genommen räumten wir nur das Gepäck aus dem Auto, und dann ging es zu Fuß weiter. Die Gassen der Stadt hatten einen ganz besonderen Charme. „Morgen zeige ich euch ganz Dublin und in den nächsten Tagen die urigen kleinen Dörfer, ihr werdet das alles lieben", versprach Joanne. „Doch soweit ich informiert wurde, hat sich eine gewisse Cate einmal einen Besuch in einem richtigen Pub gewünscht. Also herzlich willkommen in meinem zweiten Wohnzimmer."

Bevor ich mich draußen richtig umsehen konnte, befanden wir uns schon im Inneren eines unfassbar liebevoll gestalteten Irish Pubs, in dem man sich direkt heimisch fühlte. Das mochte auch daran liegen, dass Joanne hier fast jeden persönlich kannte. So wurden Matthis und ich von allen begrüßt, die uns begegneten, bis wir an einem Ecktisch ankamen, der reserviert war. Der Größe des Tisches zufolge würden später noch einige von Joannes Freunden zu uns stoßen, noch hatten wir den Platz für uns allein.

„Ich fühle mich jetzt schon sauwohl", verkündete ich.

Ich liebte die vielen Details, die diesen Pub zu einem gemütlichen Ort machten. Vor allen Dingen waren es aber die Menschen, die für diese besondere Atmosphäre in der Bar sorgten, wie die Musiker, die weiter hinten anfingen, ihre Instrumente für etwas Livemusik einzustimmen. Dazu kam die Aussicht auf das traditionelle Essen, das wir bestellten, und das frisch gezapfte Guinness. Nachdem wir auf Irland angestoßen hatten, zog ich ein kleines Fotoalbum aus meiner Tasche, welches ich Joanne in die Hand drückte.

„Bevor ich zu viel von diesem Zeug trinke und nachher nicht mehr klar denken kann, ist hier noch etwas für dich. Wir haben angefangen, die Erinnerungsstücke durchzusehen, und sind darauf gestoßen. Ich habe nicht die geringste Ahnung, warum es in Oevelgönne gelandet ist, aber es gehört in deine Hände. Vielleicht sind es für dich einfach neue Eindrücke deiner Mum. Möglicherweise ergeben sich ein paar Anhaltspunkte, wohin sie gegangen sein könnte. Und abgesehen davon habe ich neulich einen Privatermittler kontaktiert. Erst wollte ich das geheim halten, um dir keine falschen Hoffnungen zu machen. Aber ich wollte doch positiver denken! Demnächst kann ich mich mit ihm treffen, und vielleicht hat er dann schon ein paar Ideen, wo wir anfangen können zu suchen."

In dem Album waren fein säuberlich zahlreiche Fotos, Postkarten, Eintrittskarten und Andenken eingeklebt. Ehrfürchtig blätterte Joanne die einzelnen Seiten um, bevor sie es vorsichtig in ihrer Tasche verstaute.

„Du bist die großartigste Cousine, die man sich vorstellen kann. Ich bin ja so froh, dass ich dir diese Nachricht geschrieben habe. Ich habe dich so verflucht lieb. Oh, und dich natürlich auch Matthis. Du bist eine Wucht."

„Du hast eine Monsterwelle in Gang gesetzt mit der Nachricht. Ich dachte, ich ertrinke und ersticke darin. Doch es war das Beste, das passieren konnte. Und du darfst dir ganz sicher sein, dass wir beide dir so gut wir können dabei helfen, herauszufinden, was mit deiner Mum, meiner Tante, passiert ist, und natürlich unterstützen wir deinen Dad, wenn wir das irgendwie tun können."

Jetzt war Joanne nah am Wasser gebaut, doch sie blinzelte ihre Freudentränen tapfer weg. „Das ist so lieb von euch. Dad geht es besser. Wir haben einige Male in Ruhe über alles geredet, was damals passiert ist. Ich möchte einen Versuch starten herauszufinden, was mit Mum geschehen ist. Ziemlich cool, dass du sogar einen Ermittler im Visier hast. Was aber auch immer passieren mag, wir drei haben uns gefunden. Das ist ein wunderbares Geschenk, und ihr zwei Turteltauben seid das süßeste Paar, das ich kenne – und bevor ihr jetzt rot werdet, wird gefeiert! Cheers, Prost und Sláinte!"

Zu dem Guinness gesellten sich Jameson und Connemara, und dann wurde das Essen an unseren Tisch gebracht.

„Das ist ausgezeichnet", lobte Matthis.

Obwohl ich eigentlich satt war, vertilgte ich meine ganze Portion, denn es schmeckte so gut. Dann bestellte ich lachend einen Nachtisch für Matthis, denn ich wusste doch ganz genau, dass der sicherlich noch ein paar Reste von mir mit eingeplant hatte. Als auch diese Extra-Portion leer war, stand Joanne auf und verkündete, nun ihre Freunde begrüßen zu wollen. Zielstrebig ging sie auf die Musiker zu, woraufhin sie jeden einzelnen umarmte. Nach und nach schnappten ihre Freunde sich wieder die Instrumente.

„Das klingt so schön", flüsterte ich beeindruckt.

Ganz nah rutschte ich auf der Sitzbank an Matthis heran, der seine Arme um mich legte. Währenddessen schienen sich die so verschiedenen und einzigartigen Instrumente immer mehr zu einer Einheit zusammenzuschließen, bis daraus eine wunderschöne Melodie wurde. Als ich überlegte, ob mir das Stück bekannt vorkam, ergriff Joanne das Wort:

„Das Lied, das ich nun singe, ist für zwei megatolle Menschen, und ich bin so glücklich darüber, dass Cate und Matthis endlich hier sind", verkündete sie so, dass es jeder im Pub hören konnte.

„Wusstest du, dass sie singen kann?"

„Ich hatte keine Ahnung", erwiderte ich leise.

Und dann lauschten wir, wie Joanne mit ihrer besonderen und klaren Stimme den irischen Klassiker „Down by the Sally Gardens" sang.

„Deine Cousine ist ein riesiges Talent."

„Absolut. Wow. Es ist so wunderschön."

Auch als die letzten Töne erklungen waren, war ich noch ganz ergriffen von der Darbietung. Bevor ich jedoch mit Joanne über die Musik plaudern und erfragen konnte, wie diese ganzen Instrumente hießen, deren Namen ich immer durcheinanderbrachte, führte Matthis mich nach draußen an die frische Luft.

„Ich dachte mir, dass du deine Lieblingsfarbe heute nicht verpassen solltest", meinte er und lächelte glücklich.

Über uns bot der Himmel ein fulminantes Farbspektakel, das wir Arm in Arm bewunderten, bis aus all den bunten Farben ein sattes Blau wurde.

„Es ist wunderschön. Das alles ist ein Wunder, und das Beste daran ist, dass ich es alles mit dir teilen darf", hauchte ich. „Ich bin nicht nur sehr verliebt in dich, sondern … – ich liebe dich, Matthis. So richtig und voll und ganz."

„Ich liebe dich auch, mein Liebling“, erwiderte er zärtlich. „Und ich habe hier noch etwas, das zu dir gehört. Darf ich mir noch mal dein Handgelenk ausleihen?“

In dem Moment ahnte ich, was das sein konnte, und grinste mit Matthis um die Wette, während er mir das Harfenarmband umlegte und den Verschluss mit einem Kuss versiegelte.

* An deireadh *

(The End)

Danke …

an alle, die mich dabei unterstützt haben, meinen Traum vom eigenen Buch wahr werden zu lassen.

Danke an meine Familie und ganz besonders meine Eltern, weil ihr immer hinter mir steht und mich bei meinen Projekten und Ideen unterstützt. Es ist großartig zu wissen, dass ich mich immer voll auf euch verlassen kann – auch wenn es um die kurze Info geht, dass die Sonne im Osten aufgeht und wir so das Sylt-Kapitel „retten“ konnten.

Danke an die beste Crew von SAGA Egmont, es macht riesigen Spaß, mit euch zu arbeiten: Stefanie Kruschandl, dank dir hat die Geschichte eine neue Richtung bekommen, und ich bin total glücklich über die finale Version. So macht selbst eine zeitintensive Überarbeitung Spaß. Tobias Birr, danke für die kreativen Ideen rund um das Cover. Danke an alle „hinter den Kulissen“. Ich freue mich, euch bald in Kopenhagen zu besuchen – und übrigens hat sich endlich in Hamburg rumgesprochen, wie man Smørrebrød isst.

Catérine Fischer, vielen Dank für deine hilfreichen Anmerkungen zum Text. Charlotte Körber, danke dass du eine so tolle Agentin bist und mir immer mit Rat und Tat zur Seite stehst.

Gabriella Engelmann, ich bin dir sehr dankbar dafür, dass du mich von Anfang an bei diesem Buchprojekt unterstützt hast. Du hast recht, natürlich müssen wir eine Party feiern, wenn wir es in den Händen halten. Sofie Cramer, danke für deine wertvollen Tipps und die nette Begleitung während des Schreibens.

Kerstin, danke für deinen Input rund um das Manuskript und die vielen schönen Elbstrand-Besuche. Auf den nächsten Regenbogensprudel! AnnKa, danke für viele witzige Ideen. Gerade das Cocktailtrinken muss sorgfältig recherchiert werden. Ralf, danke für deine Einblicke in die fabelhafte Welt der Bankbranche. Klingt ganz cool, was ihr da so macht. Sabrina, danke für unsere Schreibabende. Elisa, danke für deine Motivation – denn du hast schon an dieses Projekt geglaubt, bevor der erste Satz geschrieben war. Whisky, du bist der coolste Kater, den ich kenne. Ganz klar, der kleine Pirat wurde nach dir benannt – wenn auch in der irischen Schreibweise.

Danke an den Museumshafen Oevelgönne. Euer Ponton ist mein liebstes „Büro“. Wenn die Schiffe an mir vorbeiziehen, der Wind fröhlich weht und die Möwen kreischen, kommen mir die besten Ideen, und natürlich schreibe ich auch diese letzten Zeilen direkt an der Elbe.

Liebe Leser*innen, danke, dass ihr mit Cate, Joanne und Matthis auf die Reise gegangen seid. Ich hoffe, ihr hattet Freude beim Lesen. Falls ihr nun etwas Sehnsucht nach Hamburg, der Elbe und dem Strand habt, schaut doch gern auf Instagram unter alster.ahoi bei mir vorbei. Dort habe ich ein paar Eindrücke rund um die Schauplätze für euch gesammelt 😊

Eure Cara